Maria C. Brosseit

CALLIOPE

Whisky-Serie - Band 1

Ein Liebesroman

IMPRESSUM

1.Auflage 01/04/2015

Autor: Maria C. Brosseit
Cover: Grit Richter, Art Skript Phantastik Design

Verlag: Krüger, Maria
Bannewitzer Str 16
01705 Freital
Deutschland
maria(at)maria-c-brosseit.de

www.maria-c-brosseit.de
www.facebook.com/maria.c.brosseit

Herstellung und Druck:
On-Demand Publishing LLC
100 Enterprise Way
Suite A200
Scotts Valley, CA 95066
www.createspace.com

Mein Dank gilt meinem Mann, der die ewigen Stunden vor dem PC ertragen hat und den Damen von der Fanfiction-Community - namentlich Tanja, Sabrina, Susen, Mirai und Emily - ohne die ich nie zum Schreiben gekommen wäre. Ihr seid die Besten ;)

Weihnachten

James zog am Zipper seiner Reisetasche. In Gedanken kontrollierte er noch ein Mal, ob er alles Notwendige dabei hatte. Danach schulterte er die Tasche, zog die Tür seines Schlafzimmers hinter sich zu und ging die Treppe nach unten ins Wohnzimmer.

Nathan lag noch immer in der gleichen verzweifelten Pose auf dem Sofa, in der er ihn vor mehreren Stunden zurück gelassen hatte.

Innerlich seufzte James auf, sein Mitbewohner konnte wirklich eine unglaubliche Dramaqueen sein wenn es nicht nach seinem Kopf ging. Brillanter Biochemiker und Forensiker hin oder her, Nathan hatte das Talent selbst den stoischsten Menschen zur Weißglut zu bringen. Er war oft sehr verschlossen und gleichzeitig ungeduldig mit Menschen, die nicht jedem seiner kaprizösen Gedankensprünge auf Anhieb folgen konnten. Zusätzlich hatte er manchmal die emotionale Reife eines Fünfjährigen.

Nichts desto trotz bereute James den Entschluss mit Nathan eine WG zu gründen eher selten. Sein Freund war unterhaltsam und nur durch ihn konnte er sich das Wohnen in der Innenstadt von London überhaupt leisten. Kennengelernt hatten sie sich beim Studium. Sie hatten genügend Berührungspunkte um auch fachlich auf einer Wellenlänge zu schwimmen, wobei James als Arzt die Arbeit mit lebenden Menschen wesentlich lieber war. Dennoch war es höchst interessant von Zeit zu Zeit mit

Nathan an einem seiner Fälle zu arbeiten.

Nur an Tagen wie heute, wenn Nathan schon beim Aufstehen beschlossen hatte, dass er schlechte Laune hatte, nur an diesen Tagen wünschte sich James, sein Freund wäre etwas „normaler".

Er ging zur Garderobe und nahm seine Jacke.

„Ich gehe dann jetzt, Nathan."

Keine Antwort.

„Kannst du mir wenigstens versprechen in meiner Abwesenheit etwas zu essen und dich ab und zu vom Sofa zu erheben?"

Keine Antwort.

„Dann eben nicht!" James zog seinen Parka über, als es läutete. Seine Hand lag schon an der Türklinke als er doch noch angesprochen wurde.

„James! Du kannst nicht gehen!"

„Nathan, das haben wir schon besprochen, es ist Weihnachten und ich werde meine Schwester besuchen."

„Aber mir ist langweilig ohne dich!"

„Du hattest das Angebot mitzukommen."

„Um 4 Tage mit Sabrina und deiner alkoholabhängigen Schwester zu verbringen und die ganze Zeit nichts Sarkastisches oder Genervtes sagen zu dürfen?"

„Gerade du solltest nicht so über die Abhängigkeit anderer Leute sprechen!" bemerkte James spitz mit einem wissenden Blick auf das Nikotin-Pflaster seines Freundes.

„Aber was soll ich denn die ganze Zeit über machen?"

„Keine Ahnung. Geh in die Kirche, lies ein Buch, sieh Fern, geh aus - London ist nun wirklich keine Stadt ohne Möglichkeiten."

„Das hast du doch jetzt nicht ernsthaft vorgeschlagen, oder?" maulte Nathan von seiner liegenden Position aus.

„Ich gehe jetzt, Sabrina wartet schon unten mit dem Auto."

„Warum musst du sie mitnehmen?“

„Weil sie meine Freundin ist und mich das glücklich macht? Vielleicht solltest du so etwas auch ein Mal ausprobieren, schaden könnte es bestimmt nicht. Bis zum Dienstag Nathan.“ nach diesen Worten war James aus der Tür.

Mit einem entnervten Aufschrei ließ Nathan sich zurück aufs Sofa sinken. Ihm war jetzt schon langweilig, was sollte denn erst in den nächsten 4 Tagen passieren? Seine Forschungen waren alle in der Langzeitevaluierung und Scottland Yard über die Feiertage nur rar besetzt. Alle feierten mit ihren Familien und Freunden Weihnachten. Er könnte natürlich zu seiner Mutter fahren, um mit ihr und seinem älteren Bruder Myles die Feiertage zu verbringen. Sein Bruder würde sicherlich seine blasierte Ehefrau Judith dabei haben, die er mit seinem Verhalten schockieren würde. Und seine Mutter war ohnehin von seinem Lebensstil düpiert – mit über 30 noch in einer Junggesellen-WG und dazu auch noch ein Exzentriker! Das könnte ein unterhaltsames Wochenende werden. Ein Lächeln breitete sich auf Nathans Gesicht aus.

~~~

Keine 2 Stunden später fuhr Nathans Taxi in die Einfahrt eines Landhauses in Ost Yorkshire ein. Als er an der Tür seines Elternhauses klopfte, erwartete den Mann eine Überraschung. Eine ihm unbekannte Frau öffnete die Tür. Nathan sah sie erstaunt an und versuchte anhand der ihm zur Verfügung stehenden Hinweise das Rätsel zu lösen.

Anfang 30, Kleidungsgröße 40/42, grün-graue Augen, Haare nicht gefärbt, hochgesteckt, Hände zeigen Spuren
~~~

von handwerklicher Tätigkeit, adrett gekleidet aber zu einfach für eine gesellschaftliche Veranstaltung, an der Schürze sind Fettspritzer zu erkennen - anscheinend hatte seine Mutter ein neues Hausmädchen.

„Nathan Holland, man erwartet mich nicht.“ Er trat an ihr vorbei und knöpfte dabei seinen Mantel auf. Zusammen mit seinem Schal drückte er ihn ihr in die Hand. „Es wird wohl ein weiteres Gedeck gebraucht werden, kümmern sie sich bitte darum. Die freudige Botschaft meiner Anwesenheit werde ich selbst verkünden. Das wäre dann Alles, danke.“ Sie nicht weiter beachtend, schritt er durch den Korridor in Richtung des Esszimmers. Leises Gemurmel verriet ihm, dass der Rest seiner Verwandten dort versammelt war. Hinter ihm ertönte das Klicken einer sich schließenden Tür.

Callie lehnte sich an die Eingangstür und beobachtete den eben eingetroffenen Gast. Das war er also - Nathan Holland, jüngster Sohn der Familie, intelligenter, hochdotierter Forensiker, 36 Jahre jung, eingefleischter Junggeselle mit männlichem Mitbewohner, hochnäsig, sarkastisch und das schwarze Schaf der Familie, dass es seit 4 Jahren nicht für nötig gehalten hatte seiner Mutter die Aufwartung zu machen. Garant für ständige Kopfschmerzen seines älteren Bruders, für Lästereskapaden seiner Schwägerin und kummervollen Seufzern seiner Mutter. Und doch - sie sollte verdammt sein wenn sie nicht zugab, dass er ihr gefiel. Er war groß und schlank, mit Schwung im Schritt der von Sehnigkeit und Stärke sprach. Seine schwarzen Locken waren mit einer Nachlässigkeit arrangiert die von mehreren Minuten Arbeit zeugte und seine blauen Augen hatten etwas an sich, dass ihr durch Mark und Bein gegangen war.

Kombiniert mit der so typischen britischen Blässe und Fingern die einem Chirurgen alle Ehre gemacht hätten - oh ja, Nathan Holland war ein attraktiver Mann. Und er hatte keine Ahnung wer sie war. Callie lächelte vergnügt in sich hinein, dieses Weihnachten hatte soeben eine Komponente erhalten, die wesentlich mehr Spannung versprach als die üblichen Familienfeiern.

Nathan riss die Tür zum Esszimmer förmlich auf und stolzierte in den Raum. Binnen weniger Augenblicke hatte er die Situation überschaut und begann seinen „Charme“ spielen zu lassen - er wollte sich schließlich amüsieren.

„Es ist mir klar, Mutter, dass du dich nicht übermäßig über mein Erscheinen freust. Bitte tu uns beiden den Gefallen und verzichte heute auf deine sonst übliche Zurschaustellung von vorgetäuschter mütterlicher Fürsorge. Großmutter, es freut mich das du noch unter uns weilst, wenigstens eine Person im Raum, mit der man ein vernünftiges Gespräch führen kann. Myles, wie es scheint schlägt die Feiertagsdiät gut an? Oder kann deine Frau immer noch nicht kochen?. Judith, du solltest dich untersuchen lassen, dein Puls scheint ungewöhnlich hoch zu sein, du bist ganz rot im Gesicht. Und wer ist das? Mutter hast du etwa den Gärtner zum Familienessen eingeladen? Also wirklich, ein neuer Gärtner und ein neues Mädchen, dir scheint es blendend zu gehen.“

Er ließ sich auf dem einzigen freien Stuhl neben dem fremden Mann nieder und betrachtete die Ergebnisse seiner kleinen Ansprache. Seine Mutter sah ihn entsetzt an, das hatte er erwartet. Myles schenkte ihm einen seiner „*Du bist eine Schande für uns Alle*“ Blicke, während seine Frau Nathan mit Blicken förmlich hinrichtete. Der Mann neben ihm musste sich ein kleines Schmunzeln verkneifen. „Violet, du hast mir erzählt er sei unkonventionell, aber nicht dass er so unterhaltsam ist.“

„Das ist nicht unterhaltsam, Graham, das ist beschämend! Nathan, du wirst dich auf der Stelle entschuldigen, so ein Benehmen dulde ich nicht in diesem Haus!“

Seine Antwort bestand aus einer hochgezogenen Augenbraue. Das folgende wortlose Duell zweier Augenpaare gewann er, als seine Mutter zu dem Mann namens Graham sah. „Es tut mir leid, Graham, offensichtlich habe ich bei meinem jüngeren Sohn in der Erziehung versagt.“

Seine Mutter entschuldigte sich? Öffentlich? Bei einem Mann?

Nathans Neugier war geweckt.

„Wenn sie nicht der Gärtner sind, wer sind sie dann?“

„Nun, wenn man es genau nimmt, ihr Stiefvater.“ kam die amüsierte Antwort.

„Bitte was?“

„Er ist mein Lebensgefährte Nathan, und das schon seit 2 Jahren. Wenn du dir ab und zu die Mühe machen würdest, deine Mutter zu kontaktieren, wüsstest du das.“ Nathan starrte den Mann an, welcher nur zurück grinste.

DIESER Mann war der Lebensgefährte seiner Mutter? Er war mindestens 60 Jahre alt und schien viel Zeit im Freien zu verbringen. Bestimmt nicht standesgemäß. Seine Mutter konnte das doch unmöglich ernst meinen!

Das Schweigen im Raum wurde immer unangenehmer. In diesem Moment quietschte die Schwingtür zum Korridor und das Mädchen kam herein. In ihren Händen balancierte sie ein Tablett mit Sektkelchen. „Das Essen wird in 20 Minuten fertig sein.“

verkündete sie, bevor ihr die peinliche Stille auffiel. Sie stellte das Tablett auf einem Beistelltisch ab und trat an Nathan heran. „Sie sitzen auf meinem Platz."

Er blinzelte ungläubig. „Wie bitte?"

„Sie sitzen auf meinem Platz." beharrte sie.

„Seit wann sitzt denn das Hausmädchen beim Essen mit am Tisch?" Er hörte seine Mutter seufzen und das Geräusch des Stuhles von Myles, der zurück geschoben wurde.

„Callie, meine Liebe, du musst ihn entschuldigen. Ich glaube wir haben sein großartiges Gehirn gerade mit der Tatsache überlastet, dass dein Vater mit unserer Mutter schläft." Myles schritt durch sein Blickfeld und ging zu dem Tablett. Gemeinsam mit dem Mädchen begann er die Gläser zu verteilen.

Dein Vater? Sie war also gar nicht das neue Hausmädchen, sondern die Tochter dieses Grahams? Aber wieso stand sie dann in der Küche wie ein Hausmädchen? Und warum hatte sie ihm die Tür geöffnet und nicht das Hausmädchen seiner Mutter?

Als sie mit zwei Gläsern zu ihm kam, beugte sie sich hinab und raunte ihm ins Ohr. „Sie sitzen immer noch auf meinem Platz, aber wenn sie so gern neben ihrem neuen Papi sitzen wollen, können sie bleiben. Andernfalls bewegen sie bitte ihren Hintern und kümmern sich um einen eigenen Stuhl. Das Gedeck bringe ich gleich, Sir." Die Betonung des letzten Wortes ließ ihn wie von der Tarantel gebissen aufspringen.

Sie rückten die Sitzordnung ein wenig und Nathan endete zwischen seiner Schwägerin und dieser Callie. Ihm gegenüber saß seine Mutter, die die ganze Zeit den verkniffenen *„Benimm dich gefälligst, sonst wirst du enterbt"* Ausdruck um den Mund hatte, neben ihr ein sichtlich erheiterter Myles sowie ein amüsierter Graham. Seine Großmutter war an der Kopfseite positioniert und somit keine Hilfe. Wenn er nicht das ganze Essen über seine Mutter anstarren wollte, müsste er wohl oder übel mit einer seiner Sitznachbarinnen kommunizieren.

Nathan seufzte, was hatte er sich nur dabei gedacht, hier her zu kommen? Judith würdigte ihn keines Blickes, somit musste er sich mit dieser Callie belasten. Es wurde ein Toast ausgesprochen und ihm gefiel das amüsierte Funkeln in den Augen der Frau überhaupt nicht. Mit Todesverachtung stürzte er seinen Champagner hinunter. Gerade als er eine Standardkonversation á la „das Wetter war auch schon ein Mal besser" anfangen wollte, piepste etwas in ihrer Schürzentasche. Sie stand auf.

„Das ist der Braten. Ich kümmere mich schnell darum. Allerdings könnte ich etwas Hilfe gebrauchen - Nathan, würden sie mir bitte in der Küche zur Hand gehen?"

Ohne seine Antwort abzuwarten durchschritt sie die Tür. Nathan blieb nichts anderes übrig, als ihr zu folgen oder eine ellenlange Tirade an Vorwürfen über sich ergehen zu lassen. Er entschied sich für das kleinere Übel und folgte ihr in die Küche.

Als er den Raum betrat empfing ihn „Fairytale of New York" von Ronan Keating. Angewidert verzog er das Gesicht. *Popmusik*! Callie stand mit dem Rücken zu ihm und stellte gerade Teller auf die Anrichte. Ohne sich umzudrehen sprach sie ihn an. „Nicht dein Geschmack, was?" Sie klang sichtlich amüsiert.

„Gott bewahre, nein." kam die entrüstete Antwort.

Und warum zum Teufel duzte sie ihn auf ein Mal? Gut, sie waren ein Alter und offensichtlich gezwungen das Wochenende miteinander auszuhalten aber...

„Du wirst verzeihen, aber das Weihnachtsoratorium hebe ich mir für die Kirche auf."

„Du kennst Bach?"

„Ich muss ja wirklich wie die letzte Landpomeranze wirken..."

„Nun, die Hinweise sind ja eindeutig."

Offensichtlich war das etwas, was er nicht hätte sagen sollte, denn sie drehte sich um und funkelte ihn mit verschränkten Armen an. „Ach ja? Sei doch so gut und erfreue mich mit deiner Weisheit, bring Licht in das Dunkel meiner geistigen Beschränktheit - woran erkennt man das?" verlangte sie zu erfahren.

„Da wären zum Einen deine Kleidung und deine Frisur. Eindeutig nicht Oberschicht, meine Mutter hätte man an einem Feiertag nie in so einem Aufzug gesehen."

Ihre abwertende Handbewegung war eigentlich Antwort genug „Vielleicht mag ich es ja auch nur bequem? Was noch?"

„Du öffnest Türen und stehst in der Küche - in diesem Haus verrichten nur Angestellte solche Dinge. Wo ist eigentlich die Köchin?"

„Also Erstens - ich öffne Türen und koche, weil dies Dinge sind, die jeder normale Mensch mit Bodenhaftung tut. Und offensichtlich bin ich recht gut darin. Und Zweitens - Bertrande ist bei ihrer Familie."

„Warum?"

„Weil Weihnachten ist, du Genie? Und sie sich die Feiertage mit ihren Lieben verdient hat? Nicht jede Familie ist so steif und emotionslos wie ihr. Manche genießen die Anwesenheit der Anderen oder freuen sich sogar, einander zu sehen."

„Und warum bist du dann hier wenn es so steif ist?“

„Weil mein Vater hier ist. Und er meine Familie ist. Und wenn er deine Mutter heiratet, dann werdet auch ihr zu meiner Familie gehören, ob es mir nun gefällt oder nicht.“

Das kam unvorhergesehen. „HEIRATEN?!?“ brachte er mehr schlecht als recht hervor.

„Oh Herr im Himmel, dass wusstest du auch nicht?“ Callie kam zu ihm und zwang ihn, sich auf einen der Küchenstühle zu setzen. Dann ging sie zur Anrichte und hantierte mit 2 Gläsern. Nathan konnte es kaum fassen - heiraten! Seine Mutter! Diesen, diesen... Mann! Das konnte nicht stimmen!

Ein Glas wurde vor ihm abgesetzt. In ihm zwei Finger hoch eine goldgelbe Flüssigkeit. Er blickte die Frau fragend an, sie hielt ein ähnliches Glas in der Hand. Als Antwort auf seinen Blick erklärte sie „Scotch. Longrow. Aus der Springbank Distillery. Davon gibt es pro Jahr nur ein Fass. Vater hat mehrere Flaschen mitgebracht, als er seine alte Heimat besuchen war.“ Nathan schob das Glas von sich. „Ich trinke nicht.“ aber Callie war unerbittlich. „Heute schon. Es ist Weihnachten und dein kleiner Auftritt vorhin war schon genug. Sieh es als Geschenk, so schnell bekommst du den nicht wieder vorgesetzt. Slàinte!“ Sie drückte ihm das Glas in die Hand und ließ ihres dagegen klirren. Danach nahm sie einen Schluck und sah ihn abwartend an. Nun, er hatte offensichtlich ohnehin keine Wahl und wenn es wirklich ein so seltener Scotch war... Nathan trank und nahm sich Zeit den Geschmack genau zu erforschen. Er erkannte Salz, Rauch, den Geschmack von Torf und diverse andere Noten, die er nicht gleich zuordnen konnte. Er würde noch ein Mal kosten müssen.

Callie machte sich lächelnd an die Vorbereitung der Vorspeise. Als Nathan das Glas geleert hatte, fühlte er sich... anders. Er wusste es lag am Alkohol und dessen Wirkung. In seiner experimentellen Phase hatte er wesentlich härtere Dinge probiert. Dennoch war er bei Alkohol immer vorsichtig gewesen, er vernebelte seinen Geist und machte ihn weich, verletzlich, ja fast schon umgänglich. Im Stillen verurteilte er sich dafür, dass er nicht daran gedacht hatte, dass er seit fast einem Tag nichts gegessen hatte. Das Glas Champagner und der Scotch hatten freie Bahn gehabt. Bevor er sich bei Callie für ihre Nötigung beschweren konnte, bekam er 2 Teller mit Suppe in die Hände gedrückt. Callie selbst trug 3 davon und öffnete die Tür mit einem beherzten Stoß ihres Fußes. „Na komm schon, es wird sonst kalt."

Die Gesichter seines Bruders und seiner Mutter sprachen Bände. Offensichtlich hatten Alle erwartet, dass er Callie in der Küche zu Kleinholz oder Schlimmeren verarbeiten würde. Stattdessen lief er ihr wie ein Hündchen hinterher und trug Teller mit Suppe. Einen davon stellte er vor seiner Großmutter ab, die ihn anlächelte. Sie lebte schon länger in ihrer eigenen kleinen Welt und wurde nur zu hohen Feiertagen aus dem Heim geholt. Umso spitzer war seine Bemerkung gewesen, dass sie die einzige Person wäre, mit der man im Raum vernünftig reden könne. Den zweiten Teller nahm er mit an seinen Platz. Auf dem Weg aus der Küche war ihm der Geruch in die Nase gestiegen und unerklärlicherweise hatte er Hunger. Callie ging los, die letzten Teller für sich und ihren Vater holen, bevor sie sich neben Nathan setzte.

Der erste Gang verlief ruhig, was bei allen Anwesenden zu einer leichten Entspannung führte. Nathan ertappte sich dabei, an frühere Weihnachten zu denken, als er noch ein Kind war und sein Vater bei ihnen. Er sah zu seiner Mutter, die lächelnd nach Grahams Hand griff. Abwesend griff er nach seinem Weinglas, als Callie ihre Hand auf seinen Arm legte. „Mach langsam, du hast noch einige Gänge vor dir." flüsterte sie ihm zu.

Als sie verkündete, dass sie nun den Hauptgang bringen würde, erklärte er sich bereit, ihr zu helfen. Bloß weg von seiner Mutter und ihrem neuen „Freund". Er musste sich ablenken. In der Küche fragte er Callie nach einem weiteren Glas Scotch. „Hältst du das für eine gute Idee?" fragte sie.

„Ich muss es wissen, da ist noch eine Nuance die ich nicht herausschmecke und das macht mich wahnsinnig."

„Gut, aber erst wenn du mir geholfen hast, diese Berge von Essen nach drüben zu bringen." Sie hatte Recht, fiel ihm auf, es waren Berge. Callie holte gerade einen Truthahn aus der Backröhre. In Schüsseln dampften Gemüse, Kartoffeln, Soße und weitere Kleinigkeiten vor sich hin. Erstaunt sah er sie an, James kochte ja auch für ihn, aber nicht in diesen Dimensionen, meistens wärmten sie eher Reste von fertig gekauften Speisen auf. „Das hast du alles allein gekocht?" sie lachte. „Ja habe ich. Und jetzt mach dich nützlich, Nate, sonst gibt es keine Belohnung." drohend schwang sie den Kochlöffel und Nathan gehorchte - ausnahmsweise.

Nach dem für Hollandsche Verhältnisse ungewöhnlich harmonischen Essen begaben sich alle in den Salon, wo der traditionellen Weihnachtsansprache der Queen gelauscht werden sollte. Myles nahm Callie unauffällig beiseite. „Wie in aller Welt hast du das geschafft?"

„Was?"

„Das er so normal ist."

„My, ich würde keinen von euch normal nennen, aber wenn du meinst warum er so umgänglich ist - er hat ein bisschen was getrunken."

„Wie viel?"

„Seit er hier ist? Ein Glas Champagner, zwei Gläser Wein und in der Hand hält er das dritte Glas Scotch - ich würde sagen ein kleiner Spaziergang nach der Ansprache würde nicht schaden, wenn wir verhindern wollen das er ganz auf Wolke sieben verschwindet." Myles nickte und so fand sich Nathan kurz darauf in Begleitung seiner Familie - mit Ausnahme der Großmutter - auf einem Spaziergang durch den Park, der an das Familienanwesen grenzte. Die kalte Luft des Winternachmittages nüchterte ihn etwas aus und er fragte sich, was die letzten Stunden in ihn gefahren war. Eigentlich hätte er sich langweilen müssen, aber anscheinend hatte dies der Alkohol verhindert. Das war Alles Callies Schuld. Mit zusammengekniffenen Augen sah er zu der Frau. Im Gegensatz zu seiner Mutter und Judith hatte sie der Witterung entsprechendes Schuhwerk an und musste sich nicht Halt suchend an einem der Männer festklammern - was ihm nur Recht war, denn das wäre sonst er gewesen. So stampfte sie neben ihm durch den Schnee und sah mit ihren geröteten Wangen auf dem lächelnden Gesicht einem typischen Mädchen vom Land so ähnlich, dass es schon fast weh tat sie anzusehen.

Sie musste seinen Blick bemerkt haben, denn sie sah ihn kurz grübelnd an. Dann verlangsamte sie ihren Schritt. Nathan dachte nicht daran auf seine „Stiefschwester in spe“ zu warten und ging weiter. Ein Fehler, wie sich heraus stellte als ihn der erste Schneeball am Kopf traf. Erzürnt fuhr er herum und funkelte Callie an, was diese zu einem Heiterkeitsausbruch feinster Güte veranlasste. „Bist du kognitiv mit dem Benehmen einer erwachsenen Frau überfordert oder“

Der nächste Treffer saß direkt auf seiner Brust und ließ ihn verstummen. Das war genug - er hatte sich schon mit Serienmördern und Pharmakonzernen herumgeschlagen, da würde diese unmögliche Frau wohl kein Problem darstellen. Er setzte ihr nach als sie die Flucht antrat.

Offensichtlich gefiel ihr das auch noch denn sie lachte aus vollem Hals. Sie rannte den Weg entlang auf einen kleinen Hügel. Just als Callie die Kuppe erreicht hatte, packte er ihre Kapuze. Sein Plan sie in die nächste Schneewehe zu stecken scheiterte, als er in seinem angeheiterten Zustand einen Fehltritt tat und seine glatten Lederschuhe auf dem zugefrorenen Weg den Halt verloren. Er hatte genug Schwung gehabt, um zusammen mit ihr umzufallen und den Hügel auf der Rückseite hinab zu rollen.

Irgendwie schaffte sie es sich dabei in seinem Mantel zu verheddern und als sie zum Halten kamen lag er auf ihr. Schnee kroch in jede Ritze seiner Kleidung und er hatte sich den Ellenbogen an einem Stein gestoßen. Er war bedient. „Bist du völlig verrückt geworden? Ich hätte mir alles brechen können! Wie hätte die Welt diesen Verlust ertragen sollen?“

Ihre Antwort war eine Handvoll Schnee in seinem Gesicht begleitet von einem „Halt die Klappe, Nate." Er prustete und versuchte ihre Hände am Boden zu fixieren. Sie wehrte sich und er bemerkte erstaunt, dass ihre Augen amüsiert glitzerten. *Verdammt, das sollte doch keinen Spaß machen sondern eine Strafe sein!*

„Ich werde dir wohl beibringen müssen, wie man sich als ein Teil der Familie Holland benimmt."

„Versuchs doch." Bekam er als spöttische Antwort entgegen geschleudert. In dem Moment, in dem er ihre Hände unter Kontrolle gebracht hatte hob sie den Kopf und küsste ihn. Nathan erstarrte. Mit Allem hatte er gerechnet, aber nicht DAMIT. Es war verrückt und unlogisch und irrational und irgendwie schön.

Das musste definitiv am Alkohol liegen, er war sich sicher. Und dennoch kribbelte es in seinem Magen als sie vorsichtig ihre Lippen auf seinen bewegte. Er brummte unwillig und doch ließ er es zu, dass sich der Kuss intensivierte. Der Griff seiner Hände ließ nach. Diesen Moment nutzte sie um mit Schwung die Positionen zu tauschen und nun ihrerseits auf ihm zu liegen. Sie biss ihm leicht in die Unterlippe und hauchte ein „Ich hab dir doch gesagt du sollst die Klappe halten." bevor sie aufsprang und den Berg hinauf zum Weg zurück lief.

Nathan sah ihr nach. Das war... ungewöhnlich.

Nachdem er den Schnee von seiner Kleidung geklopft hatte folgte Nathan der Frau. Sie hatte sich seiner Familie angeschlossen und wartete gemeinsam mit ihnen dass er zu ihnen aufschloss. Seine Mutter warf ihm schon wieder tadelnde Blicke zu. „Also wirklich, Nathan! War das nötig? Schau euch doch an, ihr seid beide völlig nass. Wir sollten zusehen dass wir wieder ins Haus zurück kommen bevor ihr euch noch erkältet." So ungern er es zugab - sie hatte Recht. Ihm war kalt und er hatte schon oft genug gesehen was feuchte Kälte verursachen konnte. Wieder warf er Callie einen Blick aus schmalen Augen zu - Alles ihre Schuld!

Der Rückweg zog sich in die Länge, da die Damen nur langsam voran kamen. Callies Vorschlag schon voraus zu gehen um sich umzukleiden kam da ganz recht. Schweigend liefen sie nebeneinander her selbst Nathan wusste nicht was er in diesem Moment sagen sollte. Im Haus angekommen bugsierte ihn seine Begleiterin in Richtung der Treppe. „Du solltest dich ja hier auskennen - geh ins Bad und trockne dich ab, ich mach uns derweilen einen Tee.“ *Diese Frau! Im Herumkommandieren stand sie seiner Mutter in Nichts nach...*

Missmutig stieg er die Treppe in den ersten Stock hinauf und betrat das große Badezimmer. Er zog seine nassen Kleidungsstücke aus und rubbelte sich mit einem der großen Damasthandtücher trocken. Der Umstand, dass er ohne großes Gepäck angereist war, machte ihm kein Kopfzerbrechen. Er hatte noch einige Kleidungsstücke in seinem ehemaligen Schlafzimmer. Als er aus diesem Haus ausgezogen war hatte er schon seine heutige Körpergröße erreicht gehabt. Das Handtuch um die Hüften geschlungen durchquerte er den Flur und trat in sein Zimmer. Irgendetwas war nicht so wie es sein sollte. Seine Sachen standen anders als gewöhnlich und es roch auch anders und... war das etwa eine Plüscheule auf seinem Bett? Nathan trat an den Schrank, öffnete die Tür und erstarrte beim Anblick des Inhaltes. „Ich bezweifle dass da etwas in deiner Größe drin ist, Nate“ ertönte Callies amüsierte Stimme von der Tür. Er fuhr herum. Sie stand da mit einem Lächeln und trug ein Tablett mit 2 Tassen und einer Kanne Tee. „Wo sind meine Sachen?“

„Ich vermute im Gästezimmer.“

„Warum?“ Sie seufzte. Sie SEUFZTE allen Ernstes bei dieser Frage! Nathan fühlte wie der Ärger in ihm anstieg. „Das ist mein Zimmer und Mutter hat meine Besitztümer immer unangetastet gelassen! Also noch ein Mal: Warum sind meine Sachen im Gästezimmer?“

„Weil das nicht mehr dein Zimmer ist Nate. Du warst die letzten 4 Jahre nicht mehr hier. Ich dagegen schon. Und damit das Gästezimmer dennoch genutzt werden kann, hat deine Mutter mir dieses angeboten. Ich habe sie lediglich gebeten die chirurgischen Plakate abhängen zu dürfen sowie die Kleidung aus dem Schrank zu entfernen. Der Rest ist so geblieben.“

„Aber jetzt bin ich hier. Also kannst du im Gästezimmer wohnen. Und jetzt geh und hol meine Sachen hierher!“

„Das kannst du aber sowas von vergessen, Nate. Ich dachte, wir hätten die Hausmädchennummer hinter uns gelassen. Geh selbst, wo das Gästezimmer ist weißt du ja bestimmt.“

„Nein.“Callie zuckte nur mit den Achseln dann drehte sie ihm den Rücken zu und ging zum Schrank. Sie zog mehrere Kleidungsstücke heraus und schloss die Türen.

Nathan hatte sich in der Zwischenzeit eine Tasse Tee genommen und es sich auf dem Bett bequem gemacht.

Er würde sie schon dazu bringen das Zimmer zu verlassen!

Frauen waren im Normalfall recht zimperlich wenn ein fremder Mann in ihrem privaten Bereich eindrang, das wusste selbst er. Und Callie musste sich definitiv noch umkleiden, das würde sie wohl kaum vor ihm tun. Sobald sie das Zimmer verließ würde er abschließen und Alles wieder an seinen Platz zurück stellen.

„Willst du wirklich dort sitzen bleiben und mir beim Umziehen zusehen?“

„Mein Zimmer - wenn du dich schämst kannst du ja gehen.“ Sie funkelte ihn an und ging zur Tür. Nathan konnte sich ein spöttisches Grinsen nicht verkneifen - Menschen waren ja so leicht zu manipulieren. Die Tür klickte und er nahm zufrieden einen Schluck Tee.

Ein Plan geht schief

Es stellte sich heraus das er sich schon wieder geirrt hatte - zweifach. Erstens hatte Callie nicht nur Tee gebracht, sondern offensichtlich einen guten Schuss Rum zum Aufwärmen hineingetan und zweitens war sie nicht gegangen, sie hatte lediglich die Tür geschlossen und begann nun sich ihrer nassen Kleider zu entledigen.

Plötzlich stand sie vor ihm und drehte ihm ihren Rücken zu. „Wenn du schon so kindisch bist und Spielchen spielen musst, kannst du dich wenigstens nützlich machen und mir den Reißverschluss öffnen."

Nathan verschluckte sich fast an seinem Getränk, sein Hustenanfall bescherte ihm einen herausfordernden Blick über die Schulter. Er griff nach dem Zipper und zog daran. Zum Vorschein kam cremefarbene, glatte Haut, die...

Dieser verdammte Alkohol!

Callie trat zum Glück von ihm weg. Ohne mit der Wimper zu zucken zog sie das Kleid aus.

Nathan starrte sie an. Warum nur war sein Plan schief gelaufen? Und warum war sie nicht so verschämt wie andere Frauen? Er hatte immer angenommen, dass Frauen, die nicht Modelmaße hatten, dies am liebsten vor der Welt vertuschen wollten. Zumindest hatten das seine eher spärlichen Erfahrungen bisher bestätigt. Aber diese Frau schien sich darum nicht zu kümmern. Callie stand nun in Unterwäsche im Raum. Nathan ließ seinen Blick an ihr hinauf wandern. Sie hatte kräftige Waden, er vermutete sie betrieb irgendeine Sportart. Ihre Hüften konnte man nur wohlgerundet nennen - gebärfreudiges Becken hätte seine Großmutter früher gesagt. Ihr Bauch war flach, aber nicht durchtrainiert und ihr Busen...

Nathan hätte nie vermutet, dass er so von einem Busen fasziniert sein könnte. Bei seinen Studien und Fällen betrachtete er nur die Fakten, allerdings wogten die auch nicht in einem stattlichen D-Körbchen vor ihm auf. Aus irgendeinem nicht zu erklärenden Grund gefiel ihm diese Maßeinheit plötzlich.

Er wurde aus seinen Gedanken gerissen, als ein nasses Kleid gegen seinen Kopf klatschte. Nachdem er es beiseite gewischt hatte stand Callie dicht vor ihm. Ihr Zeigefinger unter seinem Kinn zwang ihn den Kopf zu heben. „Ich habe auch Augen, Nate, nur zur Information. Und ich dachte du bist anders." spottete sie.

Ihm fiel auf, dass sie ihre Haare gelöst hatte. Abwesend strich sie eine Strähne dunkelbraunen Haares hinter ihr Ohr. Sie stand so dicht vor ihm dass er ihre Körperwärme spüren konnte. Ein leichter Hauch von Lavendel stieg ihm in die Nase. Ihre Augen, die grün schimmerten, wanderten nun über seinen Körper und weiteten sich als sie das Handtuch erreicht hatten. Nathan wusste was sie entdeckt hatte und er konnte es sich selbst nicht erklären. Als ihre Augen sich wieder hoben und in seinen versenkten, hatte er nur noch einen Gedanken - er wollte diese Frau besitzen!

Seine Hand wanderte wie von selbst in ihren Nacken und zog sie zu sich. Callie wehrte sich nicht – im Gegenteil, als ihre Lippen auf seinen Mund trafen seufzte sie leise und lehnte sich nach vorn. Nathan ließ seine Hand in ihre Haare wandern und küsste sie fordernder.

Seine Zunge begehrte Einlass und Callie öffnete ihre Lippen für ihn. Als sie einen kleinen Kampf um die Vorherrschaft ausfochten, gaben ihre Knie nach und sie saß plötzlich auf seinem Schoß, die Beine links und rechts seiner Hüften, die Arme um seinen Hals geschlungen.

Sie war genauso warm und weich wie sie ausgesehen hatte und schmiegte sich nun perfekt an ihn. Er spürte ihre vollen Brüste an seinem Körper und ihm wurde bewusst, dass Alles was sie voneinander trennte, zwei Lagen Stoff waren. Es wäre ein Leichtes dies zu ändern. Der Gedanke machte ihn rasend und er grub seine Zähne in ihren Hals, Callie quittierte dies mit einem Stöhnen und Fingernägeln in seinen Schultern. Wieder ergriff er Besitz von ihrem Mund was sie mit der gleichen Leidenschaft beantwortet. Ihr BH stellte keine Hürde da, als er verschwunden war, grub Nathan sein Gesicht in die ihm dargebotene Fülle. Callie wimmerte leise als er eine der rosigen Warzen in den Mund nahm und daran knabberte.

Nathan wurde bewusst, dass er dabei war die Kontrolle zu verlieren. Er wollte diese Frau besitzen, jetzt gleich. Und das ganz, koste es, was es wolle. Vielleicht hätte er nicht so lange Zeit seit dem letzten Mal verstreichen lassen sollen.

Callie bewegte ihre Hüften leicht gegen seinen Unterleib, was Nathan zu einem kehligen Stöhnen veranlasste. Ihre Hände gruben sich in seine Locken und zogen seine Lippen zurück zu ihrem Mund. Sie übernahm nun die Führung, küsste ihn stürmisch, während sich ihr Körper noch enger an ihn schmiegte. Nur unter größter Mühe schaffte er es, sich von ihr zur lösen. Seine Stimme war selbst für seine Verhältnisse sehr rau und tief.

„Callie. Du musst jetzt gehen, sonst kann ich für nichts mehr garantieren!“

Ihre Antwort war ein weiterer tiefer Kuss und eine vorwitzige Hand, die sich an seinem Körper hinab unter sein Handtuch stahl. Als ihre warme Haut auf seine erhitztes Fleisch traf war seine Beherrschung dahin. Mit einem fast schon animalischen Knurren beförderte er sie unter sich auf das Bett. Das Handtuch ging dabei verloren, aber das war bedeutungslos. Callie wandte sich seufzend unter ihm und er konnte einfach nicht länger warten.

Mit fast schon groben Handgriffen befreite er sie von ihrem letzten Kleidungsstück und brachte sich zwischen ihren Beinen in Position. Es war ihm egal, ob sie schon soweit war, er musste sie besitzen und zwar augenblicklich. Mit einem kraftvollen Stoß drang er in sie ein und bemerkte, dass sie warm, weich und unglaublich bereit für ihn war. Callie stöhnte seinen Namen und Nathan nahm sie mit kurzen, harten Stößen. Er brauchte die Erlösung mehr als er erwartet hätte und war schon längst über den Punkt hinaus, an dem er auf sie hätte Rücksicht nehmen können. Sie keuchte unter ihm und schlang ihre Arme um seine Körpermitte. Er spürte, wie ihre Hände zu seinem Hintern wanderten und sie ihn zu einer festeren Gangart antrieb. Nur zu gern kam er diesem Begehren nach. Sich auf den Armen aufstützend versenkte er sich wieder und wieder in ihrem warmen Fleisch. Nicht lang und Nathan erreichte seinen Höhepunkt. Er stöhnte laut als er sich in sie ergoss und sackte dann auf Callie zusammen.

Es dauerte einige Minuten bevor er sich seiner Umgebung wieder bewusst wurde. Er lag immer noch auf Callie, die mittlerweile eine Decke über sie beide gezogen hatte und mit einer Hand seine Haare im Nacken kraulte. Ihre leise Stimme klang amüsiert, als sie ihn ansprach.

„Wenn das die Art ist, wie sich ein echter Holland benimmt, sollte ich meinen Vater warnen. Er ist ja doch nicht mehr der Jüngste, wer weiß ob er mit deiner Mutter mithalten kann." Er weigerte sich, sie anzusehen und brummte nur: „Kannst du bitte ernsthaft bleiben?" Er spürte wie sie nickte. „Kann ich. Aber erzähl du mir mal ernsthaft was das eben war."

Alarmiert hob er den Kopf, blaue Augen suchten Grüne. „Habe ich dir weh getan?" Callies Blick war warm, als sie den Kopf schüttelte. „Nein, hast du nicht. Es ist dir hoffentlich aufgefallen, dass ich das genau so wollte wie du. Was ich meine ist, das ich bis her noch nie gefickt wurde als ginge es um Leben und Tod." „Callie!"

„Jetzt lenk nicht ab! Die meisten anderen Frauen wären Zeter und Mordio schreiend rausgelaufen, nachdem du sie wie ein Berserker genommen hast, also sei froh das ich hier unter dir liege und keine andere!"

Diese Frau machte ihn noch wahnsinnig!

Genervt rollte er sich von ihr herunter und auf den Rücken. „Die meisten Anderen hätten sich auch nicht so schamlos vor mir ausgezogen!" Aber Callie ließ nicht locker. Sie rollte sich ebenfalls herum und lag nun halb auf ihm. Ihre linke Hand an seinem Kinn zwang ihn sie anzusehen. „Nathan, ernsthaft. Du bist nun wirklich nicht mein erster Mann gewesen, aber das war neu. Wenn ich es nicht besser wüsste, würde ich sagen du hattest seit Ewigkeiten keinen Sex!"

„Das kommt darauf an wie du Ewigkeiten definierst…" gab er wiederwillig zu.

„Nun, ich hatte seit einer halben Ewigkeit keinen Mann und das heißt sechs Monate."

„Dann hatte ich seit fast 3 Ewigkeiten keinen Sex, wenn du es so genau wissen willst."

„Seit 3 Jahren?" pures Entsetzen spiegelte sich in

ihrem Blick wieder. „Ja“ gab er wiederwillig zu.

„Warum? Ich meine, du bist ein hübscher Kerl und an Selbstbewusstsein mangelt es eher nicht bei dir.“

Er zuckte mit den Schultern „Keine Zeit, schätze ich.“

„Wie kann man denn keine Zeit für Sex haben?“

„Naja, ich hatte jede Menge Fälle und James wäre es auch aufgefallen, wenn ich ein ganzes Wochenende weg gewesen wäre und...“

„James?“

„Mein Mitbewohner. Er ist Arzt und manchmal diskutiere ich meine Fälle mit ihm, er versteht von diesem ganzen Beziehungssachen irgendwie mehr als ich. Was daran liegen könnte das er ständig versucht eine zu führen - irgendwie.“ Nathan lächelte beim Gedanken an James verzweifelte Versuche eine feste Freundin zu finden.

„Mhm, und wieso ein Wochenende?“

Nathan seufzte. „Du bist ganz schön neugierig.“

Callie grinste ihn nur an.

„Es ist nicht so, dass ich Sex nicht mag, aber ich bin nicht der Typ, der eine Beziehung mit einer Frau eingehen kann. Dieses ganze Zwischenmenschliche ist nicht meine Stärke.“

„Wäre mir kaum aufgefallen.“

„Können wir den Sarkasmus bitte lassen? Da ich leider aber ab und zu auch die Bedürfnisse eines normalen Mannes verspüre, habe ich mir angewöhnt, jedes Jahr für ein Wochenende eine ähh... Dame zu bezahlen, die diesem körperlichen Notstand ein Ende setzt, sodass ich die nächsten Monate Ruhe habe. Und in den letzten 3 Jahren hatte ich dafür einfach keine Zeit.“

Callie starrte ihn mit offenem Mund an. „Du willst mir also erzählen, du vögelst ein Mal im Jahr eine Prostituierte ein ganzes Wochenende lang und das reicht dir dann bis zum nächsten Mal?“

„Ich würde es nicht so vulgär ausdrücken, aber ja, das trifft den Kern der Sache."

„Na, wie praktisch dass du dieses Jahr diese immensen Ausgaben sparen konntest." kam die ziemlich schnippische Antwort. Sie war im Begriff sich wegzudrehen, als Nathan die Bedeutung der Bemerkung aufging. Er packte ihren Arm und zog sie zurück zu sich. Sie sträubte sich ein wenig, ließ sich aber in den Arm nehmen. „So habe ich das nicht gemeint. Das hier war... irgendwie anders. Nicht geplant. Und du bist Schuld, du hast mich schließlich betrunken gemacht!"

Callie kicherte schon wieder. Sie schob ihr linkes Bein über seinen Unterleib und begann seine Brust zu streicheln. Nathan schloss die Augen, sich völlig im Klaren darüber, dass sich seine Libido schon wieder regte. „Nate?" murmelte eine Stimme unterhalb seines Kinns

„Mhm?"

„Das ganze Wochenende?" Es dauerte kurz bis ihm aufging was sie meinte. Er sah sie an und musste unwillkürlich schmunzeln als er das Glitzern in ihren Augen sah.

„Ja, für gewöhnlich schon. Manchmal auch 3 Tage." Callies Lächeln wurde breiter. Sie zog sich nach oben und küsste ihn lange, bevor sie mit einem ergebenen Lächeln hauchte „Wie lang bleibst du hier?"

Wie lange er blieb? Darüber hatte er noch nicht nachgedacht. Nun, genau genommen könnte er ja bis zum Dienstag hier bleiben. Oder doch besser gleich bis Mittwoch, damit James vor ihm zu Hause ankam und sich Sorgen machte. Sollte er ruhig sehen, was ihm sein Verhalten von gestern einbrachte. Ja, die Idee war gut, Mittwoch war lang genug um... ja um was eigentlich genau? Sein Verlangen nach Beischlaf der letzten 3 Jahre zu stillen und somit wieder Ruhe zu haben? Ihm würde das nur nützen, aber was war mit Callie? Frauen neigten ja laut Literatur dazu, ihre Sexualpartner zu idealisieren und sich in sie zu verlieben und das war das Letzte was er gebrauchen konnte. Andererseits, sie wusste ja worauf sie sich bei ihm einließ, er hatte ihr eindeutig gesagt dass er für zwischenmenschliche Beziehungen nicht geschaffen war. Irgendwie hatte er das Gefühl das sie einer der Menschen war, der eine Gelegenheit beim Schopf packte wenn sie sich ihr bot und die Vorzüge des Lebens genoss. Also warum sollte er nicht annehmen, was sie ihm anbot?

„Mittwoch. Ich bleibe bis Mittwoch."

„Schön." schnurrte sie und fuhr mit ihrem Zeigefinger entlang seines Brustbeins. „Dann hast du ja genügend Zeit dein Versagen von eben wieder gut zu machen."

Wie bitte? Sein Versagen? Was meinte sie damit? Und warum lachte sie schon wieder?

„Jetzt schau mich nicht so an! Es ist dir bei deinem Überfall anscheinend nicht aufgefallen, aber nur du hast die Ziellinie erreicht. Und ich bin eine Frau die ungern auf der Strecke bleibt."

„Oh." Das war ihm wirklich nicht aufgefallen. Nun, bisher hatte das auch keine Rolle gespielt. Aber die anderen Damen waren ja auch bezahlt worden. Es war ja nicht so dass er nicht noch ein Mal gekonnt hätte, aber die Familie musste jeden Moment heimkehren und dann sollte er besser nicht mehr in Callies Bett liegen. Ein erneuter Koitus kam also nicht in Frage, andererseits wollte er nur ungern in ihrer Schuld stehen. Wobei - er hatte da eine Idee. Es gab etwas, das ihn schon länger interessierte. Er liebte es Menschen zu beobachten und zu analysieren. Leider hatten seine bisherigen bezahlten Sexualpartnerinnen ihm nicht helfen können. Sie waren nicht unbefangen und somit nicht als Studienobjekte geeignet. Callie dagegen hatte sich ihm freiwillig hingegeben.

Nathan ließ seine Hand langsam an ihrem Körper hinab gleiten. Während er sie vorsichtig mit seinen langen, schlanken Fingern streichelte, sah er ihr ins Gesicht. Eine Zeitlang starrte sie zurück, bis sie mit einem kleinen Seufzen und flatternden Lidern ihre Augen schloss. Ein zartes Rosa überzog ihre Wangen und ab und an zitterten ihre Nasenflügel. Er stellte mit Entzücken fest, dass er imstande war, ihr verschiedene Laute zu entlocken. Konzentrierte er sich auf ihre Klitoris, gab sie kleine, fast schon verzweifelte Seufzer von sich, strich er weiter unten über ihr Perineum schnurrte sie wie ein Kätzchen. Wer hätte gedacht dass man auf einer Frau wie auf einem Klavier spielen konnte. Er schien den Punkt gefunden zu haben, der ihr am meisten Freude bereitete, denn Callie biss sich nun auf die Unterlippe und stöhnte dabei leise. Ihre Atmung beschleunigte sich und sie begann sich leicht gegen ihn zu bewegen. Eine ihrer Hände grub sich in seine Haare und sie bäumte sich auf als er langsam einen Finger in sie schob. Es war faszinierend zu beobachten wie sie auf seine Berührungen reagierte. Die Anzeichen von Erregung waren eindeutig und verstärkten sich zunehmend. Er bewegte seine Hand leicht vor und zurück und Callie stockte der Atem als… es klopfte.

„Callie?“ ertönte Myles Stimme vom Flur.

Beide erstarrten. Callie schlug die Augen auf und Nathan erkannte herbe Enttäuschung in ihnen. Es hatte wohl nicht viel gefehlt. Seine Hand befand sich immer noch zwischen ihren Beinen als sie ihn ansah.

„Wag es ja nicht aufzuhören!“ zischte sie ihn an. Sie atmete zitternd aus bevor sie in normaler Tonlage rief „Was ist denn My? Komm bitte nicht rein, ich ziehe mich gerade um!“

Nathan bewunderte sie dafür dass ihre Stimme ganz ruhig war. Er sollte also nicht aufhören? Wenn das keine Herausforderung war zu sehen wie weit ihre Beherrschung gehen würde…

Also setzte er seine Bemühungen fort, während er vor der Tür das Scharren der Füße seines Bruders hören konnte. „Oh. Nein, natürlich komme ich nicht rein. Das würde sich nicht schicken. Ähm, weißt du wo Nathan ist? Seine Sachen liegen im Badezimmer, aber wir können ihn nirgends finden?“ Nathan lächelte spöttisch – immer ganz der beherrschte Gentleman! Wenn Myles wüsste!

Callie hatte mittlerweile die Augen wieder geschlossen und rang ganz offensichtlich um Haltung. Nathan ließ einen Finger kreisen und beobachtete wie sie den Mund verzückt öffnete. Dennoch war ihre Stimme relativ fest als sie antwortete „Er ist hier bei mir.“ Was? Warum erzählte sie Myles das? Wusste sie nicht, dass das einen riesen Aufruhr bringen würde?

„WAS? Ich denke du ziehst dich um? Was macht Nathan dann bei dir?“ erklang Myles fast schon schrill zu nennende Stimme aus dem Flur. Aha, Myles war schon dabei die Fassung zu verlieren. Schade das er sein Gesicht nicht sehen konnte, das wäre zumindest eine kleine Entschädigung für den anstehenden Ärger gewesen! Als er ihre Erwiderung hörte, musste er seine Meinung revidieren.

„Bleib ruhig, My! Er sitzt auf dem Bett und starrt schmollend die Wand an, weil ich, wie er sagt, sein Zimmer illegal requiriert habe! Und er weigert sich neue Sachen selbst aus dem Gästezimmer zu holen. Kannst du das bitte machen, du weißt ja was er braucht.“

Diese Frau! Nathan musste unwillkürlich lächeln. Sie spielte Myles Vorurteile geschickt gegen ihn selbst aus, um ihnen etwas Zeit zu verschaffen. Er beugte sich zu ihrem Ohr und flüsterte „Du bist wirklich ein kleines Luder, den armen My so anzulügen.“ Man konnte förmlich hören wie Myles vor der Tür die Hände rang.

„Kann er das nicht selber tun, Callie?“ Das Gästezimmer war Judiths Zimmer und um die Ehe der Beiden stand es nicht sonderlich gut, nach Allem was Nathan wusste. Und er war sich sicher dass Judith seit Jahren versuchte Myles mit einem Kind an sich zu binden, was diesen tunlichst von ihrem Bett fernhielt.

Callies leises Stöhnen brachte seinen Fokus zurück zu der Frau in seinen Armen. Sie atmete mittlerweile heftiger und auch ihr Griff in seinen Haaren hatte sich verstärkt. Die verrutschte Bettdecke zeigte ihm die hochaufgerichteten, rosigen Spitzen ihrer Brüste. Oh ja, ihre Beherrschung war stark am Wanken. Sie schluckte hart und öffnete den Mund um Myles zu antworten. Darauf hatte er gewartet und ließ einen zweiten Finger in sie gleiten. Er hätte nicht sagen können ob ihr flehentliches „Bitte!“ an ihn oder seinen Bruder gerichtet war, aber es brachte Myles dazu seinen Posten an der Tür vor sich hinmurmelnd zu räumen. Kaum waren seine Schritte verklungen, seufzte Callie hingebungsvoll und Nathan bewegte seine Finger schneller.

Ihr Höhepunkt war unglaublich. Ihr ganzer Körper spannte sich und er fühlte wie sie sich enger um seine Finger legte. Ein Zittern durchlief sie und ihr Gesicht! Nathan war beeindruckt von der Menge an Emotionen, die innerhalb von Millisekunden über ihre Züge huschten. Zuerst Anspannung, dann Ekstase, ein fast schon schmerzhafter Ausdruck, gefolgt von Glückseligkeit im Moment des Loslassens. All dies sah er bevor sie auf ein Mal an seinen Haaren zog und ihn leidenschaftlich küsste. Sie stöhnte in seinen Mund und raubte ihm den Atem mit diesem Überfall. Ihr Kuss wurde sanfter, weicher, als die Anspannung in ihr nachließ. Er fand es faszinierend, wie sie ihn so an ihren Emotionen teilhaben ließ. Nach einigen Sekunden lösten sich ihre Lippen zärtlich von seinen und Callie ließ den Kopf ins Kissen sinken. Er starrte sie gebannt an was Callie zu einem gequälten Lächeln veranlasste. „Soll ich dir vielleicht Zettel und Stift bringen, damit du deine Forschungsergebnisse notieren kannst?“ *Woher wusste sie? Aber egal, die Idee war ausgezeichnet.* „Ja das wäre hilfreich. AU!“ Sie hatte ihn geboxt.

„Du bist ein Idiot!“ warf sie ihm an den Kopf als sie aus dem Bett kletterte. Über die Schulter bekam er ein Lächeln. „Aber ein geschickter.“

So schnell sie konnte schlüpfte sie in ihre Kleidung. Callie steckte gerade ihren verwuschelten Kopf aus dem Ausschnitt eines Rollkragenpullovers als ihr auffiel, dass er immer noch im Bett saß. „Nate, verdammt, jetzt sitz da nicht nur rum, mach das Bett und wickel dir um Himmels Willen das Handtuch wieder um, sonst hätte ich mir den ganzen Ablenkungsquatsch auch sparen und My zu einem flotten Dreier einladen können!“

Es wiederstrebte ihm zwar, aber er folgte ihren Anweisungen und das keinen Moment zu früh. Kaum hatte er sich auf dem Bett niedergelassen, als es wieder klopfte. Callie band sich gerade die Haare zu einem Pferdeschwanz zusammen und öffnete die Tür. Myles trat ein und warf einen missmutigen Blick auf seinem kleinen Bruder. „Wirklich Nathan? Immer noch diese kindischen Spielchen?“

„Das ist mein Zimmer und Mutter hatte kein Recht es wegzugeben!“ kam es übertrieben trotzig zurück.

„Es ist ihr verdammtes Haus! Entschuldige Callie. Und jetzt zieh dir etwas an oder sollen wir wieder dieselbe Diskussion wie in der Grundschule führen?“

„Ich lass euch zwei Schätzchen Mal allein – sind die Anderen im Salon?“ Auf Myles Nicken hin verschwand Callie durch die Tür, zwinkerte Nathan aber hinter dem Rücken seines Bruders zu. Und dann war er allein mit Myles und dessen verurteilendem Blick.

Kaum war Callie aus der Tür, schnellte Myles herum und kam mit großen Schritten auf das Bett zu. Er warf die Kleider neben seinen kleinen Bruder und verschränkte die Arme in einer abwartenden Haltung. „ZIEH DICH AN!“

„Wozu? Es ist schon spät und ich kann genauso gut gleich schlafen gehen. In meinem Zimmer!“ Nathan hatte beschlossen den Dummen zu spielen, sei es nur um seinen älteren Bruder zur Weißglut zu bringen.

„Es hat dir noch keiner mitgeteilt, aber da du es vorgezogen hast unangemeldet aufzutauchen, wirst du nehmen müssen, was dir angeboten wird. Und das wäre in deinem Fall die Couch im Wohnzimmer.“ Myles süffisantes Grinsen war nicht zu übersehen.

„Die COUCH?!“

„Da du in deinem Zuhause dort auch so gern verweilst, sollte das doch kein Problem darstellen, oder Nate?“

„Nenn mich nicht Nate! Und doch - das ist ein Problem, wenn ich hier ein eigenes Zimmer zur Verfügung haben sollte!“

„Es ist aber nicht mehr dein Zimmer, Nate.“ Sein Bruder amüsierte sich eindeutig zu sehr. Nun, dem konnte Abhilfe geleistet werden.

„Warum schläft Judith eigentlich nicht bei dir, My? Ihr seid doch verheiratet?“ Die Spitze saß, Myles Gesicht war eine wahre Freude. Sein Blick sprühte Gift und Galle. Die Hände in die Seiten gestemmt brauste er auf.

„Du weißt ganz genau warum sie dort schläft! Ich

kann dieses Weib nicht in mein Bett lassen, sonst haben wir hier bald die nächste Generation Holland sitzen!"

„Und ist das nicht eigentlich der Sinn einer Ehe?"

„Nicht von dieser, Nate und auch das weißt du. Ich habe sie nur geheiratet, weil ich sonst niemals in bestimmte Posten und Kreise aufgenommen worden wäre. Man erwartet von einem Gentleman meines Alters verheiratet zu sein und deshalb habe ich Judith geheiratet - zum Repräsentieren, nicht zum Amüsieren! Und sie wusste das auch von Anfang an. Aber seit Callie und Graham in unser Leben getreten sind, bedrängt sie mich mit ihrem Wunsch nach einem standesgemäßen Erben!"

„Was hat denn Callie damit zu tun?"

„Oh Brüderchen, du bist wirklich so unschuldig wie frisch gefallener Schnee! Hast du schon ein Mal etwas von Eifersucht gehört?"

„Judith ist auf Callie eifersüchtig? Aber wieso das denn?"

„Weil sie jünger ist? Lebensfroher? Attraktiver auf ihre Art und Weise? Unterhaltsamer? Und weil ich Judith niemals geheiratet hätte, wenn ich Callie vorher gekannt hätte." Das Letzte kam ziemlich zögerlich aus dem Mund seines sonst so gefassten Bruders.

„Du hättest was nicht? Moment, Myles, willst du mir Allen Ernstes erzählen, du hättest lieber Callie als Judith geheiratet?"

„Ja natürlich! Ist das für dich so schwer nachzuvollziehen?"

„Deine genannten Aspekte passen ja in Hinsicht auf Amüsement und Nachwuchs - aber hast du nicht gerade noch gesagt, du hast eine Frau zum Repräsentieren gebraucht?"

„Ja, habe ich."

„Callie?!"

„Was spricht denn dagegen?"

„Was dagegen..?! Sie hat das Mundwerk eines Dockarbeiters und das Auftreten einer unreifen Teeniegöre! Das in Kombination mit ihrem Aussehen und ihrer Vorliebe für kitschige Popmusik und nicht standesgemäße Kleidung hältst du für repräsentativ?!"

„Oh Nathan, du hast ja keine Ahnung was in Callie so Alles steckt!" Myles Lächeln gefiel Nathan überhaupt nicht. Er wagte es sogar ihm herablassend den Kopf zu tätscheln. Nathan kniff die Lippen zusammen. Wie gern hätte er seinem Bruder ins Gesicht geworfen, WER noch vor kurzem in Callie gesteckt hatte...

Da sein Bruder offensichtlich vor hatte, zu warten, bis er mitkommen würde und er diese Unterhaltung satt hatte, begann Nathan sich grummelnd anzukleiden. Natürlich hatte Myles die engste Hose ausgesucht, die im Schrank zu finden war. Das in Kombination mit einem fusseligen Wollpullover und einem Paar dieser unsäglichen selbstgestrickten Socken seiner Tante - er kam sich schon vor wie James an einem seiner ‚Haushaltstage'. Myles lachte schon wieder, dieser elende Bastard! Das würde er noch bereuen.

Schabrackentapir und Lordschaften

Gemeinsam gingen sie die Treppe hinab, Myles hinter ihm, um auch ja jeden Fluchtversucht zu unterbinden. Im Salon angekommen, richteten sich alle Blicke auf sie. Seine Mutter und Judith konnten gerade noch die Contenance bewahren, Callie starrte ihn mit offenem Mund an. Graham aber brach in Lachen aus und klopfte ihm auf die Schulter.

„Junge, das nächste Mal suchst du dir deine Sachen lieber wieder selber aus! Kannst du dich in den Hosen überhaupt setzen?“ Also hatte Callie die Geschichte auch hier unten vorgetragen. Sein finsterer Blick führte nur dazu, dass sie sich das Lachen verkneifen musste und weg sah. *Fantastisch! Warum noch Mal war er hier?*

„Wenn ihr dann Alle eure Erheiterung hattet, könnte bitte einer die Güte haben, mir mitzuteilen, was so wichtig war, dass ich unbedingt in diesem lächerlichen Aufzug, zu dieser fortgeschritten Stunde hier erscheinen musste?“

Es war Judith die ihm antwortete. „Wir wollen Scharade spielen.“ *Oh gütiger Gott, nein!* Dieses unsägliche Spiel hatte er ganz vergessen! Traditionell an Weihnachten gespielt und er hatte sich schon als Kind immer gelangweilt.

Ein Blick in die anwesenden Gesichter zeigte ihm, dass er keine Wahl haben würde. Resignierend ließ er sich auf das Sofa fallen und ergab sich seinem Schicksal.

„Kann ich dann wenigstens einen Drink bekommen, um das zu überstehen?"

Den Gefallen tat ihm Graham, während die Anderen auslosten, wer in welchem Team sein würde. Nathan betrachtete den Mann an seiner Seite genauer. Er war Anfang Sechzig schätzte er, dafür aber noch gut in Form. Entweder trainierte er oder er ging körperlicher Arbeit nach. Graham hatte blonde Haare und - im Gegensatz zu seiner Tochter - einen gebräunten Teint. Kein Wunder das er ihn für den Gärtner gehalten hatte. Der Gedanke an Callie ließ ihn kurz in ihre Richtung sehen, sie füllte gerade einige kleine Zettel aus. Als er zurück zu Graham blickte, sah er direkt in grüne Augen, die ihn belustigt ansahen.

„Wie es aussieht hast du die zusätzliche Zeit, die ich euch verschafft habe, genutzt, mein Junge. Gut gemacht."

„Zusätzliche Zeit?"

„Ich dachte mir schon, dass ihr da etwas zu klären habt, also haben wir einen etwas längeren Rückweg genommen - es gab da eine Tanne, die ich den anderen unbedingt zeigen musst. Auch wenn die Begeisterung bei den Damen eher gering ausgefallen ist." Er seufzte theatralisch und zwinkerte Nathan zu.

„Soll das heißen, du hast extra einen Umweg gemacht, damit ihr später hier ankommt?"

„Also Junge, dafür das du so überragend schlau sein sollst, stellst du dich manchmal ganz schön an! Natürlich, hätten wir sonst für den Rückweg 40 Minuten gebraucht, den ihr in 5 zurück gelegt habt?"

Also, das war ja nicht zu fassen! Nathan blieb zum wiederholten Male an diesem Abend eine Antwort schuldig und widmete seine Aufmerksamkeit seinem Bruder. Der ließ gerade mit großem Tamtam jeden einen Zettel aus einer Schale ziehen. Nathan öffnete sein Los und fand darin die Nummer 1. Es stellte sich heraus, dass er das Glück heute nicht an seiner Seite hatte - in seinem Team waren seine Mutter und Judith.

Keine halbe Stunde später war Nathan am Rande eines Nervenzusammenbruchs. Er versuchte gerade einen Subkontinent pantomimisch darzustellen, ohne dass seine zu enge Hose riss – eine anatomische Meisterleistung wie er fand. Leider stellten sich seine beiden Teammitglieder eher unterdurchschnittlich gut an.

„Indien!“ rief seine Mutter.

„Maharadscha“ war Judiths Beitrag.

„Curry!“

„Hinduismus“

„Buddhismus“

„NEIN,NEIN,NEIN! Zusammengesetzte Wörter! Jetzt strengt euch doch wenigstens etwas an!“

„Indianerzelt?“

„Buddhastatue?“

„Arbeitselefant?“

Entnervt warf er die Hände in die Luft. Warum nur musste es ihn so hart treffen?

Ein Kurzzeitwecker summte leise und beendete damit seine Zeit. Nathan funkelte das amüsierte gegnerische Team empört an, bevor er sich neben Callie auf das Sofa setzte, was die Nähte der Hose bedrohlich ächzen ließ.

„Wer von euch drei Schlaumeiern ist denn auf diesen Begriff gekommen?“ Myles und Callie sahen sich grinsend an, es war sein Bruder der antwortete. „Vielleicht hättest du das Pferd nicht von hinten aufzäumen sollen?“

„Von hinten? Glaubst du mit dem ersten Wort hätten sie es schneller erkannt?“

„Nate, es war vielleicht nicht die beste Idee den

lateinischen Namen darstellen zu wollen." erklärte Callie ihm. Ihre Hand, die vertrauensvoll sein Knie tätschelte, ignorierte er vorerst.

„Ich bitte dich, Tapirus indicus ist wirklich nicht so schwer zu erkennen!"

„Bitte was?" wagte Judith zu fragen.

„Tapirus indicus - der Schabrackentapir!"

„Warum hast du denn nicht eine Schabracke dargestellt, das wäre vielleicht einfacher gewesen?" schaltete sich nun auch noch seine Mutter ein.

„Warum ich? Also, das ist doch kaum zu fassen, ich bin von einer grundsätzlichen Bildung in diesem Haushalt ausgegangen, schließlich sind überragende Geister wie Myles und ich hier aufgewachsen, aber dass nicht ein Mal du weißt, Mutter, was ein Schabrackentapir ist..." Er war gerade dabei, in Fahrt zu kommen als es läutete.

Augenblicklich wurde er von den beiden Frauen ignoriert, die sich nun mit leuchtenden Augen an den Händen hielten.

„Judith! Es hat geklingelt!"

„Ich weiß, ist das nicht aufregend?"

„Oh ich kann es kaum fassen!"

Nathan war verwirrt. Seine Mutter und seine Schwägerin hüpften schon fast vor Freude auf und ab, ein Blick auf seinen Bruder zeigte ihm ein sehr selbstzufriedenes und fast schon dümmliches Grinsen und Graham saß mit stolz geschwellter Brust in seinem Sessel. Nur Callie wirkte recht normal, sie beobachtete die Anderen ebenfalls und sah aus, als würde sie einer Gruppe Kinder beim Weihnachtslied vorsingen zusehen. Waren heute denn Alle total durchgedreht?

„Wir müssen uns beherrschen Judith!"

„Ich weiß, aber es ist so aufregend!"

„Graham, es hat geläutet, würdest du bitte die Tür öffnen und nachsehen wer zu so später Stunde noch stört?“

Der Versuch seiner Mutter, würdevoll und erhaben zu wirken ging gründlich schief, Callie lachte leise in ihr Glas. Der warme Ton ließ ein Kribbeln seinen Rücken hinab laufen, aber Nathan beschloss, sich später eingehend damit zu beschäftigen, jetzt musste er erst ein Mal herausfinden, warum plötzlich Alle verrückt wurden. Graham war mittlerweile im Flur verschwunden und begrüßte jemand an der Tür. Leider konnte Nathan durch die schweren Holztüren nicht verstehen, was gesprochen wurde. Sein Stiefvater in spe kam zurück und hielt die Tür für den Neuankömmling auf. Judith und seine Mutter standen bei Myles, welcher sogar den Arm seiner Frau untergehakt hatte. Graham trat zu seiner Verlobten und nahm ihre Hand. Lediglich Callie blieb neben ihm sitzen, er spürte ihre Wärme deutlich an seiner Seite. Für einen kurzen Moment kam ihm der Gedanke, ob er nicht auch den Arm um sie legen sollte, wie es die anderen Männer im Raum bei ihren Frauen getan hatten. *Gruppenzwang*! Was für eine schreckliche Sitte Zugehörigkeit durch Zurschaustellung von Körperkontakt zu demonstrieren. Seltsam das Myles sich auf ein Mal darauf einließ. Was wurde hier nur gespielt?

Seine Aufmerksamkeit wandte sich dem Besucher zu und Nathan erkannte warum Callie so belustigt wirkte. Der Gast war ein Mann im mittleren Alter. An sich war an ihm nichts Besonderes - von seiner Kleidung abgesehen. Er trug eine Uniform die der der Yeoman Warders im Tower of London verdächtig ähnelte und begann gestelzt eine Schriftrolle zu entrollen. Dann las er laut vor:

„Lady Anne Margareth Chipswhick, Countess of Kingston-upon-Hull, lädt hiermit die Familien Campbell und Holland zum alljährlichen Weihnachtsball nach Chipswhick Manor ein. Es wird um Erscheinen zur 7. Stunde gebeten."

Während er das Papier zusammenrollte blickte er in die Runde. An Graham gewandt fragte der Besucher: „Ich darf also 6 Gäste vermerken?" was mit einem Nicken beantwortet wurde. Violet knickste und brachte ein „Es ist uns eine große Ehre" heraus. Der Lakai - anders konnte man ihn nicht beschreiben - verbeugte sich kurz und verließ dann mit Graham den Raum. Kaum war die Eingangstür hörbar ins Schloss gefallen, fielen sich Nathans Mutter und Judith in den Arm.

„Das 2. Jahr in Folge, Judith! Ist das nicht hervorragend?"

„Nächstes Jahr noch und wir stehen für immer auf der Gästeliste!"

Irgendein Detail entging Nathan hier immer noch. Er sah zu Callie, die milde lächelnd noch immer neben ihm saß. Sein fragender Blick genügte und sie setzte zur Erklärung an.

„Countess Chipswhick gibt schon seit Jahrzehnten einen Weihnachtsball. Nur ausgewählte Gäste werden eingeladen und wenn man drei Mal in Folge auf der Gästeliste stand, hat man Besuchsrecht auf Lebenszeit. Deine Mutter versucht schon seit Jahren eingeladen zu werden."

„Und warum klappt es jetzt auf ein Mal?"

Sie zuckte mit den Schultern. „Vielleicht hat My mehr Einfluss durch seinen Posten in der Regierung. Wer weiß das schon, was diesen vornehmen Leuten im Kopf herum geht. Deine Mutter ist glücklich und das ist die Hauptsache."

„Und dieser Auftritt, ist der immer so förmlich?"

„Lady Chipswhick legt viel Wert auf Traditionen. Deshalb ist morgen auch große Abendrobe für die Damen angesagt, die Herren dürfen Anzug tragen." Ihr fiel plötzlich etwas ein, dass erkannte er an der Art, wie sie die Augen zusammenkniff und ihn von der Seite ansah. Sie atmete tief ein und beugte sich vor. „Violet?"

„Ja, Callie, meine Liebe? Ist das nicht herrlich? Ich hoffe du hast ein neues Kleid mitgebracht!"

„Ja, habe ich. Aber ist euch aufgefallen, wie viele Gäste er gezählt hat?"

„Was meinst du?"

„Die Familien Campbell und Holland wurden mit 6 Gästen gezählt. Wenn ihr nicht Grandma mitnehmen wollt..." Nathan registrierte ein kleines Kopfnicken in seine Richtung. Alle Augen richteten sich auf ihn. Judith verlor die Contenance und sah ihn entsetzt an und seine Mutter hatte plötzlich ein angriffslustiges Funkeln in den Augen. Mit in die Seiten gestützten Armen baute sie sich vor ihm auf.

„Nathan Holland! Bei Allem was mir lieb und teuer ist - du wirst mir diese Gelegenheit nicht versauen! Hast du mich verstanden?"

„Wie sollte ich, Mutter? Ich werde doch ohnehin nicht auf diesen Ball gehen."

„Oh doch, das wirst du!"

„WAS?"

„Wir haben für die anwesenden 6 Personen zugesagt und ich werde mein Gesicht nicht verlieren, nur weil du keine Lust hast. Du wirst also morgen um Punkt 17:00 Uhr perfekt angezogen in diesem Flur stehen und als Callies Begleitung auf den alljährlichen Ball auf Chipswhick Manor gehen. Und dort wirst du dich ordentlich verhalten und keinen vor den Kopf stoßen! Hast du das verstanden?"

„Ich soll Callies Begleiter sein?“ Das wurde ja immer schöner! Nicht genug, dass sie ihn zwingen wollten auf einen Ball zu gehen, der ihm ohnehin zuwider war. Nein, er sollte auch noch der Aufpasser für Callie werden, die sich in dieser Umgebung sicherlich nicht zu benehmen wusste!

„Ja, der wirst du sein. Es ist schade für sie, dass sie nicht wieder den Sohn der Countess als Begleitung haben kann. Aber das ist nicht zu ändern. Callie, Liebes, du kannst mit Trevor ja trotzdem ein paar Tänze tanzen. Ihr wart so ein hübsches Paar.“

„Wenn das dein Wunsch ist, Violet, gern.“ ließ Callie verlauten. Ihr Gesichtsausdruck zeugte allerdings von wenig Begeisterung. Damit war das Thema für seine Mutter erledigt und sie wandte sich ab. Nathan saß immer noch wie vom Blitz getroffen neben Callie - in was war er da nur hineingeraten?

Er zuckte zusammen, als sie plötzlich in sein Ohr flüsterte. „Du bist jetzt mein strahlender Held - ich muss nicht den ganzen Abend mit Trevor verbringen! Mir ist selten ein so aufdringlicher Mann begegnet und ich hatte den ganzen Abend zu tun, seine Hände unter Kontrolle zu halten. Du lässt deine Finger zwar offensichtlich auch gern wandern, aber du weißt wenigstens was du tust, Nate.“ Das letzte Wort schnurrte sie schon fast und er konnte nicht verhindern, dass ihr warmer Atem ihm Gänsehaut am gesamten Körper bescherte. Er drehte den Kopf und sah in ihre im Kerzenlicht schimmernden Augen. Die bissige Bemerkung, die er eben noch auf der Zunge gehabt hatte, blieb ihm im Hals stecken.

Sie flirtete tatsächlich mit ihm und schlimmer noch - er sprach darauf an! Nach einem Räuspern brachte er schließlich hervor: „Ich bin kein Held, das ist James Part bei unserer Arbeit, er rettet die Leute.“

„Nein. Du bist eher Anakin Skywalker. Einmalig, hochbegabt, mit Fähigkeiten beglückt, die kein Anderer hat. Auserwählt von der Macht, bist du den einfachen Menschen überlegen. Die Frage ist nur für welche Seite du dich entscheidest.“ Ihr leises Lachen perlte als sie sich erhob. „Ich lass dich jetzt kurz allein, damit du googlen kannst, was ich mit dieser Referenz auf Trivialunterhaltung meine.“

Der Rest des Abends verlief ruhig, Nathan war dankbar, dass das Scharadespiel nicht mehr erwähnt wurde. Judith hatte sich früh entschuldigt, sie wollte noch ein Mal die Garderobe für den morgigen Tag durchgehen und - so verkündete Myles nach ihrem Abgang - brauchte ohnehin Stunden im Bad. Als Myles den Fernseher anknipste und zusammen mit Graham Platz auf der Couch nahm, wurde es darauf recht eng zu viert.

Callie war es schließlich, die seufzend aufstand. Sie zog eine kleine Schnute, überlegte kurz und kam zu einem Entschluss.

„Ihr seid ja wirklich wahre Gentleman! Einfach eine Dame von der Couch werfen! Aber so haben wir nicht gewettet, die Herren!“ Bevor einer der Männer etwas sagen konnte, zog sie ihre Schuhe aus und nahm auf der rechten Armlehne Platz. Sie streckte ihre Beine aus und legte den linken Arm auf die Rücklehne des Sofas. Dass sie damit quasi auf Nathans Schoß saß, was ihr mit Sicherheit bewusst war, ihm auf jeden Fall mehr als deutlich. Keinen der Anderen schien es zu stören, seine Mutter, die in ihrem geliebten Ohrensessel saß, warf ihnen sogar einen belustigten Blick zu.

Die Männer hatten sich auf eine Dickens Verfilmung einigen können. Die Geschichte hatte Nathan schon zu oft gehört, gelesen und gesehen, um sie interessant zu finden. Wesentlich spannender war, was Callie so trieb. Sie sah zwar gespannt auf den Bildschirm, aber nach kurzer Zeit spürte er, wie ihre linke Hand begann, mit einer seiner Locken zu spielen. Er wollte schon leise protestieren, als sie begann seinen Kopf zu kraulen. Das war wiederum etwas völlig anderes, es half zu entspannen und er wusste sehr genau, dass ein gut durchbluteter Kopf besser denken konnte. Er schloss die Augen und versuchte an einen seiner Fälle zu denken, doch es gelang ihm nicht so recht. Kraulende Finger lullten ihn ein, ein Hauch von Lavendel lag ihm in der Nase und er spürte die Wärme, die von Callie ausging. Als sie nach einiger Zeit begann, unruhig hin und her zu rutschen, ließ er zu, dass sie ganz auf seinem Schoß Platz nahm. Mehr noch, er legte sogar seinen Arm um sie, um einen Absturz zu verhindern. Callie kuschelte sich enger an ihn.

Als der Film zu Ende war, erhob sich Myles, streckte sich demonstrativ und gähnte. Allerdings schien er sich irgendetwas gezerrt zu haben, denn er hielt mitten in der Bewegung inne und sah irgendwie verkrampft aus. „So, ich werde dann Mal in mein Zimmer…. Sagt Mal, was MACHT ihr zwei denn da?!“

Callie sah grinsend zu Nathan, dann zurück zu Myles. „Kuscheln. Sowas machen Geschwister doch, oder My?“

„Du kennst ihn seit 10 Stunden und mich seit fast 3 Jahren und mit mir hast du noch nie gekuschelt!“

„Aber doch nur, weil mir sonst Judith den Kopf abreißen würde! Du musst nämlich wissen, sie denkt du seist in mich verliebt. Und mit deiner Frau lege ich mich lieber nicht an! Ich glaube sie kann Karate!“ flüsterte sie mit einem schelmischen Grinsen.

„Wa...? Aber?“ Nathan fiel es schwer bei Myles Gesichtsausdruck nicht zu lachen. Callie war manchmal unglaublich amüsant. Sie stand nun auf, ging zu Myles und umarmte diesen. Mit einem Küsschen auf die Wange bekam er „gute Nacht“ gesagt. Zwinkernd fügte sie hinzu „Aber erzähl das bloß nicht Judith, großer Bruder!“ Ihr Vater erfuhr die gleiche Behandlung, seine Mutter wurde nur gedrückt. Dann kam sie auf ihn zu und wuschelte ihn kurz durch die Haare. „Gute Nacht Nate, ich hoffe du kannst gut auf dem Sofa schlafen.“ Und weg war sie. Das hatte er sich irgendwie anders vorgestellt.

Die anderen drei verabschiedeten sich auch bald, Myles mit einem äußerst argwöhnischen Blick. Missmutig baute Nathan sein Nachtlager auf. Einen Besuch im Gästebad später und Nathan lag nur mit Boxershorts bekleidet auf der Couch. Die Arme unter dem Kopf verschränkt, starrte er in das schwach beleuchtete Zimmer. Heute war eindeutig zu viel Unerwartetes passiert. Nie im Leben hätte er damit gerechnet, dass seine Mutter einen Freund - nein Verlobten korrigierte er sich - haben könnte. Und dann Callie.

Nathan seufzte. Das war überhaupt nicht geplant und auch nicht gut. Viel zu leicht war es ihr gelungen, seine Mauern zu durchbrechen. Normalerweise waren Frauen nach 10 Minuten in seiner Gesellschaft mehr als bedient. Und das war zum größten Teil auch beabsichtigt. Aber Callie schien das nicht zu interessieren.

Und erst der Sex! Nathan stöhnte innerlich, es fiel ihm schwer nicht daran zu denken, wie ihre Augen geglitzert hatten, als sie über die Dauer seines Aufenthaltes gesprochen hatten. Aber warum war er dann plötzlich auf die Couch verbannt worden? Schicklichkeit der Familie wegen? Er wurde aus ihr einfach nicht schlau!

Plötzlich hörte er Geräusche aus der Küche. Da Alle schon im Bett sein sollten, beschloss er nachzusehen. Leise schlich er zur Durchgangstür und öffnete sie einen Spalt. Nathan sah...

nichts.

Er drückte die Tür weiter auf und konnte den Kühlschrank erkennen, dessen Tür geöffnet war. Unterhalb der Tür sah er zwei nackte Beine und diese kamen ihm sehr bekannt vor.

„Callie?" Ihr Kopf erschien hinter der Tür und mit einem ihrer typischen, verschmitzten Lächeln rügte sie ihn gespielt. „Erschreck mich doch nicht so, Nate!"

„Als ob ich dich erschreckt hätte!"

„Hach, dir kann man auch nichts vormachen. Nein, du hast mich nicht erschreckt."

„Was machst du denn noch hier? Ich dachte du wolltest schlafen?"

„Ja, aber mir fiel ein, dass ich den Pfannkuchenteig fürs Frühstück noch nicht vorbereitet hatte. Und der wird immer besser wenn er über Nacht quellen kann."

„Pfannkuchen zum Frühstück?"

„Mhm, Vater liebt das und My mittlerweile auch."

„Dann hat er seine zusätzlichen Pfunde wohl dir zu verdanken?" Sie lachte. „Kann schon sein." Mit Eiern, Milch und Butter beladen tauchte sie hinter der Kühlschranktür auf. Nathan erkannte, dass sie nur ein T-Shirt trug, das ihr viel zu groß war. Männergröße, auch vom Schnitt, aber das Motiv war aufgestickt und eher untypisch für einen Mann. Es war ein Comic: Offensichtlich von einer Familie, die schlafend auf einem Sofa lag - 2 Kinder, ein Junge und ein Mädchen, im gleichen Alter, Eltern, er blond, sie dunkelhaarig. Der Mann trug an einer Hand einen Handschuh und im Hintergrund waren eine futuristische Skyline und ein

Himmel voller Sterne zu sehen. Die Frisur des Mädchens hatte er schon ein Mal gesehen. Sie sah aus als hätte sie zwei Donuts links und rechts am Kopf kleben. In Nathans Hirn ratterte es. „Star Wars?“ fragte er mit einem Schmunzeln in der Stimme. Sie sah ihn etwas ungläubig an „Hast du also wirklich gegoogelt?“

„Ich weiß ganz gern, wenn mich jemand beleidigt.“

„Das war keine Beleidigung!“

„Ich weiß.“ Callie lächelte und setzte ihren Weg in Richtung Tresen fort. Seine nächste Frage traf sie unvorbereitet „Wünschst du dir so sehr eine Familie?“

Callie wirbelte herum „Was?“

„Na, es ist offensichtlich, dass du dir eine stabile Eltern-Kind-Beziehung wünschst.“

„Aha, und woran erkennst du so etwas bitte schön?“

„So schwer ist das nun auch wieder nicht - dein Shirt verrät es.“

„Mein Shirt?“ Callie sah ihn ungläubig an. Nathan war aus irgendeinem Grund in Gönnerlaune und bereit, es ihr zu erklären. „Also - soweit mich meine knappen Recherchen vorhin nicht in die Irre führten, ist dein T-Shirt eine Referenz auf Ereignisse nach den Episoden 1-3 und vor den Episoden 4-6 der Star Wars Filme. Die Frisur des Mädchens impliziert, dass es sich um die junge Leia handelt. Demzufolge sind die Eltern Padme und Anakin, was auch den Handschuh erklärt. Der Junge kann folglich nur Luke sein. Wenn ich richtig informiert bin, ist es allerdings nicht korrekt, dass diese 4 als Familie zusammengelebt haben. Dementsprechend entspringt dieses Bild einem Wunschgedanken. Deine Bereitschaft, die Ausgaben, die mit einem eigens für dich hergestellten Shirt einhergehen, zu tragen, dann muss dir das Motiv viel bedeuten. Und bevor du fragst - es ist klar, dass es ein Unikat ist. Denn so ein weiches, weibliches Motiv wird nicht in größerer Stückzahl auf Männershirts gestickt. Noch dazu in dieser guten Qualität, die den Preis außerordentlich erhöht haben dürfte. Das in Kombination mit deinem Alter lässt zwei Schlüsse zu - entweder wünschst du dir selber Kinder oder du leidest noch immer darunter keine Mutter mehr zu haben."

„Und was ist, wenn mir einfach nur die Idee gefällt, dass sich Anakin für die gute Seite entscheidet und glücklich mit seiner Familie sein kann?"

„Auch das würde meine dargelegte Theorie stützen."

Callie drehte sich leicht genervt um und begann auf dem Tresen mit den Zutaten zu hantieren. „Meine Güte, Nathan! Es ist nur ein „Was wäre wenn" Szenario und das Bild hat mir gefallen. Du musst ja nicht aus Allem eine Psychographie erstellen."

Ein was-wäre-wenn-Szenario? Nathan hatte gerade auch Eines im Kopf. Callie stand mit dem Rücken zu ihm und streckte sich gerade nach einem Schneebesen, der über ihr an einem Regal hing. Ihr Versuch an das gewünschte Utensil zu gelangen bescherte ihm einen erstklassigen Eindruck, was sie unter dem Shirt trug - und das war nicht allzu viel. Sein Körper reagierte sofort, was ihn selbst sehr überraschte. Seine „Auslastungswochenenden" waren anders verlaufen, die Damen hatten ihr Geld nicht leicht verdient. Warum also stand er hier, in der Küche seiner Mutter, nur in Shorts und hatte eine Erektion, weil er den halbnackten Hintern einer Frau gesehen hatte? Nicht irgendeiner Frau, sondern ausgerechnet seiner zukünftigen Stiefschwester, die noch dazu unter seinem Bildungsniveau war und den Wortschatz eines Hafenarbeiters besaß? Einer Frau, die keine Modelmaße hatte und die so wenig zu ihm passte, wie ein Byron-Gedicht in die Halbzeit eines 3.Liga Fußballspiels? Wann war aus seiner anfänglichen Antipathie Sympathie geworden? Warum berührte es ihn, dass sie ihm genug vertraute, obwohl sie ihn so kurz kannte? Und wo kam dieser unsinnige Wunsch her, sie berühren zu wollen?

Oh ja, und ob er sie berühren wollte! Er wollte fühlen, wie sie unter seinen Fingern erbebte und zitterte. Er wollte sie küssen, bis sie wie Wachs in seinen Händen war. Er wollte spüren, wie sie sich haltsuchend an ihn klammerte, wie sich ihre Finger in seine Haare wühlten, sich ihre Beine um seine Hüften schlangen. Er wollte sehen, wie sie aussah, wenn er sie nahm, wieder und wieder. Er wollte hören, wie sie unter ihm stöhnte und voller Verlangen seinen Namen rief wenn er sie besaß. Er wollte Alles, was sie geben konnte, sie sollte ihm gehören, nur ihm allein. Er musste sie besitzen! Dieser Gedanke löschte alles Andere aus. Im nächsten Moment stand er schon hinter ihr und griff nach ihrer ausgestreckten Hand. „Myles wird morgen auf seine Pfannkuchen verzichten müssen." raunte er in ihr Ohr, als sie versuchte dagegen zu halten.

Callie fühlte sich kurz überrumpelt. „Was? Aber Nate, ich... ooohh" Sie wollte sich gegen den fast schon schmerzhaften Griff um ihr Handgelenk wehren, als er mit seinem anderen Arm ihre Taille umfing und sich von hinten an sie presste. Er mochte nicht so aussehen, aber er hatte Kraft, einen ersten Eindruck seines sehnigen Körpers hatte sie am Nachmittag erfahren können. Den Grund für seinen plötzlichen Überfall konnte sie mehr als deutlich fühlen, er lag heiß und hart und nicht gerade klein an ihrem Po. Noch während sie dies realisierte, biss er sie nicht gerade sanft in den Nacken. *Himmel, das war nicht fair!* Callie keuchte auf. Er schien genau zu wissen, was ihr gefiel und traf mit ungeheurer Zielgenauigkeit die

Punkte, die sie um den Verstand brachten. Nathans Zähne und sein heißer Atem an ihrem Hals ließen ihr Blut pulsieren und jagten regelrechte Erregungsschauer durch ihren Körper. Seine Hand ließ ihr Handgelenk los und raffte hektisch das Shirt nach oben, um sich anschließend um eine ihrer Brüste zu legen. Als er ihre Brustwarze zwischen seine Finger bekam, bäumte sie sich auf, doch sein Arm an ihrer Taille war unerbittlich und hielt sie fest umfangen. *Was in Gottes Namen sollte sie diesem Überfall entgegen setze? Dieser Mann fiel wie ein Wirbelsturm über sie her und fegte jegliche Gegenwehr im Handstreich hinweg!*

Er begann leise stöhnend seinen Unterleib an ihr zu reiben. Instinktiv spreizte sie etwas ihre Beine. Es war ohnehin zu spät, sie war schon mehr als bereit für ihn, das würde er bald herausfinden. Und sie wollte, dass er sie dort berührte. Sie wollte ihn spüren, alles Andere war nebensächlich geworden. Sie ließ ihren Kopf nach hinten auf seine Schulter sinken und wölbte sich seinen geschickten Händen entgegen. Endlich ließ er ihre Taille los und seine Hand wanderte an ihrem Körper hinab und unter ihren Slip. Er stöhnte auf, als seine Finger auf ihr heißes, feuchtes Fleisch trafen. Ihr Becken drängte gegen seine Hand, doch er ließ nicht zu, dass sie auch nur einen Zentimeter von seinen Hüften abrückte.

Callie verlor sich im Rhythmus seiner Finger und seines pulsierenden Unterleibes, der immer wieder an ihr entlang rieb. Sie stöhnte protestierend auf, als seine Finger sie verließen, aber Nathan erstickte diesen Protest mit einem fordernden Kuss, während er seine Shorts auszog. Sie wollte ihn unbedingt berühren. Ihre Hand fand seinen harten Penis und schloss sich um ihn. Er fühlte sich an wie zarte, heiße Seide. Als ihr Daumen einen kleinen Kreis über seine Eichel beschrieb zuckte er zusammen und stöhnte in ihrem Mund. Er löste sich von ihr und seine Stimme, vor Erregung dunkel und zähflüssig wie Honig, drang in ihr Ohr. „Ich brauche dich, Callie! Jetzt, sofort, oder ich werde verrückt."

Sie konnte nur Nicken. Er machte sich nicht die Mühe ihren Slip auszuziehen, sondern löste das Problem mit einem harten Ruck seiner Hand. Sie wurde nach vorn gebeugt und spürte, wie er mit seiner Hand den Weg vorgab. Und dann drang er in sie ein. Nicht hart und ruckartig wie am Nachmittag, sondern langsam, fast schon genießerisch. Die letzten Zentimeter drängte sie sich gegen ihn. Sie wollte ihn endlich komplett in sich spüren. Wieder hielt seine Hand sie wie im Schraubstock gefangen und verhinderte eine Bewegung. Sie spürte seinen schnellen Atem an ihrem Nacken. Callie versuchte sich etwas zurück zu ziehen, doch er bremste sie.

„Nicht" raunte er gequält, aber es war ihr egal. Sie wollte genommen werden und zwar sofort. Ihre nächste Bewegung kam unverhoffter und sie nahm ihn komplett in sich auf. Nathan stieß einen Laut aus, der etwas Animalisches an sich hatte und ließ seinem Verlangen nun freien Lauf. Wieder und wieder drang er in sie ein und Callie war bald ein zitterndes, keuchendes Bündel, das auf der Arbeitsplatte liegend um Erlösung wimmerte. Als sie schließlich kam, musste sie hart an sich halten um nicht zu laut zu schreien und biss in ihrer verzweifelten Bemühung in Nathans abgestützten Unterarm.

Das, zusammen mit den kaskadischen Zuckungen um seinen Schaft, gab auch ihm den Rest und er erreichte seinen Höhepunkt mit einem letzten festen Stoß und wildem Stöhnen.

Callie konnte spüren wie er zuckte und sich heiß in sie ergoss, es war ein grandioses Gefühl. Schwer atmend legte er seine Stirn auf ihrer Schulter ab.

Das laute Hallen von klatschenden Händen ließ sie erschrocken zusammen zucken. „Bravo! Eine sehr beeindruckende Vorstellung, Brüderchen." Myles Stimme troff vor Sarkasmus.

„Verdammt" hörte Nathan Callie flüstern. Sein Bruder stand im Türrahmen gelehnt und hatte die Arme verschränkt. Wie lang er da schon ausharrte konnte keiner von ihnen wissen. Vorsichtig zog sich Nathan aus Callie zurück und trug Sorge, dass ihr T-Shirt sie bedeckte.

Es wurmte ihn vollkommen nackt vor seinem Bruder zu stehen, aber er würde sich nicht die Blöße geben und vor Myles niederknien, um sich seine Unterhose wieder nach oben zuziehen.

„Myles" Nathans stimme war betont desinteressiert.

„Ich sollte dich ab sofort Gigolo nennen, dass passt ja offensichtlich." höhnte der ältere der Holland Brüder von seinem Beobachtungsposten aus.

„Tu was du nicht lassen kannst."

„Ich hätte nur noch eine Frage an dich, kleiner Bruder."

„Und die wäre?"

„Warum?"

„Warum was?"

„Warum musst du immer begehren, was ich haben will? Warum kannst du nicht ein Mal die Finger von etwas lassen, das mir gehört?" Myles war bei seinen Worten näher getreten und Nathan sah, dass er die Fäuste geballt hatte und sein Puls mehr als erhöht war - sein Bruder war offensichtlich wütend.

Womit keiner der beiden Männer gerechnet hatte war Callie. Sie trat plötzlich vor Nathan.

„Moment mal, Myles! Ich „gehöre" keinem von euch Beiden, schon gar nicht dir!" Sein Bruder würdigte sie nicht ein Mal eines Blickes während er Nathan über Callies Kopf hinweg anstarrte.

„Ich rede nicht mit dir, Callie!“

„Aber ich mit dir.“ Sie war wütend, das konnte man hören. „Sieh mich gefälligst an, du arroganter Vollidiot!“ Das brachte ihr nun doch Myles Aufmerksamkeit ein. „Ich sehe dich, Callie. Und es gefällt mir nicht was ich sehe.“

„Und mir gefällt nicht, wie du über mich sprichst! Wie zum Teufel kommst du darauf, Nathan vorzuwerfen er würde mich dir wegnehmen? Und wenn du jetzt mit „Ich hab sie zuerst gesehen“ anfängst, werde ich wirklich sauer!“ Mit in die Seiten gestützten Armen hatte sie sich vor dem Mann aufgebaut, der sie um Haupteslänge überragte. Nathan musste sich ein dreckiges Grinsen verkneifen, wie es aussah war Callie auch nun keine Jungfrau in Nöten. Sein Bruder war gerade abgelenkt, also nutzte er die Gelegenheit und zog sich die Boxershorts wieder nach oben.

„Meine Güte, Callie. Seit 3 Jahren versuche ich dir zu gefallen und tue Dinge nur dir zu liebe - ich meine, ich war mit dir sogar im Kino zu dieser unsäglich trivialen Comic-Verfilmung. Du musst doch wissen was ich für dich empfinde!“ bemüßigte sich Myles gerade mit vorwurfsvoller Stimme zu erklären.

„Selbst wenn ich das weiß, dachte ich bisher immer du verbringst einfach gern Zeit mit mir. Weil du mich magst, von mir aus wie eine kleine Schwester und nicht nur weil du mich ins Bett bekommen willst!“

„Aber das will ich doch nicht nur! Ich lie..“ Callie schnitt ihn mit harscher Stimme das Wort ab. Tu dir den Gefallen und sag es nicht! Myles, wirklich, du bist verheiratet! Noch dazu hast du eine Frau, die mich ohnehin schon am liebsten der Inquisition übergeben würde. Denkst du sie weiß nicht, was du dir so zusammenspinnst? Du bist es vielleicht gewöhnt, dass deine Angestellten nach deinen Anweisungen handeln. Aber glaubst du wirklich, ich würde deine heimliche Geliebte geben, nur weil du es dir in den Kopf gesetzt hast?“

„Ich weiß nicht was ich glauben soll! Bis vor Kurzem dachte ich auch noch, du bist eine Frau mit Klasse. Aber da war mir auch noch nicht bewusst gewesen, dass das hübsche Gesicht meines Bruders ausreicht, damit du dich von ihm wie eine rollige Katze besteigen lässt!“ Die Ohrfeige die Callie seinem Bruder verpasste, ließ Myles Kopf zur Seite schnellen und hinterließ einen roten Handabdruck auf dessen Wange. Nathan spannte sich an, in Erwartung Callie vor Handgreiflichkeiten Seitens seines Bruders beschützen zu müssen. Myles befühlte jedoch lediglich sein brennendes Gesicht, bevor er trocken bemerkte. „Die hatte ich wohl verdient.“

„Allerdings.“ War die ebenso trockne Antwort.

„Vielleicht sollten wir darüber reden, wenn sich die Gemüter etwas abgekühlt haben.“

„Es gibt nichts zu bereden, Myles. Du und ich - das wird nie passieren! Und jetzt entschuldige uns bitte, dein Bruder wird dringend in meinem Bett gebraucht. Sollte es laut werden, mach dir keine Sorgen, das liegt nur daran das es bei mir so animalisch zugeht.“ Mit diesen Worten wurde Nathan an der Hand ergriffen und an seinem perplexen Bruder vorbei ins Treppenhaus gezogen. Unterwegs sammelte Callie noch beiläufig die Überreste ihres Slips auf. Nathan konnte sich nicht daran erinnern, ob jemals Jemand so mit seinem Bruder geredet hatte und falls ja, ob er es lebend überstanden hatte. Aber Callie behandelte Myles, als wäre er nicht einer der einflussreichsten Männer Englands. Wobei, genau genommen behandelte sie ihn ja auch nicht so, wie er es als überragendes Genie verdient hätte. Nein, sie kümmerte sich nicht im Entferntesten darum, dass er und sein Bruder besonders waren - auch wenn besonders nicht immer gut sein musste, das war ihm bewusst. Nicht umsonst war er als Exzentriker verschrien und hatte nur wenige Menschen, die ihm nahestanden. Sein langjähriger Freund James war eine Ausnahme - Nathan war bewusst, dass er ihm viel zu verdanken hatte.

Wie gern würde er es als Naivität abstempeln, dass Callie ihm vorbehaltslos vertraute, aber mittlerweile war er überzeugt, dass Callie genau wusste mit wem sie es zu tun hatte. Und auch seine Meinung über ihre Intelligenz und ihren Bildungsstand musste er wohl korrigieren - eine Frau die Worte wie Psychographie, Trivialunterhaltung, Referenz und Inquisition in eine Unterhaltung einfließen lassen konnte, ohne ins Stocken zu geraten, konnte nicht absolut bildungsfern sein.

Es blieb also wirklich nur der Umkehrschluss, dass Callie genau wusste was sie tat und mit wem sie es tat und dass sie sich offensichtlich auf eine Stufe mit ihm und seinem Bruder stellte. Wenn sie dies morgen auf dem Ball mit all den vornehmen Lords und Ladys auch so handhabte, konnte das noch sehr aufschlussreich werden.

Mittlerweile hatten sie das Ende der Treppe erreicht und Callie steuerte zielgerichtet auf sein altes Zimmer zu. Kaum hatten sie es betreten, warf sie die Tür hinter sich zu und schloss ab. Sie schleuderte die Unterwäsche in eine Ecke und fuhr sich mit beiden Händen durch die Haare, bevor sie einen mehr als frustriert klingenden Fluch ausstieß und die Hände rang. Als Callie anfing im Zimmer auf und ab zu tigern und Myles mit einigen sehr kreativen

Schimpfnamen zu betiteln, sah Nathan ihr amüsiert zu, wie sie sich mehr und mehr in Rage redete. Sie schäumte vor Wut und er fand sie sah unglaublich anziehend aus, mit ihren blitzenden Augen und den energischen Schritten, mit denen sie durchs Zimmer stapfte. Als sie an ihm vorbei kam, konnte er nicht anders, er zog sie an sich und küsste sie. Sie wehrte sich kurz, bevor sie sich ergab und die Arme um ihn legte - nur um zurück zu schrecken und ihn vorwurfsvoll anzusehen. „Himmel Nathan! Du bist eiskalt. Wenn du glaubst, du kommst mit einer Erkältung um morgen herum, hast du dich aber getäuscht! Los ab ins Bett mit dir!“ Soviel zum Thema Romantik oder Erotik...

„Ich bin doch kein kleines Kind, das du zu Bett schicken kannst!“

„Ach nein? Du benimmst dich gerade wie eins!“ Callie setzte eine strenge Miene auf, aber Nathan konnte das Schmunzeln in ihrer Stimme hören. Wiederwillig ließ er zu, dass sie ihn in Richtung des Bettes schob und ihn schließlich mit einem kräftigen Schubs in eben dieses beförderte. Dann deckte sie ihn zu und stopfte die Bettdecke unter ihm fest. Das war wirklich ein bisschen zu viel des Guten! „Willst du mir auch noch einen Kakao bringen, MOM?“ fragte er gereizt.

„Ich bezweifle das deine Mom das tun würde - oder DAS hier.“ Mit diesen Worten fiel ihr StarWars Shirt und sie schlüpfte wie Gott sie schuf unter die Decke zu ihm. Als sie sich an ihn kuschelte, konnte er ein Grummeln nicht unterdrücken.

“Besonders warm sind deine Füße aber auch nicht!“ Das brachte sie zum kichern.„Typisches Frauenproblem - kennst du doch.“

„Nein, damit habe ich nicht wirklich Erfahrungen.“

„Oh. Stimmt. Entschuldige"

Danach war Stille im Raum. Callie hatte sich an seine rechte Seite geschmiegt und den Kopf auf seiner Schulter abgelegt. Ihre Hand strich über seine Brust und ihr Bein lag über seinen Oberschenkeln. Eigentlich gar nicht so unbequem, schoss es Nathan durch den Kopf. Und warm war sie wirklich, von den Füßen einmal abgesehen. Gedankenverloren streichelte er ihren Oberarm. Sie war immer noch ein Rätsel, eigentlich wusste er kaum etwas über sie. „Callie?" fragte er in die Dunkelheit des Raumes hinein.

„Mhm?" kam es schon ziemlich schlaftrunken zurück.

„Was machst du eigentlich wenn du gerade nicht meine Familie bekochst?"

„Ach, jetzt willst du plötzlich mehr über mich wissen?"

„Ähm, also, ja."

„Na gut. Was genau willst du denn wissen?"

„Was hast du denn studiert?"

„Ach, jetzt bin ich doch nicht mehr der Bauerntrampel, sondern du traust mir immerhin schon einen höheren Bildungsweg zu?"

„Callie!" sie kicherte schon wieder. „Also gut. Dich als supertollen Biochemiker und Verbrechensaufklärer wird das nicht vom Hocker reißen, aber ich habe einen MBA in Wirtschaft und Marketing."

Das hatte er nicht erwartet, aber es weckte seine Neugier „Und an welcher Universität warst du?"

Ein kleines Seufzen kam vor Callies Antwort. „Yale"

„YALE? Wie Yale in Connecticut, USA? "

„Jaaa" kam es ziemlich leise zurück.

„Aber - das ist doch eine Privat Universität mit exorbitant hohen Studiengebühren!"

„Dad meinte, es würde mir gut tun im Ausland zu

studieren - und er hatte Recht, es war eine tolle Zeit. Und wegen dem Geld. Sagen wir es so, Dad hat gut geerbt."

„Das erklärt immerhin deinen Straßenslang, wer mehrere Jahre in Amerika gelebt hat..." Dafür handelte er sich einen Knuff in die Seite ein und ein genervtes „Wenn du jetzt wie Myles einen auf snobistischen Briten mit Stock im Arsch machst, kannst du auf der Couch schlafen!"

„Schon gut, schon gut. Alles, bloß nicht die Couch! Und was machst du mit diesem Abschluss nun?"

„Ich sagte doch, Dad hat gut geerbt. Unter anderem eine kleine heruntergekommene Destille in Schottland. Und damit ich meinen tollen Abschluss auch nutzen kann, haben wir vor 5 Jahren begonnen sie wieder in Betrieb zu nehmen."

„Das soll heißen, du brennst Schnaps? Dafür braucht man doch keinen MBA! Das hat zu Zeiten der Prohibition jeder in seinem Gartenhäuschen gemacht. "

„Du bist wirklich witzig! Nein, das Brennen hat Dad übernommen, davon hat er seit Jahrzehnten geträumt. Ich mache alles Andere - den Einkauf, das Marketing, den Vertrieb." Sie lachte. „Momentan sogar die Buchhaltung und den Versand."

„Und das hat Erfolg? Nimm es mir nicht übel, aber es klingt mehr wie Liebhaberei von Jemandem, der es sich leisten kann mit Verlusten zu wirtschaften." Mittlerweile hatte ihre Hand seine gefunden und sie beschrieb mit ihrem Daumen kleine Kreise auf der Haut der Innenfläche seiner Hand. Sie nahm ihm seine Frage nicht übel. „Letztes Jahr haben wir die ersten 3-jährigen Fässer abgefüllt. Dad hat ein paar ungewöhnliche Experimente mit unserem Brennmeister gemacht und das Ergebnis war äußerst überzeugend. Jedenfalls wurde der Aileen Single

Malt in Fachkreisen sehr gelobt. Und für dieses Jahr haben wir schon Vorbestellungen über mehrere tausend Flaschen. Dabei hat es natürlich geholfen, dass wir einen prominenten Fan haben - alles was die Stars machen ist in.“ Erklärte sie leise und er konnte viel Gefühl in ihrer Stimme hören.

„Das klingt, als würde dir das wirklich Spaß machen.“

„Oh ja, das tut es. Aber du arbeitest doch auch, weil es dir gefällt und nicht weil du musst oder?“

„Nicht weil es mir gefällt. Weil ich es liebe und es mich intellektuell stimuliert. James würde sagen ich bin mit meiner Arbeit verheiratet.“

„Ich glaube, ich würde James gern einmal kennen lernen, er scheint ein weiser Mann zu sein.“ Callies Stimme klang sehr schläfrig. Es dauerte nicht lang und sie war eingeschlafen. Nathan hielt sie im Arm und grübelte über sein Verhalten. Er verhielt sich nicht so, wie er es normalerweise tat.

Bald aber drifteten seine Gedanken ab und, eingehüllt in einen Kokon aus Wärme und dem zarten Duft von Lavendel der von der Frau in seinen Armen ausging, schlief auch er ein.

Ein guter Morgen

Es summte. Verschlafen tastete Callie nach ihrem Handy. 8:00 Uhr, verdammt, sie hatte vergessen ihren Wecker zu deaktivieren. Und da heute Montag war, hatte er pünktlich wie jeden Tag seine Arbeit verrichtet. Seufzend legte sie das Telefon zurück auf den Nachttisch. Wenn sie ohnehin wach war, konnte sie auch das Frühstück vorbereiten, gegen um 9 würden ihr Dad und Violet erscheinen und sicher auch Judith und My und... Nathan!

Vorsichtig drehte sie sich herum. Er lag neben ihr und schlief noch tief und fest. Callie konnte der Versuchung nicht widerstehen und strich eine widerspenstige Locke aus seiner Stirn. Im Schlaf wirkte er entspannter, jünger und zufriedener. Myles hatte schon recht - er war ausgesprochen hübsch, auf seine eigene Art und Weise. Er war groß, das gefiel ihr und sein Gesicht hatte etwas Markantes. Stahlgraue Augen und dunkle Locken und ein Mund der für einen Mann fast schon sündhaft sinnlich war. Warum dieses ausgesprochen hübsche Exemplar von Mann keine Frau hatte, wollte ihr nicht so richtig in den Sinn. Aber vielleicht lag es ja auch weniger an seinem Aussehen als an seiner Art. Aber es war nicht sein Gesicht gewesen, das sie so überwältigt hatte. Nun, zumindest nicht ausschließlich. Sie hatte in den letzten drei Jahren so viel über ihn gehört, was er tat, welche Fälle er löste, wie brillant er war, aber auch Episoden aus seiner Kindheit, wie die Geschichte von Hektor, dem kleinen Hund, den er adoptiert hatte. Sie hatte das Gefühl, ihn schon ewig zu kennen. Und dann stand er einfach vor ihr, unangekündigt und genau so wie sie ihn sich vorgestellt hatte - arrogant, snobistisch, egozentrisch.

Sie hätte den typischen Holland mittlerweile erkannt, auch ohne dass er sich vorgestellt hätte. Violet war am Anfang genau so gewesen, My eher noch schlimmer, Judith hatte sie von Beginn an gemieden.

Vor über 3 Jahren war der Gedanke eine Holland zu werden unerträglich für sie gewesen - diese Familie war anders als sie und ihr Vater. Immer beherrscht, immer überragend, ehrgeizig, rücksichtslos, emotionslos und kalt. Was ihr Vater von Anfang an in Violet erkannt hatte, hatte sich ihr erst später erschlossen. Es war schwer zu akzeptieren gewesen, dass er sein Herz einer Frau geschenkt hatte, die allen Anschein nach nichts für ihre Kinder empfand.

Doch mittlerweile wusste sie, dass diese Unnahbarkeit und Distanz nur Fassade war. Jahrzehntelang eingedrillt durch den Vater der beiden Männer, die nun ihre Brüder werden sollten. Der verschiedene Mr. Holland war ein Despot erster Güte gewesen und immer auf den äußeren Schein bedacht. Zuneigung wurde als Schwäche betrachtet, ebenso wie Mitleid oder übertriebene Fürsorge. Die Jungen wuchsen so in einem kalten Elternhaus auf, in dem Wiederworte, Aufmüpfigkeiten und jede kleine Schwäche hart bestraft wurden und nur Leistung, Gehorsam und Erfolg zählten. Von Myles wusste sie, dass es Belohnung gegeben hatte, wenn man eine Schwäche am Anderen entdeckte.

Kein Wunder dass die Familie untereinander ein Verhältnis hatte, das man im besten Falle als misstrauisch bezeichnen konnte. Als der Vater verstorben war, waren die Familienmitglieder so in ihren ausgetretenen Pfaden gefangen, dass sie es nicht geschafft hatten, auf einander zu zugehen und sich wieder anzunähern.

In Wahrheit hatten sie alle genau so Gefühle für einander wie jede andere Familie. Sie beharrten nur stur auf dem Standpunkt, es nicht zugeben zu wollen. Und wenn man eine Eigenschaft allen Mitgliedern der Familie Holland zuweisen konnte, dann war es definitiv Sturheit.

Als ihr dies klar geworden war, hatte der Spaß für sie begonnen. Es machte ihr diebische Freude, Myles zu ärgern und zu necken und so langsam aber sicher an seiner aalglatten Schale Risse zu erkennen. Sie hatte ihm Streiche gespielt, ihn ständig sarkastische Kommentare an den Kopf geworfen und auf seine Unzulänglichkeiten angespielt, um ihn endlich aus der Reserve zu locken.

Irgendwann war ihm der Kragen geplatzt und er hatte sie angeschrien und ihr gedroht sie mit seinem Regenschirm zu verprügeln und sie anschließend des Landes verweisen zu lassen. Die Ansprache hätte jeden seiner Angestellten in schiere Panik versetzt, aber bei Callie führte es nur zu der Tatsache, dass sie vor Lachen kaum noch an sich halten konnte, als er sich bedrohlich vor ihr aufbaute.

Es hatte ihn völlig aus dem Konzept gebracht, dass es jemand gab, den er nicht einschüchtern konnte und Callie hatte ihm nur allzu gern erklärt, dass das in einer Familie einfach so war. Sie nötigte ihn einen gewissen Respekt ab und ab diesen Zeitpunkt gab es eine Art Friedensabkommen zwischen ihnen. Nach und nach waren sie zu Freunden geworden. Myles hatte sich mehr geöffnet und seitdem war auch sein Verhältnis zu seiner Mutter besser geworden. Die wiederum war unter den

Aufmerksamkeiten eines rücksichtsvollen Mannes sichtbar aufgeblüht. Nicht nur die Jungen hatten unter ihrem Vater gelitten, auch Violet war in einer lieblosen Ehe gefangen gewesen und Zuwendung nicht gewöhnt. Sie und Graham hatten sich bei einer Benefizveranstaltung kennen gelernt und Callies Vater hatte ihr von Anfang an sehr zärtlich und rücksichtsvoll den Hof gemacht. Es war unheimlich niedlich gewesen, die Beiden dann wie zwei frischverliebte Teenager turteln zu sehen und auch Myles hatte sich nach dem anfänglichen Schock darüber gefreut. Grahams Antrag war nur das Tüpfelchen auf dem i gewesen und wurde umso begeisterter aufgenommen. Myles hatte Callie dann erklärt, dass sie nun ein Mitglied der Familie Holland werden würde.

Was keinem der beiden hollandschen Sturköpfen bewusst war - nicht Graham und Callie wurden zu Mitgliedern der Familie Holland - nein, sie hatten begonnen aus ihnen echte Campbells zu machen - und eine richtige Familie. Es fehlte nur noch ein verlorener Sohn - Nathan.

Und aus diesen Gründen hatte sie ihn vom ersten Augenblick an auch nicht anders behandelt, als sie es mit Myles oder einem anderen Familienmitglied tun würde. Das dies allerdings in seinem Bett enden würde, war nicht eingeplant gewesen.

Der Gedanke an die letzte Nacht ließ ein Kribbeln in ihrem Magen entstehen, das ihr gar nicht gefiel. Wer wusste schon, wie er ausgeschlafen auf die Ereignisse zurück sah und noch dazu hatte er die Grenzen eindeutig gezogen - es war Sex und mehr nicht. Zudem gab es zuerst etwas Wichtigeres zu tun, sie musste die Sache mit My klären. Die Ohrfeige hatte er redlich verdient, nachdem, was er ihr an den Kopf geworfen hatte. Aber dennoch war er ihr mittlerweile zu wichtig, um das unkommentiert im Raum stehen zu lassen. Sollte er wirklich der Meinung sein, Gefühle unangebrachter Art für sie zu hegen, dann würden sie einen Weg finden müssen, der ihnen Beiden erlaubte das Gesicht zu wahren.

Einen letzten Blick auf Nathan werfend, schwang sie die Beine aus dem Bett und huschte zu ihrem Schrank. Leise zog sie sich an und verließ den Raum.

Nach einer Stippvisite im Bad stieg sie die Treppe hinunter und linste um die Ecke in den Salon. Wie erwartet saß dort Myles mit der Tageszeitung. Das war sein Morgenritual, dass er sich auch im Hause seiner Mutter nicht nehmen ließ. Sie betrat den Raum und schloss die Tür hinter sich. Das leise Klicken ließ ihren Bruder in spe aufblicken.

„Callie!" Er war überrascht sie zu sehen, so viel stand fest. Und angespannt, seine Lektüre litt sichtlich in seinen verkrampften Händen.

„My." Der Klang des eigentlich so verhassten Spitznamens ließ ihn etwas entspannen. Er legte die Zeitung beiseite und stand auf. Drei Schritte vor ihr blieb er stehen. Er benötigte drei Anläufe bevor er einen halbwegs verständlichen Satz hervorbrachte „Callie, ich... es... ich hätte so nicht mit dir sprechen dürfen."

Myles Holland, hohes Tier bei der britischen Regierung, verlegen und beschämt wie ein 5-jähriger Junge, der beim Kirschen stehlen erwischt wurde - wer konnte da der Versuchung widerstehen ihn nicht ein klein wenig leiden zu lassen? Callie jedenfalls nicht. Absolut ernst sagte sie deshalb „Da hast du recht."

Er rang die Hände „Es ist nur, ich, ihr... oh Gott, das

wollte ich nun wirklich nicht sehen!"

„Es war auch nicht für deine Augen bestimmt!"

„Na dann hättet ihr vielleicht etwas diskreter sein müssen!"

„Myles, du lenkst ab."

„Mhm. Es tut mir leid Callie, was ich zu dir gesagt habe."

„Unglaublich - der große Myles Holland entschuldigt sich bei jemand?"

„Jetzt mach es mir doch nicht noch extra schwer!"

Sie lachte und breitete die Arme aus. „Komm her, du dummer Kerl."

„Du vergibst mir also?"

„Du weißt doch dass ich nicht nachtragend bin. Und ja, ich vergebe dir. Es ist ja nicht deine Schuld, dass ich so liebreizend bin." scherzte sie und umarmte ihren Stiefbruder. Er war ihr wirklich wichtig und sie wollte ihn nicht länger zappeln lassen. Myles schlang die Arme um sie und legte seine Stirn auf ihrem Scheitel ab. „Callie, ich liebe dich wirklich!" murmelte er leise.

„Nein My, das tust du nicht. Du magst mich und es gefällt dir zu wissen, dass ich dich auch mag. Und du bist unzufrieden mit deiner Ehe. Aber wenn du genau darüber nachdenkst, dann musst auch du zugeben, dass wir zwei nicht als Paar passen würden. Sollte ich jemals heiraten, würde ich keine Nebenbuhlerinnen dulden, auch nicht wenn es deine Arbeit ist."

„Und was willst du dann mit Nathan? Der ist doch kein Stück besser als ich!" war sein berechtigter Einwand.

„Ehrlich?" Callie seufzte „ Mein Verhältnis zu Nathan ist so wie deins zu ihm - unklar."

„Unklar? Unser Verhältnis ist nicht unklar! Er ist mein Bruder und ich finde ihn furchtbar, er hätte alle Chancen der Welt gehabt ein erfolgreicher Wissenschaftler oder Politiker zu werden und er versteift sich lieber darauf Leichen auseinander zu nehmen und im Labor Schweinskadaver mit Pistolen zu beschießen! Und ich"

„Und du liebst ihn, eben weil er genau so ist wie du! Und insgeheim beneidest du ihn, weil er tun und lassen kann, was er will und du nicht." erinnerte sie ihn sanft.

„Also wirklich Callie, du bist eine ganz miese Hobby-Psychologin!"

„Jaja, aber vielleicht solltest du dir Mal den Spaß gönnen und ihm sagen, dass du ihn liebst. Seine Reaktion darauf würde ich gern sehen." Dieser Gedanke zauberte Myles eines seiner seltenen, ehrlichen Lächelns aufs Gesicht. „Du kannst ganz schön hinterhältig sein, weißt du das?"

Callie blinkte unschuldig mit den Augen „Nein, ich will doch nur euer Bestes! Und jetzt lies deine Zeitung zu Ende, ich gehe Frühstück machen."

Kurz nach neun Uhr fand sich Callie mit ihrem Vater, Violet und Myles am Küchentisch wieder. Sie war gerade dabei einen Schluck Kaffee zu trinken, als sich Violet erkundigte, ob Nathan noch schliefe. Myles antwortete an ihrer Stelle. „Ich habe ihn heute noch nicht gesehen."

„Dann sollten wir leise machen und das Wohnzimmer vorerst meiden." Myles Blick von der Seite ignorierte Callie geflissentlich. Als sie das Messer ansetzte um ihr Frühstücksei zu köpfen, ertönte ein lautes Kreischen aus dem ersten Stockwerk, gefolgt von einer männlichen Stimme die „RAUS!" brüllte. Hektische Schritte trappelten über den Boden bevor eine Tür krachend ins Schloss fiel.

Siedend heiß fiel ihr ein, dass sie Judith gestern Vormittag gesagt hatte, sie könne sich für den heutigen

Tag einen ihrer Schals ausleihen und ihn sich einfach nehmen.

Callie widmete sich betont konzentriert ihrer Aufgabe, das Ei in mikroskopisch kleine Stückchen zu schneiden.

Jemand kam die Treppe herab gepoltert und kurz darauf stand Judith völlig aufgelöst im Türrahmen.

„CALLIE!“ kreischte sie „NATHAN! Er war in deinem Bett! HALBNACKT!“

„Callie? Was hat das zu bedeuten?“

Die Stimme ihres Vaters hatte schon wieder diesen summenden Unterton, den sie immer hatte, wenn er kurz davor war, in Lachen auszubrechen. Der alte Schlingel wusste genau was das zu bedeuten hatte!

Sie setzte die unschuldigste Miene auf, die sie zustande brachte, während sie gelangweilt ihr Brötchen mit Butter bestrich. „Der Lautstärke nach zu urteilen, die Judith hatte, bedeutet es wohl dass Nathan jetzt auch wach ist, Vater.“

„ABER WAS HATTE ER DENN IN DEINEM BETT ZU SUCHEN?“ Judiths Stimmer zwickte empfindlich in den Ohren und drohte beinahe umzukippen. Myles verzog das Gesicht.

„Judith! Setz dich erst ein Mal hin und kreisch nicht wie eine Furie herum!“ Er dirigierte seine Frau auf den Stuhl neben sich.

„Callie?“ Violet ließ keinen Zweifel daran, dass sie die gewünschten Informationen bekommen würde. Bevor sie eine Antwort abgeben konnte öffnete sich die Küchentür ein weiteres Mal. Herein stolzierte ein reichlich verschlafen aussehender Nathan mit verwuschelten Haaren. Er trug seine Shorts und dazu ihr StarWars-T-Shirt und sonst nichts. Es störte ihn überhaupt nicht, dass Alle ihn anstarrten und er ließ sich gähnend neben Callie auf den letzten freien Stuhl plumpsen. Dann sah er herausfordernd in die Runde bis sein Blick an seinem Bruder hängen blieb. „Myles, ich verstehe dich mittlerweile, die Stimme deiner Frau kann mit Leichtigkeit einen Hörsturz auslösen!"

„Nathan?" Violets Stimme hatte auch eine bedrohliche Höhe erklommen. Neben ihr lehnte sich Graham grinsend zurück, offensichtlich freute er sich auf das folgende Intermezzo.

„Ja, Mutter?" war die gelangweilte Antwort zu der sich Nathan durchringen konnte.

„Warum bist du nicht adäquat gekleidet?

„Wozu?"

„Es sitzen Damen am Tisch!"

„Von denen eine mich auf die Welt gebracht hat und die anderen Beiden haben mich halb beziehungsweise ganz nackt gesehen - es besteht also kein Grund die Unbequemlichkeit von sozial auferlegten Kleidungsstandards aufrecht zu erhalten, nur um eure angeblich so zarten Empfindungen zu schonen."

Die entsetzten Gesichter der beiden anderen Frauen waren zu viel - Callie musste lachen. Auch um die Mundwinkel ihres Vaters zuckte es verräterisch. Nathan sah sie halb interessiert, halb finster an.

Unter Glucksen brachte sie hervor: „Nate, das war bestimmt die preziöseste Art zu sagen „Ich bin zu faul mich an zu ziehen!"„

"Sagt die Frau, die preziös in ihren Wortschatz hat!" bemerkte Myles trocken, bevor auch er in Lachen überging. Judith warf ihm schon wieder finstere Blicke zu, während Violet zu resignieren schien. Callie streckte ihm die Zunge heraus, bevor sie sich an Nathan wandte.

„Kaffee?"

„Ja, schwarz, zwei Stück Zucker."

„Aber gern, mein Süßer."

Nach dem Frühstück verstreuten sich die Mitglieder des Hauses. Judith und Violet wollten eine Bekannte im Dorf besuchen gehen, Graham und Myles waren zu einer Partie Schach verabredet. Nathan lungerte unentschlossen in der Küche herum, während Callie den Abwasch machte. Als sie ihre Hände abtrocknete bedachte sie ihn mit einem amüsierten Blick. „Hast du vor den Rest des Tages so herum zu laufen?“

„Wenn die Alternative das Ensemble ist, dass Myles mir ausgesucht hat, dann ja.“

„Los komm, wir sehen Mal im Gästezimmer nach ob es etwas gibt, was deinem ausgesuchten Geschmack mehr entspricht.“

„Mhmpf“ Um der Wahrheit die Ehre zu geben - es war mittlerweile doch recht kühl geworden, so ohne Hosen. Das und nur das war der Grund, warum Nathan sich auf den Vorschlag einließ. Callie suchte noch irgendetwas Unbestimmtes im Flur, also stieg er die Treppe schon ein Mal alleine nach oben. Sie folgte ihm, aber irgendwie hatte er das Gefühl, dass sie ihn beobachtete. Als er sich umdrehte sah er sie mit einem breiten Grinsen 3 Stufen unterhalb stehen. „Was machst du denn da?“ Sie grinste spitzbübig „Die schöne Aussicht genießen.“

„Die schöne A...Hast du mir etwa auf den Hintern gestarrt?“ Callie lachte als sie die drei Stufen bis zu ihm erklomm. Oben angekommen bekam er einen Klaps auf eben besagtem Körperteil als sie an ihm vorbei ging. „Ja hab ich, aber zu meiner Verteidigung muss ich sagen: er ist auch wirklich hübsch.“

„Ich weiß überhaupt nicht, warum ich mich mit dir abgebe!“

„Doch, weißt du ganz genau.“ Sie stand nun eine Stufe über ihm und legte die Arme um seinen Hals.

„Wenn nicht, rufe ich es dir gern in Erinnerung zurück." raunte sie in sein Ohr.

Callie presste ihren Mund in seine Halsbeuge, nur um sich dann knabbernd an seinem Hals nach oben zu arbeiten. Seine Gänsehaut verstärkte sich, als sie ihn in sein Ohrläppchen biss. Ihre Lippen wanderten mit leichtem Druck an seiner Kieferlinie entlang bis zu seinem Mund. Aufreizend langsam ließ sie ihre Zungenspitze über seine Oberlippe gleiten, bevor sie energisch Einlass begehrte. Ihre Zunge drang vorwitzig in seinen Mund ein und neckte ihn spielerisch. Es dauerte einige Minuten bis Callie von ihm abließ. Es war ihr keineswegs entgangen, dass sein Atem sich beschleunigt hatte. Mit einem strahlenden Lächeln sah sie ihn an. „Und? Weißt du es wieder?"

„Und ob!" war die geknurrte Antwort. Sekundenbruchteile später fand sie sich mit dem Rücken an der Wand im Flur des oberen Stockwerkes wieder, Nathans Körper an ihren gepresst und sein Mund auf ihrem liegend. Seine Zunge stieß in sie während er seiner Hände unter ihrem Pulli verschwinden ließ. Sie spürte sein Begehren deutlich an ihrer Hüfte.

Himmel, er würde sie mit großer Wahrscheinlichkeit ohne jegliche Scham mitten im Flur nehmen, wenn sie ihn nicht davon abhielt.

Ihren Mund zu befreien war gar nicht so einfach, Nathan nagelte sie quasi an die Wand und nur ein beherzter Griff in seine Haare brachte ihn endlich von ihr ab. „AUU! Was machst du denn da?" beschwerte er sich ob der harschen Behandlung, er war keineswegs gewillt jetzt aufzuhören. „Nathan, das geht so nicht!" brachte sie etwas atemlos hervor.

„Mhm was geht so nicht?“ seine Stimme war gedämpft, da er schon wieder an ihrem Hals zugange war und sie mit seinen Zähnen bearbeitete.

„Wir können doch nicht hier ahh...“ Das war ihr BH-Verschluss gewesen. Zum Teufel mit seinen geschickten Fingern! Sie versuchte sich los zu machen, aber das Ergebnis war nur, dass er ihre Hände hinter ihrem Rücken zusammen nahm und mit einer Hand fixierte.

„Nathan, Stopp! Dass geht nich…“ Sie brach ab, als er begann seine Hüfte an ihr zu reiben und sie gleichzeitig verzehrend küsste. Als er anfing am Reißverschluss ihrer Hose tätig zu werden, wusste sie, dass sie ihn bald nicht mehr aufhalten konnte. Sie spannte sich an und schaffte es ihren rechten Arm frei zu bekommen. Sie griff nach seinem Handgelenk. „NICHT!“ keuchte sie. Endlich sah er sie an. Sein Gesicht spiegelte Unverständnis wieder.

„Was? Ich dachte du willst das auch? Du hast doch angefangen.“ Er war wirklich verwirrt.

„JA! Aber doch nicht HIER!“ Er verstand es immer noch nicht. „Nicht mitten im Flur mit der halben Familie im Untergeschoß! Himmel Nathan, vielleicht können wir das zur Abwechslung mal normal tun? In einem Bett mit abgeschlossener Tür?“ Immerhin hatte er etwas von ihr abgelassen.

„Aber wir haben es doch schon in einem Bett getan - gestern, weißt du nicht mehr?“

„Du bist einfach unglaublich!“

„Danke, das weiß ich.“

„Das war KEIN Kompliment!“ Am liebsten hätte sie sich die Haare gerauft. Stattdessen packte sie ihn an der Hand und zog ihn hinter sich her. „Los, komm mit.“ Sie betraten ihr Zimmer und Callie schloss hinter ihnen ab.

„Oh, toll, du hast nicht ein Mal das Bett gemacht.“

„Das wäre ja offensichtlich Zeitverschwendung

gewesen.“ Äußerte er mit einem sehr selbstzufriedenen Ausdruck auf dem Gesicht. „Offensichtlich. Gott, Nathan, bist du dir sicher, dass du nicht doch mit Sheldon Cooper verwandt bist?“

„Mit wem bitte?“

„Schon gut, unwichtig.“ Callie brachte Nathan dazu, sich auf das Bett zu setzen. Sie nahm ihm gegenüber Platz. „So, Nate, wir müssen hier mal was klären.“ hub sie an, wurde aber durch ihn unterbrochen „Müssen wir das?“

„Ja, verdammt! Und hör auf mit mir wie mit deiner Mutter zu reden, das zieht nicht!“

„In Ordnung. Was hast du so Wichtiges zu sagen?“

„Was ich? Argh! Nathan! Wie zum Geier hält das dein Mitbewohner eigentlich mit dir aus? Der Mann muss eine Engelsgeduld haben!“

„James? Nun ich denke er umgibt sich gern mit mir, weil ich seinen Horizont erweitere. Außerdem brauchten wir beide einen Mitbewohner und er ist es auch schon gewöhnt und deshalb...“

„Schon gut! Vergiss das ich diese Frage gestellt habe!“

„Ich vergesse selten etwas, es sei denn ich beschließe dass es unnütz ist und es gelöscht werden kann. Diese Frage dürfte unter die Kategorie fallen.“

Callie verbarg das Gesicht in den Händen und seufzte. „Nate, ernsthaft, manchmal würde ich dir gern eine rein hauen. Musst du immer so überheblich sein? Und ich dachte Myles war schlimm. Aber zurück zum eigentlichen Thema.- uns. Du hast mir von deinen äh Amüsier-wochenenden erzählt - das ist ok.“

„Das hat mit amüsieren überhaupt nichts zu tun!“ protestierte er. „Ach nein? Also machst du das nur aus logischen Beweggründen und hast überhaupt gar kein Vergnügen dabei? Nicht mal ein klitzekleines Bisschen?“

„Na, also nein, es... es ist doch rein physiologisch und evolutionär zu erklären."

„Also heißt das du hast nur Sex - ob mit mir oder jeder Anderen - weil es sein MUSS?"

„Ja." Er strahlte sie an als hätte sie gerade die Glühbirne erfunden.

„Und es macht dir also eigentlich gar keinen Spaß und besonders das ganze Vorspiel könntest du weglassen bzw. brauchst du nicht?"

„Ganz genau." Zur Bekräftigung nickte er ein, zwei Mal heftig. Und Callie beschloss, das Nathan Holland heute eine Lektion in Sachen zwischenmenschlicher Interaktion erfahren würde.

„Ach ja? Wenn ich also jetzt mit meiner Hand das hier mache, dann willst du das eigentlich gar nicht und lässt es nur physiologisch erklärbar über dich ergehen?"

Callies Hand wanderte langsam an Nathans nacktem Bein hinauf, höher und höher, über die Shorts, bis zum Bund eben dieser. Ihr Zeigefinger schlüpfte unter den Gummibund und sie fuhr langsam über seinen Bauch, immer der Kante entlang. Er sog die Luft ein und Callie konnte sehr gut erkennen, dass ihn das mehr als nicht kalt ließ. Genauso wie die sich abzeichnenden Bauchmuskeln sie nicht kalt ließen, aber sie hatte hier einen Job zu erledigen. Erst die Arbeit, dann das Vergnügen, so hieß es doch. „Also? Völlig logisch und hat überhaupt nichts mit Gefühlen zu tun, ja?"

„Ja."

Nicht sehr überzeugend Nate, nicht überzeugend.

„Mhm, dann wird dich das hier ja auch nicht aus dem Gleichgewicht bringen." Sie ergriff den Saum des T-Shirts und zog es ihm mit einer fließenden Bewegung über den Kopf. Es landete einige Meter weit weg. Callie ließ ihre Hände über seinen Brustkorb wandern, von den Schultern nach unten und am Rücken wieder nach oben. Die zweite Abwärtsbewegung involvierte ihre Fingernägel und sie sah wie sich Nathans Brustwarzen erhärteten. Als sie eine davon zwischen ihre Finger nahm schloss er die Augen. Dicht neben seinem Ohr fragte sie: „Rein physiologisch, ja? Du könntest auf diese Gefühle gut verzichten, ja? Die braucht man ja nicht um den lästigen Druck abzubauen, ja?"

„Genau."

Na, bloß gut dass deine Stimme nicht schon zittert wie Espenlaub, Nate... „Gut, dann wird das hier ja ein Klacks sein, für jemand so Abgehärteten wie dich. Du wirst sicherlich ganz ungerührt bleiben, also brauchst du deine Hände auch nicht, ja?" Sie stieß ihn um, so dass er auf dem Rücken auf dem Bett zu liegen kam. Callie begann seinen Hals zu küssen. Ihre Lippen wanderten zu seiner Halsbeuge, in der ihre Zunge kleine Kringel malte. Begleitet von ihren Händen wanderte sie von dort über seine Brust bis zu seinem Bauchnabel. Ihre Zunge umreiste ihn und dann lagen ihre Hände am Bund seiner Shorts. Zielstrebig sorgte sie dafür, dass er seine Unterwäsche los wurde. Ihr Mund wanderte tiefer und tiefer, Nathans Hände gruben sich in die Bettdecke, bis sie plötzlich abbog. Sie folgte einer unsichtbaren Spur entlang seiner Innenoberschenkel bis sie in seiner Kniekehle kehrt machte und den Weg nach oben wieder in Angriff nahm. Bei der ganzen Aktion berührten nur ihre Hände und ihr Mund ihn. Callie passte peinlich genau darauf auf, ihn nicht dort zu berühren, wo er es so sehnlich wollte. Sie verfuhr an seinem anderen Bein genauso und als sie dieses Mal wieder bei seinem Bauch angelangt war, konnte er sich nicht zurück halten. Sein Unterleib zuckte ihr entgegen und er stöhnte ein leises

„Oh Callie."

„Ja, Nate?"

„Ich.. also.. ach nichts." Starrköpfiger Holland! „Gut, dann muss ich mich wohl für die unangenehme Behandlung entschuldigen, du brauchst diesen ganzen zärtliches Vorspiel-Quatsch wohl wirklich nicht. Ich schon und deshalb wirst du dir wohl doch ein Amüsierwochenende gönnen müssen. Schade eigentlich." Bei den letzten Worten fuhr sie mit ihrem Zeigefinger ein Mal die ganze Länge seines erigierten Penis von unten nach oben nach. Er zuckte ihr entgegen, doch sie schwang die Beine vom Bett und stand auf.

„Callie?" Nathan hob den Kopf. Sie stand an der Tür.

„Ja, Liebchen?"

„Wo willst du denn hin?"

„Weg, ich habe ja offensichtlich versagt in meiner Lektion."

„Welche Lektion soll das denn gewesen sein?"

„Die, dass man mich erst mal küsst bevor man mich fickt. Ich bin nicht deine Hure. Entweder du bemühst dich ein bisschen oder du lässt es eben. Wir sehen uns später." Sie drehte den Schlüssel im Schloss und wollte eben die Tür öffnen als eine Hand in Kopfhöhe dies verhinderte. „MOMENT!"

Callie grinste zufrieden vor sich hin.

Viel zu leicht zu spielen, Nate, viel zu leicht.

Nathan konnte es nicht fassen. Sie hatte doch angefangen ihn im Treppenhaus zu küssen! Da ohnehin Alle Bescheid wussten, wollte er die sich bietende Gelegenheit nutzen und dann das! Nicht nur, dass sie sich weigerte, nein sie forderte ihn auch noch heraus. Mit amüsieren hatte das nun wirklich nichts zu tun, das hatte er ihr doch schon erklärt - es war rein praktischer Natur und kam nur höchst selten vor - wozu sollte er da noch Zeit verschwenden? Zudem hatte er ihr doch erklärt das er kein Material für einen Freund darstellte, wo war also das Problem? Und nun versuchte sie ihm auch noch etwas zu beweisen, also das war doch mehr als lächerlich.

Ihre Finger unter dem Bund seiner Hose waren nichts was sich so einfach ignorieren ließ. Natürlich würde er dies nie offen zugeben, soweit käme es noch, Nathan Holland der eine Schwäche eingesteht! Sie schien leider nicht überzeugt, denn als nächstes zog sie ihn einfach aus. Nicht dass ihn das gestört hätte, aber sie wollte immer noch ihren Willen durchsetzen und dass konnte er ihr nicht durchgehen lass... Oh, das fühlte sich gut an. Und sie roch auch noch so gut. Warum roch sie so gut, sie hatte doch gar keine Zeit gehabt zu... Grundgütiger! Was zum Teufel tat diese Frau da nur, das war ja nicht zum Aushalten! Nathan, jetzt benimm dich, das ist nur Reibung und Fingernägel die... Sie konnte doch nicht einfach so eine seiner... *OH*...

Als sie ihn dicht neben seinem Ohr fragte, ob er immer noch darauf bestand, dass er das Alles nicht brauchte war er abgelenkt. Von ihrer Nähe und ihrem Geruch und ihren Händen. „Genau!"

Fokussieren Nathan! Es ist nur Sex. Du brauchst es nur um den Stress abzubauen. Du könntest ebenso gut mit 2,3 gezielten Handgriffen eine Erektion bekommen, du brauchst dieses ganze liebestolle Herumgespiele nicht!

Nein, er brauchte es nicht, dass sie ihre Hände an seinem Körper hinab wandern ließ. Oder die Gefühle, die ihr Mund hervorrief, als er so warm und weich an seiner Brust verweilte und ihr heißer Atem an ihm entlang strich, als sie sich immer weiter in Richtung seines Unterleibes vorarbeitete... Nathan! Ermahnte er sich selbst. Ergebnisorientiertes Handeln! Darauf kam es an, alles andere war etwas für verliebte Idio.. *ohhhhh!*

Wie in aller Welt hatte sie so schnell seine Unterhose entfernen können? Er war eindeutig nicht bei der Sache! Was hatte sie denn vor, sie konnte doch nicht wirklich.... Oh Gott, nur 2, 3 cm weiter und sie würde ihn mit diesem einladenden, weichen, feuchten Mund berühren und... Was machte sie denn da? Beine brauchte man doch wirklich nicht um zum Ende zu kommen, oh, *ohh, OH, ja,* komm wieder nach oben, und jetzt, jetzt, verdammt Callie! Das andere Bein auch noch? Jetzt fass mich endlich an! Küss mich, nimm mich in den Mund! Ja, jetzt, sie war auf dem Weg nach oben, sie würde jetzt gleich…

„Oh Callie“

„Ja, Nate?“

Oh nein! Er würde sie nicht darum bitten! Ein Holland bettelt nicht! Sie wollte ihn doch auch, das hatte sie gesagt und sie würde schon kommen. Endlich hatte sie es verstanden, er brauchte diesen Vorspiel-Kram nicht. Effizienz - das war wichtig, und effizient war eine schnelle Nummer die ihn zur Erlösung brach... *AHHH!* Das war unglaublich. Fass mich noch mal an! Callie! Callie?

„Callie?“

Was machte sie denn an der Tür? Lektion, versagt, Amüsierwochenende? *Nathan!* Jetzt nimm dich zusammen und konzentrier dich! Erst küssen, dann ficken? Keine Hure? Er sollte sich bemühen...

Sie hatte doch nicht ernsthaft vor zu gehen und ihn so liegen zu lassen? Das würde sie doch nicht... Doch sie würde! Nicht mit mir, meine Liebe!

„MOMENT!“

Sie drehte sich unter seinem Arm um. Ihr Blick wanderte ziemlich provokant von seinen Füssen nach oben, bis sie ihm ins Gesicht sah. Verdammt, das sollte ihn nicht so anmachen! „Ja, Nate?“

„Ich. Also. Ich. Verdammt Callie, ich hab dir gesagt das ich nicht gut in so etwas bin!"

„Das weiß ich. Aber du kannst nicht nur, weil ich dir gesagt habe, dass ich dich haben will, bei jeder sich bietenden Gelegenheit wie ein Berserker über mich herfallen und dir flott nehmen was du willst. Es mag ja die ersten beiden Male geklappt haben, aber ich bin auch nur eine Frau und möchte ein bisschen umworben werden. Und wenn du ganz ehrlich zu dir bist, dann musst du dir eingestehen, dass dir das eben gefallen hat!"

Er hasste die Tatsache, dass sie Recht hatte! All die Jahre hatte er geglaubt, seine Ablenkungswochenenden wären die perfekte Lösung - Befriedigung der dringendsten Bedürfnisse ohne großen Schnick-Schnack und danach wieder Ruhe. Kein umständliches Beziehungschaos, keine Rücksichtnahme auf eine andere Person, einfach nur was er brauchte. Nicht ein Mal die lästige Vorarbeit mit Flirten um einen One-Night-Stand klar zu machen – einfach ein Geschäft, ein Handel und gut. Aber seit er Callie gehabt hatte war es irgendwie anders. Eine Frau zu besitzen, die nicht nur aus Pflichtbewusstsein oder monetären Mitteln mit ihm schlief, hatte sich gut angefühlt. Natürlich hatte es seinem Ego geschmeichelt, dass Callie ihn so offensichtlich haben wollte. Und dazu kam noch der Akt an sich. Er war anders. Besser. Als Callie unter ihm in der Küche gekommen war, hatte er so etwas wie Stolz empfunden. Ein kleinliches, dummes, schwaches Gefühl, aber es war da. Es war nicht vorgespielt gewesen, Nathan wusste, solche Kontraktionen konnte man nicht bewusst setzen. Sie hatte sich ihm völlig hingegeben und er hatte das genossen. Mehr als das, es war atemberaubend gewesen, die Hitze und das Gefühl gänzlich ohne Barriere in sie zu gleiten und... Moment.

„Callie, warum schläfst du ohne Kondom mit mir?“

„Du lenkst ab, Nate!“ Sie verdrehte doch tatsächlich die Augen.

„Nein, das tust du gerade.“

„Also gut. Wenn du das JETZT ausdiskutieren willst. Ich schlafe mit dir ohne Gummi weil es so schöner ist. Und da wir beide ja erwiesenermaßen sauber sind, stellt das auch kein Problem dar.“

„Erwiesenermaßen?“

„Nathan, jetzt erzähl mir bitte nicht, dass du das auch nicht weißt!“

„WAS denn?“

„Du arbeitest doch in der Pathologie oder?“

„Ja, was hat das damit zu tun?“

„Und sie lassen dich an die Leichen ran, stimmt's?“

„Ja?“

„Musst du nicht jedes Quartal eine Blutprobe abgeben, um eventuelle Krankheiten und damit einhergehende Verunreinigungen von Beweismitteln ausschließen zu können?“

„Ja, muss ich, und?“

„My hat angeordnet, dass sie ALLES untersuchen und er die Ergebnisse bekommt. Ich darf auch ein Mal im viertel Jahr anrücken. Er hat da irgendwie einen Kontrollfimmel, seit er bei seiner Afrika Reise mit Malaria angesteckt wurde. Und da du ja nach eigener Aussage schon seit 3 Jahren enthaltsam lebst und ich meinen letzten Test vor 2 Wochen hatte kann ich sagen - das ist schon ok. Reicht dir das als Antwort?“

„Dieser verdammte, selbstherrliche, Alles bestimmende…“

„Nathan! Ich glaube du wolltest mir etwas Anderes sagen?!“

Verdammt, ja! Das Myles sich erdreistete so in seinem Leben herum zu pfuschen machte ihn wütend, aber das konnte er auch später klären. Da würden einige Laboranten im Krankenhaus ihm Rede und Antwort stehen! Aber Callie hatte recht, es gab etwas zu klären. „Ja, ich muss dir Recht geben. Auch wenn es mir nicht gefällt. Aber das, was du eben gemacht hast war gut. Nein, nicht gut, es war toll. Ich, naja, vielleicht wusste ich einfach nicht wie das sein kann. Und ich betrachte dich auch nicht als meine Hure."

„Was bin ich denn dann für dich?" Gute Frage! Er wusste es nicht. „Meine Stiefschwester?" Callie lachte. „Das klingt eher wie Inzest, ich glaube das lassen wir als Kategorisierung weg."

„Mhm, irgendein anderer Vorschlag?"

„Lass es uns doch logisch betrachten, das magst du doch so. Wir mögen uns - irgendwie auf eine verquerte Art und Weiße. Ich finde dich attraktiv und du mich auch - irgendwie. Wir haben großartigen Sex. Du bist kein Mann, der in eine Beziehung passt und ich viel zu beschäftigt damit, ein Imperium aufzubauen. Es bleiben zwei Varianten übrig, dem Ganzen einen Namen zu geben - friends with benefits oder Liebhaber - du kannst es dir aussuchen."

„Dann nehme ich friends with benefits. Liebhaber klingt so, als ginge es nur um den Sex."

„Tut es das nicht?" Sie wirkte überrascht.

„Nein. Ich bin selbst erstaunt aber, Callie, ich mag dich. Dich und deine unkonventionelle Art. Du bietest Myles die Stirn und er frisst dir dafür aus der Hand. Das habe ich noch Niemand fertig stellen gesehen. Dazu bist du klug - auch wenn du das gern verbirgst und hast ein großes Herz. Und manchmal einen seltsamen Sinn für Humor. Und ich verbringe gern Zeit mit dir. Du langweilst mich nicht und das kann kaum einer von sich behaupten. Deshalb wäre es mir lieber wir wären Freunde, als nur Bettgefährten."

„Vorsicht, Nate, wenn dich jemand hört könnte man ja fast glauben du verliebst dich in mich!" Callie grinste ihn an. Er seufzte hörbar „Das meine ich mit seltsamem Sinn für Humor!" Sie lachte und zog ihn in ihre Arme. „Freunde klingt toll." raunte sie in sein Ohr. „Und ich würde jetzt gern einige der benefits in Anspruch nehmen."

„Ach ja, welche denn?" Nathans Stimme war rau.

Callie ließ den Blick wieder über seinen nackten Körper schweifen. Als sie lächelnd in sein Gesicht sah, funkelten ihre Augen und verursachten eine Reaktion, die direkt zwischen seine Beine fuhr. Er merkte, dass er schon wieder hart wurde. Callie kam noch näher.

„Zuerst" hauchte sie „möchte ich, dass du mich überall berührst. Mich streichelst. Küsst. Und ich werde das Gleiche mit dir tun. Ich möchte dich so gut kennen, wie es noch nie jemand vorher getan hat. Und wenn das der Fall ist, dann will ich dich in mir spüren, hart und heiß und groß. Und ich will dich stöhnen und seufzen hören, wie du meinen Namen aussprichst wenn du kommst, mit dieser ach so tiefen, erotischen Stimme. Und dabei sollst du endlich aufhören zu denken und einfach nur fühlen - meinst du das bekommst du hin?"

Während sie sprach hatte sie ihn langsam zum Bett manövriert, seinen Blick immer noch mit ihrem vereint. Sie hatte wunderschöne Augen, stellte er fest, sie wirkten grün, waren aber eigentlich stahlgrau mit einem hellbraunen Ring in der Mitte. Er stellte sich vor, wie sie wirken würden, wenn ein Höhepunkt ihre Pupillen groß werden lassen würde. Ihre Frage beantwortete er auf die einzig logische, klare Art und Weiße - er nahm ihr Gesicht zwischen seine Hände und küsste sie.

Sie hatte Recht, er hatte alle Zeit der Welt und konnte genießen was sie ihm bot. Er begann ihren Mund ausgiebig zu erforschen. Ihre Zunge bot ihm Paroli, aber er eroberte sich den Zugang. Als er leicht an ihrer Unterlippe knabberte, stieß sie ein zittriges Atmen aus. Wieder küsste er sie, grub seine langen, schlanken Finger in ihre Haare und zog sie an sich. Als er den Kuss sanft löste, fixierten ihn ihre Augen. Er griff an den Bund ihres Pullovers und zog ihn ihr aus. Seine Hände fuhren ihre Konturen nach, an ihrem Hals entlang, über die Wölbung ihres Busens bis zu ihrem weichen Bauch. Er hätte nie vermutet, dass es ihm solch ein Vergnügen bereiten könnte, eine Frau zu berühren. Aber es war so. Er wartete begeistert auf jede kleine Reaktion von ihr und hatte beschlossen, sie soweit zu bringen, dass sie ihn anbetteln würde, sie zu erlösen. Er wollte hören wie sie darum bat. Wollte ihr Flehen sehen. Erleben wie sich ihr Körper ihm anbot und nichts außer ihm wichtig war. Entschlossen machte er sich an sein Werk.

~~~

Ein Stockwerk tiefer ließ sich Myles mit einem theatralischen Seufzen im Sessel zurück fallen. Er hatte sich auf das Schachduell mit Graham gefreut, der Freund seiner Mutter war immer eine Herausforderung. Aber die Geräusche die von oben kamen, zerrten an seinen Nerven. Graham setzte seelenruhig seinen nächsten Zug.

„Himmel Graham - wie kannst du nur so ruhig bleiben?“ fuhr Myles ihn an. „Lass ihr doch ihren Spaß.“ Graham schmunzelte vor sich hin. „Spaß? SPAß? Das klingt eher als würde er sie umbringen.“
~~~

„Nun, nicht umsonst nennen es die Franzosen „La petit mort“, nicht wahr? Dame auf C4.“

„Herrgott noch Mal, Graham, sie ist deine Tochter!“ Myles setzte seinen nächsten Zug ein wenig zu schwungvoll aufs Brett. „Ja und 30 Jahre alt und wohl kaum in der Stimmung von mir Belehrungen über ihr Sexualverhalten anzuhören, gerade jetzt nicht. Springer auf E5.“ Graham lachte. „Du hast doch gesagt, es ist alles in Ordnung bei den Beiden. Wo ist dann das Problem?“

„Das Problem? Das Problem ist, dass mein Bruder zu keiner vernünftigen Beziehung fähig ist. Er tut und lässt nur was er will und er wird sie verletzten und“

„Myles.“ Grahams Stimme war warm und ruhig. „Sie ist alt genug um zu wissen was sie tut. Jetzt beruhige dich und spiel weiter.“

Als aus der oberen Etage Nathans tiefes Timbre ertönte, gab Myles auf. Er begann sich die Schläfen zu massieren. Graham schmunzelte, bevor er zur Bar ging und Myles einen Drink holte. Mit Todesverachtung stürzte Myles ihn hinunter. „Die machen mich fertig. Das wird ein furchtbarer Tag. Und dann noch dieser Ball.“

„Eigentlich sollte der Gedanke an den Ball dich ein wenig aufheitern.“

„Und warum das bitte? Ich muss mit Judith tanzen und werde den ganzen Abend kritisch beäugt, dass ich auch ja keiner anderen Frau zu lange nachsehe. Von den dummen politischen Diskussionen der anwesenden Herren mal ganz zu schweigen.“ Myles sah gequält aus.

„Du vergisst aber, dass dein Bruder noch immer nicht Alles über Callie weiß. Ich bin gespannt, wie er die brisanten Details aufnehmen wird.“ rief ihm Graham ins Gedächtnis. „Du hast Recht! Daran habe ich noch gar nicht gedacht. Es wird ihn unendlich nerven, dass er das nicht vorher wusste.“ Myles lachte. „Der Abend erscheint mir plötzlich wesentlich vielversprechender.“

Im Obergeschoss sank Callie gerade völlig außer Atem auf Nathans Brust. „Das... war... unglaublich.“ hauchte sie an seinem Hals. Auch Nathan war alles Andere als ausgeruht. Sein Plan war mehr als erfolgreich gewesen, Callie hatte ihn angefleht sie zu lieben und ihm war ein Buch in den Sinn gekommen, dass er einst bei James gefunden hatte. Es hatte sich herausgestellt, dass es äußerst nützliche Informationen bereit hielt.

Allerdings benötigte man für bestimmte Finessen eine Gelenkigkeit, die ihnen beiden abging und so war es zwischen durch zu einem durchaus interessanten Wortwechsel gekommen. Er musste schmunzeln als er an Callies empörten Ausruf dachte, wie zum Henker ihr Bein DORTHIN gekommen war.

„Da ist anscheinend jemand sehr zufrieden mit sich selbst.“ murmelte es an seinem Ohr.

„Sollte ich das nicht sein?“

„Ach sei still!“

Im Erdgeschoss war die Haustür zu hören, Callie seufzte. „Deine Mutter und Judith sind zurück. Dass heißt ich muss dich jetzt verlassen mein Großer.“

„Warum das denn?“ Er mochte das Gefühl ihres Körpers auf seinem. „Weil es in diesem Haus nur 2 Bäder gibt und wir in 3 Stunden zum Ball aufbrechen müssen. Außerdem habe ich Judith versprochen, ihr bei ihren Haaren zu helfen und bis 3 Frauen mit dem ganzen Kram fertig sind... das dauert.“

„Aber du bist doch sonst nicht so!“

Sie lachte. „Sonst gehe ich ja auch nicht auf den Ball einer Countess. Da kann ich wirklich nicht im StarWars Shirt aufkreuzen - und du auch nicht!“ Der letzte Satz ließ ihn die Stirn runzeln, woher wusste sie das er genau das geplant ... egal. Er grummelte leise und wickelte sich in die Bettdecke ein. Sie roch nach ihnen beiden und das gefiel ihm seltsamerweise. Callie ging zum Schrank und holte einige Dinge hervor, darunter ein ziemlich sperriges, weiß umhülltes Gebilde. Sie hängte es an den Schrank und warf ihm einen belustigten Blick zu. „Wenn ich in 1 h wieder komme bist du aber aus dem Bett raus, ok? Judith ist sicherlich dann bei mir und ich denke der erneute Anblick deines nackten Astralkörpers wäre heute zu viel für sie. Außerdem ist es Tradition, dass die Herren die Wartezeit auf die Damen im Salon verbringen - du kannst also mit My und Dad in Ruhe eine Zigarre rauchen." Sie warf sich ein Shirt über und ging barfuß in den Flur. Kurze Zeit später kehrte Callie zurück, auf dem Arm den Anzug und das Hemd, welche er bei seiner Ankunft getragen hatte. Nachdem sie beim gestrigen Unfall völlig durchnässt gewesen waren, musste irgendjemand die Kleidung getrocknet und gebügelt haben. Sie legte die Sachen neben ihm ab und grinste ihn an. „Mach dich hübsch, Nate, du willst doch nicht schäbig neben mir wirken." raunte sie und zwinkerte. Er zog missmutig die Decke über seinen Kopf. Callies Lachen erreichte ihn dennoch und er konnte es immer noch hören, als sie die Tür hinter sich schloss und ins Bad ging. *Diese Frau!*

Nach einer Weile konnte er das Rauschen der Dusche hören und kurz danach mehrere weibliche Stimmen im Badezimmer. Es war nicht schwer herauszuhören, wer was sagte und Judith und seine Mutter plapperten wie ein Schwarm kleiner Papageien. Wer hätte gedacht, dass Judith und seine Mutter so aufgeregt sein würden. Als das Geräusch des Föns verklang, stand Nathan wiederwillig auf. Noch ein Mal Judiths Kreischen wollte er heute wirklich nicht hören. Er knöpfte sich gerade den letzten Knopf seines Hemdes zu, als die Tür auf ging. Callie stolzierte herein, den Kopf voller Lockenwickler, lächelnd wie immer. Judith in ihrem Schlepptau hatte schon eine aparte Hochsteckfrisur. Sie sah ihn säuerlich an, was er als dezenten Hinweis verstand, dass sie mit seiner Anwesenheit nicht einverstanden war.

Provokant ließ er sich in einem der Sessel nieder. Callie lachte nur und kam zu ihm. Sie stützte die Arme links und rechts von ihm auf und sah ihn mit strahlenden Augen an. „Sie ein guter Junge und geh zu den anderen runter, Nathan. Das hier ist Frauensache.“ Sie zwinkerte ihm zu und beugte sich vor. „Wenn du lieb bist, gibt es auch noch eine Belohnung heut Abend.“ wisperte sie ihm ins Ohr. Ihr warmer Atem kitzelte seinen Hals und er fühlte wie sich seine Nackenhaare aufrichteten. Das und die Tatsache, dass sie nur Unterwäsche samt halterlosen Strümpfen trug, ließ ihn schnell das Weite suchen.

Im Salon saßen Myles und Graham. Beide waren schon im Anzug und schienen das Prozedere gewohnt zu sein. Graham lächelte ihn an und wies auf einen der Sessel. „Setz dich, Junge, das dauert noch mindestens 45 Minuten“ Aus dem Obergeschoss war ein spitzer Schrei zu hören - eindeutig Judith. Mit einem Blick zu Myles sah er, dass dieser genervt die Augen verleierte. Sein Bruder sah Graham anklagend an. „Sag mir bitte dass du ihr nicht wieder ein Kleid von Alexander McQueen gekauft hast! Judith hat mich letztes Jahr 3 Wochen mit hasserfüllten Blicken und vorwurfsvollen Seufzern gequält, weil sie das nicht auch durfte.“ Graham schmunzelte wissend. „Nein, kein Alexander McQueen dieses Jahr.“

„Gott sei Dank." seufzte Myles, nur um bei Grahams nächsten Satz schneeweiß zu werden. „Dieses Jahr ist es von Marchesa."

„Bist du des Wahnsinns? Manchmal glaube ich wirklich, du weidest dich an meinem Unglück!" Myles stöhnte auf und erhob sich, um einen neuen Drink zu holen. Nathan verstand gerade nicht all zu viel. „Um was bitte geht es denn?" fragte er Graham.

Der lachte mit einem Blick auf Myles. „Um Kleider."

„Kleider?"

„Ja. Jungchen du wirst schon noch merken was ich meine. Myles hält Judith da etwas kurz während Callie... nun ja, sie ist mein Ein und Alles. Und für meine Kleine ist das Beste gerade gut genug." er lachte. „Was er damit meint ist, dass Judith ein Kleid für 500 Pfund kaufen darf und Callie eins für 5.000£! Und das wird mir nicht gerade gut ausgelegt zuhause." warf Myles trocken ein. „8.700£" war Grahams Kommentar dazu.

„Du alter Bastard!"

Nathan konnte sich ein Schmunzeln nicht verkneifen als sein Bruder in eine Sprache verfiel, über der er sonst so erhaben war. Das Verhältnis zwischen Graham und Myles war höchst interessant. Und auch wenn ihm das Problem der Beiden noch immer nur rein mathematisch klar war, so zeigte es doch ganz klar - Graham liebte Callie über Alles und sie hatte nicht gelogen, als sie davon gesprochen hatte, dass er gut geerbt hatte.

Seine Mutter war die Erste, die im Salon erschien. Sie trug ein hochgeschlossenes, schwarzes Kleid. Graham lächelte sie liebevoll an und stand auf. „Du siehst bezaubernd aus, meine Liebe."

Sie machte eine wegwerfende Geste. „Neben den zwei Mädchen wirke ich noch älter als ich bin. Sie sollten gleich runter kommen, wir können schon in den Flur gehen. Die Fahrer müssen auch gleich vorfahren."

Die Herren hatten schon ihre Mäntel angelegt, als Judith die Treppe herab kam. Sie trug ein hellgrünes Spitzenkleid und sah für Nathans Meinung sogar recht passabel aus. Myles sah sich bemüßigt sie am Fuß der Treppe zu empfangen. „Du siehst sehr gut aus, Judith." Sie starrte ihn nur missmutig an und zischte „Ein Marchesa!" My stöhnte auf und half ihr in den Mantel. Nathan war von den Beiden abgelenkt und sah gar nicht auf die Treppe. Erst als Myles mit offenem Mund nach oben sah und Judith ihren Mann empört auf den Fuß trat, wandte er sich seiner Begleitung zu.

Callie kam gerade die Treppe hinab geschwebt. Sie trug ein purpur farbenes, weit ausgestelltes, trägerloses Kleid. In diesem Moment wusste Nathan welchen Hintergrund die Diskussion um die Kleider hatte. Callie sah atemberaubend aus. Ihre Haare waren kunstvoll hochgesteckt und lenkten so den Blick auf ihr Dekolletee. Sie strahlte ihn an. Nathan war noch völlig darin vertieft, jedes Detail wahr zu nehmen als sie vor ihm stand.

„Hilfst du mir in den Mantel oder muss ich deinen Bruder fragen?" war ihre erste Frage.

„Ja, sofort." Er wirbelte herum und suchte nach ihrem Mantel. Myles lachte leise. „Nathan!" Callie schien amüsiert. „Du hast ihn längst in der Hand!"

Was? Tatsächlich! Wo war er nur mit seinen Gedanken!

Er hielt ihn für sie auf und half ihr beim Anziehen. Als er hinter ihr stand konnte er an ihrem Hals leichte Spuren von Zahnabdrücken sehen. Ihm wurde ganz warm beim Gedanken daran, dass und vor allem wann er sie so gezeichnet hatte. Die Familie verließ das Haus, in der Einfahrt warteten 2 Wagen. Nonchalant reichte er Callie den Arm. Sie lachte. „Bei unserem letzten Spaziergang konntest du nicht genug Abstand zwischen dich und mich bringen. Und jetzt entdecke ich auf ein Mal den Gentleman in dir!“

„Beim letzten Spaziergang war ja auch eine kleine Göre mit uns unterwegs und keine Lady.“ Sie sah ihn von schräg unten abschätzend an. „Auf ein Mal bin ich eine Lady, ja?“

„Wenn du den Mund hältst schon.“

Sie lachte schallend.

Er half ihr in den wartenden Wagen, was bei den Ausmaßen ihres Kleides nicht leicht war. Graham und Myles platzierten ihre Frauen im 2. Wagen. Der ältere Mann stieg auf dem Beifahrersitz dieses Wagens ein, was Myles zwang es ihm im Auto von Nathan und Callie gleich zu tun. Mit einem Seufzen nahm er Platz. Er drehte sich nach hinten um und funkelte Callie an. „Du weißt schon was du mir damit antust, ja? Judith ist schon wieder sauer auf mich.“

„Aber My, daran kannst du doch leicht etwas ändern. Du darfst sie halt nicht so kurz halten! Letzten Endes ist Judith auch nur ein Mädchen und möchte sich wie eine Prinzessin fühlen.“

„Ja, aber ernsthaft - Marchesa? Ich verlange ja nicht, dass du dich bei Primeark einkleidest, aber das? Versteh mich nicht falsch, du siehst fantastisch aus, aber es hängt die Latte ganz schön hoch.“

„Myles. Wir fahren zum Ball einer Countess, du kannst nicht erwarten dass ich mich den anderen Ladys zu liebe zurück halte. Ich bin mir meiner Privilegien durchaus bewusst. Und du solltest mich gut genug kennen, um zu wissen, dass es auch ein Kleid von H&M

getan hätte. Sofern ich mich darin wiedergefunden hätte. Aber ich habe mich halt aus irgendeinem Grund in dieses lilafarbene Ungetüm verliebt."

Myles sah zu Nathan, der die ganze Zeit Callie von der Seite betrachtet hatte.

„Ihr zwei seid wirklich ein tolles Pärchen - zwei Egomanen vor dem Herrn!" Damit drehte er sich nach vorn. Callie grinste und streckte ihm die Zunge heraus.

Lady - von wegen. Nathan war fasziniert wie ein bisschen Schminke und ein Kleid aus der sonst so natürlichen und kumpelhaften Callie eine Frau zaubern konnten, die pure Sinnlichkeit und Eleganz ausstrahlte. Zumindest bis sie etwas tat wie eben oder einen ihrer lockeren Sprüche verlauten ließ. Es dürfte interessant werden, wie sie sich auf dem gesellschaftlichen Parkett verhielt. Nathan lächelte bei dem Gedanken. „Möchte ich wissen, woran du denkst, wenn du so grinst?" flüsterte Callie ihm zu. „Ich glaube nicht."

Unter ihren ausladenden Röcken suchte ihre Hand nach seiner und er ließ es zu, dass sie ihre Finger mit seinen verschränkte.

Die Fahrt dauerte nicht lang und sie bogen in das Grundstück von Chipswhick Manor ein. Das Haus war beleuchtet und vor ihnen befanden sich noch einige andere Wagen in Wartestellung. Als sie vorfuhren traten mehrere Diener vor, um den Gästen beim Aussteigen behilflich zu sein. Nathan sprang eilig aus dem Wagen, um Callie selbst die Hand zu reichen. Warum er das tat? Das konnte er sich selbst nicht erklären. Sie lächelte strahlend und stieg aus dem Wagen. Gemeinsam mit Myles warteten auf den Rest der Familie.

Unangenehme Überraschung

Wie so vieles in der von Nathan belächelten, steifen Welt des Adels, so musste auch der Eintritt in dieses Haus nach festgelegten Schemata vollzogen werden. Graham und seine Mutter hatten das Privileg als Familienoberhäupter zuerst ein zu treten, gefolgt von Myles und Judith, die als verheiratetes Paar über den beiden unverheirateten standen. Zudem war Myles der ältere Bruder.

Nathan fand das Ganze lachhaft, aber er war heut in Gönnerlaune und mit Callie am Arm ließ er My den kleinen Triumpf. Sie betraten die Vorhalle des Ballsaales und legten ihre Mäntel ab. Nathan brachte gerade seinen eigenen und Callies zum Garderobiere als Graham sie beim Ausrufer anmeldete. Noch so eine unsinnige Gepflogenheit, die Namen der neu eingetroffenen Gäste auszurufen. Als ob es jemand interessierte das die Familien Holland und Campbell eingetroffen waren.

Sie reihten sich in der Schlange der Neuankömmlinge ein. Kurz bevor seine Mutter und Graham an der Reihe waren, drehte sich Myles spöttisch grinsend um und sprach ihn an. „Ist dir der Adel und sein ganzes dünkelhaftes Benehmen immer noch so zuwider wie früher, Nate?“

„Du weißt ganz genau, dass ich das alles albern finde. Man sollte Menschen nicht an einem antiquierten Rang messen, sondern an dem was sie leisten können.“ war die Antwort, die im Brustton der Überzeugung kam.

„Früher hättest du dich mit Händen und Füssen gesträubt, auch nur ein Wort mit einem dieser snobistischen Adligen zu reden, die ihr Selbstwertgefühl auf einen Titel beziehen.“ bohrte sein Bruder weiter.

„Das hat sich nicht groß geändert, aber ich hatte ja heute keine Wahl. Es wird mir eine Freude sein diesen Lords und Ladys die Grenzen ihrer Beschränktheit auf zu zeigen.“ Würde es wirklich. Nathan freute sich jetzt schon diebisch darauf dem ein oder anderen der ach so vornehmen Gesellschaft den Spiegel vorzuhalten.

Myles lachte leicht. „Dann pass nur auf, dass die unverheirateten Ladys nicht noch Jagd auf dich machen, bei dem Lauf den du derzeit hast.“ Er grinste Callie an und wackelte mit den Augenbrauen.

„Dafür habe ich ja unser patentes Schwesterchen an meiner Seite, die wird den Ladys zeigen, was eine Bürgerliche so wert ist.“ Nathan tätschelte zur Bekräftigung ihre Hand auf seinem Arm. Die beiden Brüder lachten, Callie allerdings wirkte plötzlich etwas verkniffen.

„Ist irgendetwas los, Schwesterchen?“ fragte Myles gespielt besorgt.

„Halt die Klappe und dreh dich um, ihr seid dran.“ fuhr sie ihn an. Tatsächlich war der Ausrufer gerade dabei, ihre Eltern anzukündigen.

Graham Douglas Campbell und Mrs. Violet Holland

Judith und Myles traten nach vorn. Der Ausrufer sah auf seine Liste und kündigte auch sie an.

Mr. Myles Holland und Mrs. Judith Holland

Nun war es an ihnen. Nathan wollte diesen unnötig gestelzten Moment so schnell wie möglich hinter sich bringen und trat nach vorn. Callie schien nicht wirklich glücklich darüber zu sein und zögerte sichtlich. Schlussendlich standen sie auf dem obersten Absatz der Treppe, die in den Saal hinab ging und warteten auf den Ausrufer. Nathan fiel auf, dass recht viele Augenpaare auf sie und ihre Familie gerichtet waren. *Warum nur?*

Mr. Nathan Holland und Lady Calliope Aileen Campbell

Nathans Kopf schnellte zu Callie's Seite.

„LADY CALLIOPE?" zischte er ihr zu. Sie sah starr geradeaus und lächelte weiterhin, aber er sah deutlich dass es aufgesetzt war. Er wollte seinen Arm zurück ziehen, doch ihr fester Griff verhinderte dies.

„Offensichtlich hat deine Mutter eine Vorliebe für Männer, die ihren Kindern seltsame Namen geben." bemerkte sie trocken auf dem Weg die Treppe hinab.

„Um deinen Namen geht es gar nicht!"

„Ich weiß." Sie sah ihn an. „Können wir das bitte klären wenn uns gerade nicht Alle anstarren?" Er nickte nur knapp. Am Fuß der Treppe konnte er Myles breites Grinsen sehen. Nun machte das Gespräch vor der Ausrufung auch Sinn...

Dieser verdammte...! hatte genau gewusst das Callie dem Adel angehörte. Warum zum Teufel hatte ihm das keiner gesagt? Und warum benahm sich eine LADY so? Lady! Als ob man drauf hätte kommen können! Er ließ sich nur ungern für dumm verkaufen und hier hatten sich offensichtlich Alle köstlich auf seine Kosten amüsiert. Und Callie...nein, Lady Calliope, offensichtlich auch. In Nathan kochte es. Er wollte eine Erklärung, nein einen Haufen Erklärungen und zwar auf der Stelle. Im Saal angekommen würdigte er seine Familie keines Blickes und begann Callie auf eine der geöffneten Türen zur Terrasse zu zuziehen. Von wegen Egomane! Er war die Einfühlsamkeit in Person sie nicht mitten in der Menge zur Rede zu stellen!

Plötzlich stand ein Mann vor ihnen und versperrte den Durchgang. Er grinste breit und Nathan konnte ihn auf Anhieb nicht leiden. Er war um die 40, zu korpulent und für seinen Körperbau viel zu auffällig gekleidet. Eindeutig unverheiratet, aber eingebildet genug um sich Frauen außerhalb seiner Attraktivitätszone zu nähern. Adel also, wahrscheinlich sogar noch Geldadel. Callie stöhnte neben ihn leise auf.

„Lady Calliope ! Was für ein schöner Zufall, dass wir uns über den Weg laufen. Ich muss schon sagen, als mir verkündet wurde, dass ich heute nicht ihr ständiger Begleiter sein darf, war ich enttäuscht. Aber ich bin mir sicher ihr Stiefbruder wird sie mir ab und an überlassen.“ Callie knickste leicht zur Begrüßung, während Nathan ungeduldig abwartend daneben stand und den Mann aus schmalen Augen fixierte.

„Lord Trevor, es ist mir eine Freude wieder zu dem schönen Ball ihrer Mutter eingeladen zu sein. Allerdings ist Nathan noch ungeübt in diesen Dingen, es wird wohl heute Abend keine Zeit für ein Tänzchen bleiben. Die Familie geht immer vor, das kennen sie doch sicher.“

Nathan war bewusst dass Callies Abfuhr an den Sohn der Gastgeberin sehr knapp an Unhöflichkeit grenzte. Und genau so bewusst war ihm, dass sie sich offensichtlich weigerte ihn als Bruder zu bezeichnen. Dem Sohn der Countess war dies offensichtlich auch nicht entgangen, denn er widmete Nathan nun einen abschätzenden Blick, bevor er sich wieder Callie zuwandte.

„Das tut mir leid für ihn, aber ich bestehe darauf. Schließlich habe ich zahlreiche andere Möglichkeiten ausgeschlagen, um mich für sie frei zu halten. Und sie wissen doch, dass meine Mutter von der Idee ganz angetan ist."

Nathan spürte wie Callies Hand sich fester um seinen Arm schloss, sie war definitiv nicht angetan. Aha, nun sollte er also noch den Ritter in der Not für Mylady spielen? Nicht mit ihm. Sie hatte sich lang genug amüsiert, jetzt war er an der Reihe. Mit einem breiten Grinsen trat er einen Schritt zurück und löste Callies Hand mit sanfter Gewalt von seinem Arm. Mit gespielt unterwürfiger Stimme deutete er einen Diener an.

„Calliope, meine liebe Schwester, hätte ich gewusst das dir so eine gute Partie bevor steht, hätte ich dich niemals in Beschlag genommen. Ich bin mir sicher, ich werde mich auch anderweitig beschäftigen können. Lord Trevor, ich räume natürlich ehrerbietig das Feld."

Callies Blick traf seinen und für einen kurzen Moment huschte ein so verletzter Ausdruck über ihr Gesicht, dass er es sich fast anders überlegt hätte. Doch dann schloss sie die Augen und atmete tief ein und als sie ihn wieder ansah hatte sie einen Blick für ihn übrig, der selbst Myles Arroganz Paroli hätte bieten könnte. JETZT war sie die Lady, die sie dem Namen nach war. Hätte sie ihn bei ihrer ersten Begegnung so angesehen, wäre er nie dem Irrtum mit dem Dienstmädchen aufgesessen. Ihre Stimme war beherrscht, nur das schnell Heben und Senken ihres Busens wiesen darauf hin, dass sie aufgeregt war.

„Danke Nathan, das ist sehr rücksichtsvoll von dir. Ich weiß doch wie sehr dir diese Umgebung Angst macht. Aber du hast ja deinen Bruder, falls etwas ist."

Sie wandte den Kopf diesem lächerlichen Count zu und schenkte ihm ein strahlendes Lächeln, das den standhaftesten Mann zum Wanken bringen konnte. Nathan verspürte ein Stechen in seiner Magengegend, das er nicht zuordnen konnte. Er wusste nur, er konnte nicht zusehen wie sie diesen Wicht anlächelte, als sei er der Dreh- und Angelpunkt des Universums. Ohne ein weiteres Wort zu verlieren drehte er sich um und ging.

~~~

Eine gute Stunde später fand Graham den vor sich hin brütenden Nathan im Raucherzimmer. Er seufzte und ließ sich neben dem Mann in einem Sessel nieder. Nathan beachtete ihn nicht. Die Holland Jungs - mehr waren sie in seinen Augen beide nicht - waren immer so theatralisch! Graham hatte genau gesehen wie Nathan auf die Nennung von Callies Namen reagiert hatte und auch die Szene mit Trevor Chipswhick war ihm nicht entgangen. Seit einer geschlagenen Stunde belagerte der nun seine Tochter und Graham sah genau, dass sie unglücklich war. Sie mochte durch ihre natürliche Art viele täuschen können, aber er kannte sie zu gut. Sie war verletzt und hatte, wie er es im Spaß gern nannte, in den „Hoheits-Modus" umgestellt. Es war Jahre her, dass er sie so gesehen hatte und der junge Mann neben ihm war schuld daran. Vielleicht hätte er wirklich von Anfang an intervenieren sollen. Er seufzte, nun war es zu spät.
~~~

Graham sah Nathan an, der auch nicht gerade glücklich aus sah. „Kannst du mir einfach erklären, was dein Problem ist, Nathan?"

Der Angesprochene sah den älteren Mann an. „Mein Problem, eure Lordschaft" er spie das Wort förmlich aus „ist, dass ich mich nur ungern von Menschen vorführen lasse. Mein Problem ist, dass ihr euren Spaß auf meine Kosten hattet. Und mein Problem ist dieser ganzer aristokratische Mist, der mich anwidert und abstößt und den ihr so hegt und pflegt. Mein Problem ist, dass ihr es in den letzten Tagen nicht fertig bekommen habt, mir zu erzählen WAS ihr seid und mich stattdessen hier auflaufen lassen habt! Mein Problem ist, dass ich anscheinend nicht ein Mal meiner eigenen Familie mehr trauen kann." Und mein Problem ist, dass ich Callie so nah wie kaum einen Anderen an mich heran gelassen habe und sie mich verletzt hat, aber das sprach er nicht aus.

„Es geht hier also nur darum, dass wir dir nicht erzählt haben, dass Callie und ich einen Titel tragen?" Graham hatte langsam eine Ahnung aus welcher Richtung der Wind wehte.

„Mein Problem ist, das SIE es mir nicht erzählt hat." grollte Nathan. „Junge, ist dir in den Sinn gekommen, dass sie es nicht erzählt hat, weil es nicht wichtig für sie ist?"

„Geh in den Saal, schau sie an wie sie mit diesem lächerlichen Count und seinen tollen versnobten Freunden tanzt und sag mir noch ein Mal es ist nicht wichtig für sie!"

„Nathan - warst du es nicht der gesagt hat, man soll Menschen nach dem beurteilen was sie tun und können? Vor nicht ein Mal 2 Stunden warst du noch völlig fasziniert von ihr und - wage es nicht mir zu wiedersprechen - hattest die beste Zeit deines Lebens mit ihr. Und dann weißt du plötzlich ein kleines Detail, etwas das ihr selber völlig gleich ist und Alles ist anders, sie ist anders?“ Graham wartete, aber darauf hatte Nathan keine Antwort zu geben.

Der ältere Mann seufzte.

„Nathan, Callie wurde mit diesem Titel geboren, sie hat ihn sich nicht gewünscht. Sie erzählt kaum einem davon, weil es ihr unangenehm ist. Du siehst vielleicht nur die Privilegien, aber kannst du dir vorstellen das es nicht immer leicht ist mit einem Lady vor dem Vornamen leben zu müssen? Jeder denkt du hast Geld. Jeder denkt du bist vornehm. Die Leute haben Erwartungen an dich, die du nie erfüllen kannst. Callie - die Callie, die liebend gern in Bäume geklettert ist und sich mehr für Bücher und Filme und Theater interessiert hat als für Puppen und Mode - bekam immer sofort den Stempel des hochnäsigen, verwöhnten Prinzesschens aufgedrückt. Du weißt nicht, wie es ist, immer wieder die Absicht deines Gegenübers hinterfragen zu müssen. Du weißt niemals ob er hinter deinem Geld oder Titel her ist oder ob ernste Beweggründe sein Handeln beeinflussen. Nicht selten erlebte ich mit, wie Callie verletzt wurde. Du hast sie nicht im Arm gehalten, als ihr erster Freund heimlich mit einer Anderen zu Gange war, aber öffentlich gern mit seinem tollen Fang angab! Was glaubst du warum ich sie nach Yale geschickt habe? Weil sie dort einfach nur Callie sein konnte. Weil sie dort frei von diesen Zwängen sein konnte. Zurück in der Heimat geht das manchmal einfach nicht und sie muss Pflichten erfüllen. So wie heute Abend. Aber sie ist normalerweise stark genug um das Ganze als lustige Eskapade abzutun und den Abend zu genießen. Heute allerdings tut sie dies nicht und das hängt mit dir zusammen.“

Nathan hatte sich den Vortrag mehr missmutig als interessiert angehört. Graham mochte ja mit manchem Recht haben, dennoch, das Gefühl verraten worden zu sein blieb. „Sie hat doch diesen schicken Count an der Angel, warum sollte sich Mylady da nicht amüsieren?"

„Glaubst du Trevor wäre hinter ihr her weil sie so hübsche Augen hat? Er ist ein Count, warum sollte er einer einfachen Lady nachsteigen? Nathan, Callie weiß genau das er ihr nur Avancen macht, weil sie meine Tochter ist. Würde dich das glücklich machen - zu wissen das man dich nur wegen deines potentiellen Titels und Geldes will?"

„Du redest die ganze Zeit von einem Titel - was verdammt nochmal meinst du damit eigentlich?" Graham seufzte. „Ich bin der jüngere Halbbruder des verstorbenen 12. Duke of Argyll. Sollten, wie auch immer und Gott bewahre uns davor, der derzeitige 13. Duke und sein Sohn nicht mehr sein, werde ich den Titel bekommen - und nach mir Callie."

Nathan stöhnte innerlich auf - dass wurde ja immer schlimmer! Kein Wunder das Myles und dieser Count so spitz auf sie waren - der Duke of Argyll war einer der ältesten und bedeutendsten Titel im Adelsverzeichnis Großbritanniens und Schottlands. Da war die Verbindung mit einer Frau die an 4. Stelle der Erbfolge stand für jeden erstrebenswert. Andererseits, so wie sie diesen Count angelächelt hatte gefiel ihr das vielleicht noch. „Für mich sah es nicht so aus, als wäre sie gezwungen worden Trevor zu begleiten."

„Ach nein? Ich erinnere mich recht gut dass sie an DEINER Seite war und du sie dort stehen gelassen hast. Und sie war Alles andere als glücklich darüber, das kannst du mir glauben."

„Ihr strahlendes Lächeln für Trevor straft dich da leider Lügen, Graham." erklärte Nathan überzeugt.

„Callie ist es gewohnt auf Knopfdruck in dieser Umgebung die perfekte Lady zu geben. Meine Güte, was musst du für ein Kriminologe sein, wenn dir solche Offensichtlichkeiten nicht auffallen!" Grahams Stimme war schneidend, der ältere Mann hatte genug von Nathans Eskapaden. „Entschuldige bitte?!"

„Nathan, sie kann diesen Mann nicht ausstehen! Er hat im letzten Jahr versucht handgreiflich zu werden und Besitzrechte geltend zu machen, die ihm nicht zustehen. Er hatte nicht mit Callies Beherztheit gerechnet, aber dieses Jahr ist er vorgewarnt. Und sie mag patent sein, aber er ist einen Kopf größer und 40 kg schwerer als sie."

Was? Dieser miese, schmierige Count hatte versucht Callie zu...

Alarmglocken schrillten laut in seinem Kopf. Etwas in der Art hatte sie ihm am Abend der Einladung erzählt. Dass er ihr Held war, weil sie sich so nicht den ganzen Abend den aufdringlichen Trevor vom Hals halten musste. Und er hatte sie bei eben diesem gelassen! „Und unter diesen Umständen lässt du sie aus den Augen um mit mir zu reden?!"

„Sie ist in einem Raum mit 200 anderen Leuten, die Gefahr ist recht klein." erklärte Graham ernst. „Es wäre mir aber lieber sie für den Rest des Abends ganz sicher zu wissen." Nathan war schon aus dem Zimmer ehe sein Stiefvater auch nur aus dem Sessel aufgestanden war. Er lächelte vor sich hin, vielleicht konnte der Abend für seine Kleine doch noch nett werden.

Nathan stand am Rand der Tanzfläche und sah sich suchend um. Eigentlich müsste man sie in diesem „lila Ungeheuer" gut erkennen können, doch er konnte weder

Callie noch Trevor ausmachen. Als er endlich Myles mit Judith auf der Tanzfläche erkannte, steuerte er zielstrebig auf sie zu. Er klopfte seinem Bruder eher unsanft auf die Schulter. „Wo ist Callie?"

„Ahh, die Mimose hat beschlossen die Fühler auszustrecken, was?" lachte sein Bruder.

„Über die Geschichte reden wir später noch, jetzt will ich erst ein Mal wissen wo Callie ist."

„Ich habe keine Ahnung." war Myles abweisende Antwort. „Er hat aber auch eine Frau, um die er sich zu kümmern hat, Nathan." schaltete sich Judith ein. „Und es macht keinen guten Eindruck, wenn er die ganze Zeit seiner Schwester hinterher starrt. Besonders nicht wenn Würdenträger anwesend sind."

Nathans eiskalter Blick ließ sie verstummen. Er sah seinen Bruder an. „Ich vermute du weißt, was letztes Jahr war. Wann hast du sie das letzte Mal gesehen?"

„Das dürfte um die 10 Minuten her sein. Sie stand mit dem Count und einigen seiner Freunde in der Nähe der Tür zur Terrasse. Ich glaube die ganze Gruppe ist dann nach draußen gegangen."

Nathan war schon auf dem Weg zu besagter Tür, noch eher Myles seinen Satz beendet hatte. Er sah seine Frau an, zuckte dann mit den Schultern und folgte seinem Bruder. Auf der Terrasse angekommen war weit und breit kein lila Kleid zu sehen. Chipswhick Manour hatte eine ausgedehnte Parkanlage und trotz der kühlen Temperaturen waren einige Gäste im Park unterwegs. Die Wege waren geräumt, was keine Spuren im Schnee zuließ. In der Ost- und West-Ecke des Anwesens hoben sich kleine Pavillons gegen den Nachthimmel ab. Wortlos einigten sich die Hollandbrüder auf eine getrennte Suche und verschwanden in entgegen gesetzte Richtungen im Park.

Myles traf nach einigen Minuten auf eine Gruppe, die ihm bekannt vor kam. Auf Nachfrage bestätigten sie ihm, dass sie mit dem Count und „seiner Lady“ in den Garten gegangen waren. Trevor hatte es wohl so eingerichtet, dass sie am Westpavillon vorbei kamen und ab da hatte keiner die beiden gesehen. Myles wurde fast übel bei dem Gedanken was das bedeuten mochte. So schnell es ging lief er den Weg, den er gekommen war, zurück.

Nathan war fast an seinem Ziel angekommen, als ihm ein Mann entgegen kam, der irgendwie eigentümlich lief. Es stellte sich heraus, dass der zukünftige Count of Kingston-upon-Hull ziemliche Schmerzen in der Leistengegend zu haben schien. Nathan lief wortlos an ihm vorbei. Die Tür des Häuschens war geschlossen, doch man konnte erkennen, dass das Innere beleuchtet war. Ohne zu klopfen öffnete er und trat ein. Callie wirbelte auf dem Absatz herum, die Fäuste erhoben. Ihr Anblick war ziemlich amüsant. Nathan musste lachen. „Hast du eine Ahnung wie du aussiehst, in dem Kleid, bereit für einen Boxkampf?“

Sie musste schmunzeln. „Frag besser Trevor, der wäre jetzt vor Angst gerannt.“ Der Name des Mannes erinnerte ihn daran, warum er hier war. „Ist Alles in Ordnung mit dir?“ Sie nickte. „Ich bin ihm begegnet. Er sah nicht glücklich aus.“ fing Nathan vorsichtig an. Das brachte ein schiefes Grinsen auf Calliopes Gesicht zum Vorschein. „Wärst du auch nicht, wenn dein so toll geplanter Heiratsantrag abgelehnt worden wäre.“ Das kam unerwartet „Er hat um deine Hand angehalten?!“

„Ja super, so wie du das sagst klingt es noch unglaublicher als es ohnehin schon ist.“ Sie ließ sich relativ undamenhaft auf eines der Sofas plumpsen und verschränkte die Arme.

Er sah sich kurz um. Trevor hatte wirklich alles aufgefahren, was in einem Film als romantisch verkauft wurde. Ein Feuer im Kamin, ein riesen Strauß rote Rosen, Champagner und Kerzen und das Alles in relativer Abgeschiedenheit. Und Callie die schmollend auf dem Sofa saß. Nathan schloss die Tür und ging zu ihr. „Du hast nein gesagt oder?“

Sie schnappte empört nach Luft. „Natürlich habe ich nein gesagt! Ich kenne den Mann kaum und selbst wenn, wäre er überhaupt nicht mein Typ und so wie er letztes Jahr drauf war... Ich bin mir sicher das war die tolle Idee seiner Mutter, der alten Ziege.“ Nathan musste ein Kichern unterdrücken, sie regte sich über diesen Vorfall wirklich auf. „Und warum ist er eigentlich so komisch gelaufen als er mir entgegen kam?“

Ein zufriedenes Grinsen umspielte ihren Mund. „Weil er so dumm war, nach Ablehnung seines ja soo romantischen Antrages, sein Anliegen auf andere Art und Weise umsetzen zu wollen – so á la ‚verlorene Ehre‘. Ich vermute er ist es nicht gewöhnt, dass Frauen nein zu ihm sagen.“ Sie kicherte. „Geschweige denn, dass sie ihren Absatzschuh in seinem Gemächt vergraben, wenn er zu aufdringlich wird.“ Sie sah ihn fragend von der Seite an.

„Was machst du eigentlich hier? Ich dachte du willst nie wieder mit mir reden, weil ich ja das Sinnbild der adligen Perversion und Verderbtheit bin, oder so etwas in der Richtung?“ Nathan hatte immerhin den Anstand verlegen zu wirken „Naja, nachdem Graham mir erzählt hat was Trevor letztes Jahr versucht hat. da...“

„Um Himmels willen, ich bin mir sicher Dad hat wieder maßlos übertrieben!“ fiel sie ihm ins Wort. Sie lächelte ihn an. „Aber ich bin froh, dass er es getan hat.“

Er war erleichtert, dass es ihr gut ging, aber immer noch nagte es an ihm, dass sie ihm dieses Detail verschwiegen hatte. „Du hättest mir sagen müssen, wer du bist!“ warf er ihr vor.

„Aber das habe ich doch! Ich habe dir gesagt wer ich bin, was ich mache, was ich studiert habe, was mir wichtig ist, sogar das wir Geld haben!“rechtfertigte sich Callie. „Aber nicht das du mit dem verdammten Duke of Argyll verwandt bist!“ warf er ihr vor. Sie stemmte die Hände in die Seiten und sah ihn herausfordernd an

„Und wann hätte ich das tun sollen? Vor oder während du mich in der Küche auf der Arbeitsfläche fast besinnungslos gefickt hast?“

„Oh Gott, Callie! Musst du dich immer so direkt ausdrücken?“ Sie lachte. „Siehst du - selbst du merkst das ich immer so bin. Das ist Callie. Nicht dieses Kleid und auch nicht der Titel, den mein Cousin inne hat. Callie ist die Landpomeranze, die eine Destille leitet, flucht und anzügliche Kommentare abgibt. Die zu Weihnachten für die Familie kocht, mit 30 noch Schneeballschlachten führt und die ihren Mutterkomplex mit StarWars Shirts befriedigt. DAS ist die wahre Callie. Und ja, ich mag es auch mich zu besonderen Anlässen hübsch zu machen und in diese überkandidelte Welt einzutauchen. Aber am Ende des Abends werde ich trotzdem die Callie sein, die ein friends-with-benefits Abkommen mit dir hat und die du vor ein paar Stunden noch mochtest.“ Sie sah ihn mit großen Augen bittend an. Und verdammt, sie hatte ja recht. Was wäre anders gewesen, hätte er von Anfang an gewusst, was er jetzt wusste? Sie hatte ihn durch ihr Selbst beeindruckt. Und das allein zählte doch.

„Ich mag dich immer noch, Callie. Es tut mir leid.“ flüsterte er. Das altbekannte, spitzbübige Grinsen kehrte zurück. „Kannst du das wiederholen?“

Oh Callie! Unverbesserlich wie immer!

„Nein kann ich nicht. Aber ich kann dir sagen wie hübsch du heute aussiehst.“ Er schlang einen Arm um ihre Taille und zog sie zu sich. „Ach ja?“ schnurrte sie, als er immer näher kam. „Wehe du machst mein Kleid kaputt!“

„Ich versuche mich zu beherrschen“ murmelte er, bevor er sie gänzlich in seine Arme zog und küsste. Gemeinsam sanken sie in einer lila Wolke aufs Sofa.

Callie seufzte zufrieden. Der Abend hatte schrecklich begonnen und war dann dank Trevor noch furchtbarer geworden. Aber dann war Nathan aufgetaucht und jetzt war es irgendwie alles egal. Nathan hielt sie in seinen Armen und sie hatte das Gefühl zu schweben.

Verdammt, Calliope, wann genau hast du angefangen dich in diesen Kerl zu verlieben?

Er küsste sie leidenschaftlicher, was sie von ihren Gedanken ablenkte. Trotz ihrer ausladenden Röcke konnte sie seinen sehnigen Körper auf ihrem spüren und genoss die Wärme, die von ihm ausging. Nathan murmelte an ihrem Mund und knabberte an ihrem Ohrläppchen. Sie schlang ihre Arme um seinen Rücken und stöhnte leise. Die Tür flog auf und krachte an die Wand. Nathan wurde von Callie herunter gerissen.

„Nimm die Finger von ihr, du elender …. Nathan?!” Myles war ernsthaft erstaunt. Er sah von seinem Bruder zu Callie und zurück zu Nathan. Beide grinsten ihn an. Als hätte er sich die Finger verbrannt ließ er seinen Bruder los und brummte unwirsch. „Könnt ihr nicht ein Mal die Finger von einander lassen?”

„Nein” war Callies einfache Antwort. Myles schnaubte empört und ging zur Tür. „Schließt wenigstens ab!” Nathan kam dieser Aufforderung nur zu gern nach. Er schloss ab und drehte sich zu Callie um.

Sie stand mitten im Raum, vom Feuer beleuchtet und sah ihn hungrig an. Er ging zu ihr und sie nahm sein Gesicht zwischen ihre Hände.

Sie küsste ihn, liebevoll, zärtlich und begann über seine Brust zu streichen. Ihre Finger öffneten die Knöpfe seines Hemdes, langsam, andachtsvoll, sie genoss das Gefühl seiner warmen, nackten Haut unter ihren Händen. Ihr Mund wanderte an seinem Hals hinab zu seiner Halsbeuge und von da aus tiefer über seine Brust. Ihre Zunge beschrieb einen Kreis um seinen Nabel und folgte dem schmalen Streifen aus Haaren in Richtung seines Hosenbundes. Sie öffnete seinen Gürtel und den Reißverschluss seiner Hose und ließ sie nach unten gleiten. Nathan schloss genussvoll die Augen. Callie zog seine Unterhose hinab und begann ihn zu küssen. Ihre Lippen schlossen sich um seine Eichel und er fühlte ihre warme, weiche Zunge um seine empfindliche Spitze tanzen. Sie nahm mehr von seiner Erektion in sich auf und saugte leicht an ihm. Nathan stöhnte ungehalten, sein Kopf fiel nach hinten und er atmete hart durch den Mund. Callie nahm eine Hand zur Unterstützung hinzu und ließ ihn nun langsam aus ihrem Mund hinaus und wieder hinein gleiten. Er öffnete die Augen und sah an sich hinab.

Der Anblick von Callie, wie sie in einem Meer von Stoff zu seinen Füssen kniete und ihn mit dem Mund verwöhnte, war unbeschreiblich erregend. Ihre Haut und ihr Haar leuchteten warm im Schein des Feuers und die Gefühle die sie in ihm hervorrief waren exquisit. Nathan stöhnte. „Callie, ich weiß nicht wie lang ich das aushalte!"

Er spürte ihr Lächeln an seiner Erektion, aber sie hörte nicht auf ihn mit ihrer Zunge und ihrem feuchten, warmen Mund zu verwöhnen. Haltsuchend griff er nach ihrem Kopf, seine Finger schlangen sich in ihre Locken und er musste sich stark zurück halten um nicht in ihren Mund zu stoßen. Ihre Zunge glitt über seinen Schaft und er liebte den leichten Druck, den sie damit hervorrief. Der Druck in seinem Inneren wurde immer größer, er ersehnte sich die Erlösung. „Oh Callie!"

Sie erhöhte das Tempo noch etwas und saugte hingebungsvoll an seiner Härte. Nathan kam mit einem kehligen Laut und ergoss sich in ihren Mund. Er spürte wie sie schluckte und ihn sauber leckte, es fühlte sich grandios an.

Als er wieder zu Luft gekommen war, sah er nach unten und traf auf Callies strahlende Augen, die zu ihm empor blickten. Er beugte sich zu ihr und küsste sie.

„So viel zum Thema Lady." murmelte sie in sein Ohr.

„Was soll ich nur mit dir machen, Callie?" seufzte er, als sie seine Hosen nach oben schob und sich daran machte, ihn wieder ordentlich anzukleiden. Ihre Finger verharrten kurz an seinem Reißverschluss als sie mit einem sanften Lächeln antwortete. „Die Gesellschaft würde sagen heiraten und Kinder zeugen."

Heiraten! Kinder zeugen! War sie verrückt geworden? Das würde er bestimmt nicht tun, auf gar keinen Fall! Allein die Vorstellung von ihm als Freund war lächerlich, welche Frau würde sich schon mit seinem Leben arrangieren können, geschweige denn es gutheißen? Und dann waren da James und sein Job. Er wollte keine Frau! Oder Kinder! Er starrte sie entsetzt an, während sie scheinbar unbeteiligt seine Hosen schloss und den Gürtel wieder in Position brachte.

Als sie aufsah traf sie sein Blick und sie brach in Lachen aus. „Himmel, jetzt schau mich nicht so an! Das war ein Scherz Nathan! Seit wann mache ich denn was die

Gesellschaft sagt? Aber auf deine Frage - ICH würde sagen wir leeren jetzt die Flasche Champagner, die Trevor hier so einsam und sicher teuer bezahlt stehen gelassen hat und danach wirst du mit mir tanzen."

Sie wollte sich umdrehen und zu dem Beistelltisch gehen, auf dem Gläser und der angesprochene Champagner standen, als er sie an der Schulter packte und umdrehte. Eine Hand in ihrem Nacken zwang sie ihm ins Gesicht zu blicken. „Was auch immer du vorhast, Callie - ich werde niemals heiraten! Verstehst du das? Und ich werde auch keine Kinder mit dir in die Welt setzen, ist das klar? Also versuch gar nicht erst, uns beiden das Leben zur Hölle zu machen, indem du mich vom Gegenteil meiner Meinung zu überzeugen versuchst! Ich lasse mich nicht durch solche profanen Dinge in ein Leben zwingen, dass ich nicht gewillt bin zu führen! Für so etwas ist kein Platz in meinem Alltag. Hast du das verstanden?" knurrte er sie an.

Ein kurzer Schatten huschte über ihr Gesicht bevor sie ihn wütend anfunkelte. „Herrgott noch Mal, es war ein Scherz! Ich werde dich schon nicht niederknüppeln und zum Altar schleifen. Vielleicht bildest du dir einfach ein bisschen zu viel ein!" zischte sie zurück. „Mitnichten! Wir wissen doch Beide, dass du unbedingt eine eigene Familie haben willst, weil dir etwas fehlt, das habe ich dir schon ein Mal erklärt, in der Küche, als..."

„Als wir danach Sex hatten, ja ich weiß." fiel sie ihm ins Wort. „Das heißt aber nicht dass du Recht hast mit dieser Aussage. Und erst Recht nicht, dass ich dafür dich brauche! Wenn ich unbedingt ein Kind will, dann geh ich zu einer Samenbank oder kauf mir eins in Afrika wie Madonna, schließlich bin ich ja unerhört reich, nicht wahr? Oder ich könnte auch Trevors Antrag noch ein Mal überdenken, ER würde mir garantiert nur zu gern ein

Baby machen!“ Nathan kniff die Augen zusammen, das war doch wohl jetzt nicht ihr Ernst! *NIEMALS*! Niemals wieder würde dieser blasierte Wicht auch nur in die Nähe von ihr kommen, dafür würde er sorgen! „Trevor! Du kannst diesen affektierten Kerl doch nicht ein Mal leiden! Nicht ein Mal du könntest so niedrige Ansprüche haben um mit dem ein Kind zu zeugen!“

„Immerhin wären meine Kinder dann adlig und reich - was spricht denn dann dagegen? Das ist schließlich das Einzige was in deinen Augen einen Menschen definiert!“ funkelte sie erbost zurück. „Was dagegen spricht? Ganz einfach: ICH VERBIETE ES DIR!“

Calliope hatte genug. „DU HAST ABER KEIN RECHT MIR ETWAS ZU VERBIETEN, DU WILLST MICH JA NICHT EIN MAL!“ schrie sie ihn wütend an.

Sie standen sich immer noch gegenüber und funkelten sich wütend an. Callie hatte die Hände im Revers seines Anzuges vergraben und atmete so heftig, als hätte sie einen 3000 Meter Lauf hinter sich gebracht. Ihr üppiger Busen hob und senkte sich bei jedem Atemzug, ihre Augen blitzten und ihre Lippen waren leicht geöffnet.

Sie war fleischgewordene Leidenschaft und Empörung und Widerspenstigkeit und bei Allem was ihm wichtig war, er wollte sie nicht heiraten oder Kinder mit ihr haben oder andere triviale Dinge tun, aber sie sollte auch keinem Anderen gehören! Er wollte sie nicht? Sie hatte doch keine Ahnung! Sie gehörte ihm, seit sie Hals über Kopf diesen dummen Hügel hinab gerollt waren und es wurde langsam Zeit, dass sie begriff, wer hier das Sagen hatte.

Mit einem Grollen senkte er den Kopf und versiegelte ihren Mund mit einem heißen Kuss. Und Callie wäre nicht sie selbst gewesen, wäre sie vor diesem Ansturm zurück geschreckt. Stattdessen versuchte sie ihn zu beißen und Nathan nahm die Herausforderung nur zu gern an. Er versuchte ihren Mund zu erobern und bald schon entbrannte zwischen ihnen ein Kampf aus Zähnen und Lippen und Zungen. Es war rau, unbeherrscht und bar jeglicher Raffinesse und doch wollte er nichts lieber tun als ihr die Kleider vom Leib zu reißen. Rücksichtslos drängte er sie gegen die Wand, während er seine Hose erneut öffnete. Als sie keinen Schritt mehr zurück konnte, nagelte er sie mit seinem Körper an der Wand fest und raffte ihre Röcke nach oben. Die Entdeckung, dass sie verruchter weiße kein Höschen trug, ließ jeden Rest von logischen Gedanken wie ein Vögelchen gen Himmel fliegen. Er schob seine Hände unter ihren Po, hob sie an und stieß in sie. Sie war feucht, doch bei weitem nicht so sehr wie bei ihren vorherigen Begegnungen, ihr Keuchen hatte einen gepressten Unterton. Dennoch schlang sie die Beine so gut es ging um seine Hüften und stieß ihre Zunge in seinen Mund.

Das war es für ihn - der ganze Pavillon könnte nun in Flammen aufgehen, es würde ihn nicht bremsen. Wieder und wieder stieß er zu, hart, schnell, erobernd und besitzergreifend. Nathan hätte nicht sagen können, ob das Ziehen in seinen Haaren Lust geprägt war oder ein Versuch ihn zum Aufhören zu bewegen. Sie wand sich unter ihm, doch ihre Beine lagen immer noch um seine Hüften und sie wimmerte und stöhnte unter ihm. Mit einem letzten Stoß kam er in ihr, ein tiefes Stöhnen entwich seinen Lippen und er musste sich gegen sie und die Wand lehnen um nicht zu Boden zu gehen. Schwer atmend legte er seinen Kopf auf ihrer Schulter ab, während er sich immer noch zwischen ihre Schenkel presste.

Im gleichen Maße wie seine Aufregung abebbte, kam das Bewusstsein zu Tage, was er da eben getan hatte. Vorsichtig zog er sich aus ihr zurück und biss sich auf die Unterlippe als er leichte Spuren von Blut an seinem Glied entdeckte. *Verflucht, das hatte er nicht gewollt!*

Vorsichtig stellte Nathan sie auf ihren Füssen ab und ließ ihre Röcke sinken. Erst dann hob er den Kopf um ihren Blick zu begegnen. Er sah die Hand spät, zu spät um genau zu sein und wahrscheinlich hätte er auch so nicht ein Mal zurückgezuckt, er hatte das wirklich verdient. Es klatschte laut als Callie ihm eine Ohrfeige gab, die sich wahrlich gewaschen hatte.

„Du bist ein Arschloch, Nathan Holland!"

Auf wackeligen Beinen ging sie zur Tür und knallt diese hinter sich zu.

Verdammt!

Verspätete Erkenntnis

Dieser beschissene, egoistische, eingebildete Vollidiot!

Eigentlich war sie ja selbst schuld, für diesen unmöglichen Kerl Gefühle zu entwickeln, aber dass er wegen einem dummen kleinen Scherz so einen Aufstand machen würde, konnte ja keiner ahnen. Sein Vortrag war einfach nur lächerlich – er wollte niemals heiraten und Kinder kriegen, aber einen anderen Mann sollte sie auch nicht haben dürfen! Und dann wollte er ihr tatsächlich vorschreiben was sie zu tun hatte und zu allem Überfluss hatte er dann DAS getan.

Gott ja, normalerweise brauchte er sie nur anzusehen und sie war schon scharf auf ihn, aber sie war so wütend gewesen und bei Weitem noch nicht bereit. Und der Scheißkerl hatte sich einfach wieder ein Mal genommen, was er haben wollte, ohne an jemand Anderen zu denken! So langsam wurde das Routine und es gefiel ihr überhaupt nicht. So wie das brennende Gefühl zwischen ihren Beinen. Er hatte sie nicht gezwungen, dafür war sie zu involviert gewesen und am Ende auch zu willfährig, aber das Wort rau beschrieb es nur annähernd präzise.

Und verdammt, sie war auch wütend auf sich selbst, weil sie ihm erlaubt hatte sie zum Druckabbau zu benutzen, als sei sie eines seiner bezahlten Flittchen! Zur Hölle mit ihm! Dann wollte er sie halt nicht haben, bitte schön, es gab bestimmt genug andere Bewerber, ihr ja ach so verschmähter Titel sollte Garant genug sein.

Genau das würde sie jetzt tun! Sie würde sich einen anderen Mann suchen, der ihr hoffnungslos verfallen würde und der es wert war ihre Liebe zu erhalten und...

Sie blieb wie vom Blitz getroffen stehen und schlug die Hand über ihren Mund. „Scheiße." entwich es ihr. „Scheiße Callie, du bist so dumm! So dumm, dumm, dumm, dumm, dumm!"

Freunde mit benefits! Wie dämlich konnte eine Frau eigentlich sein! Spätestens bei diesem Gespräch hätte sie doch selbst merken müssen was sie tat - ein Hintertürchen schaffen um ihn behalten zu können, auch wenn er eigentlich nicht wollte. Sie hatte nicht Gefühle für ihn entwickelt- sie war Hals über Kopf in diesen Blödmann verliebt!

In diese zynischen Kommentare und seine Intelligenz, in seine dämliche Sturheit und die Art wie er sie ansah, wenn sie ihn ärgerte und aus der Fassung brachte. Sie liebte diese Stimme und seine Augen und die Art wie er ihren Namen aussprach. Wie er verzweifelt versuchte sich nicht anmerken zu lassen, dass er seine Familie liebte. Und die Entschlossenheit und Leidenschaft, mit der er Dinge anging. Bei ihm gab es keine Grautöne, nur Schwarz und Weiß, Ganz oder Gar nicht. Und das hatte ihr von Anfang an gefallen.

Bei Gott, sie hatte sich gerade in einem 9.000£ Kleid auf den Boden gekniet, um ihn einen zu blasen, nur um zu sehen wie er genüsslich die Augen schloss und mit dieser Stimme stöhnte! Wie konnte sie nur so bescheuert sein? Er hatte von Anfang an klar gemacht, dass er sie nicht wollte, nicht im romantischen Sinn zumindest. Sie hatte gewusst auf was sie sich einließ.

Und dennoch, es tat weh nicht gewollt zu werden.

„Verdammt, Callie! Jetzt reiß dich zusammen!" knurrte sie laut vor sich hin. Es war gerade völlig egal ob sie jemand Anderes hören konnte. „Du wirst jetzt nicht heulen! Du hast keine 2 Stunden im Bad verbracht um hier den Abend in der Ecke zu verbringen! Du bist eine 30 Jahre alte, verdammt attraktive Frau und wenn er dich nicht haben will, ist es sein Verlust! Und nur weil du mit ihm schläfst hatte er kein Recht dich SO zu behandeln! Freunde mit benefits! Als ob das jemals geklappt hätte, also wirklich! Hör auf eine blöde Kuh zu sein und geh dich amüsieren! Geh, solange du noch kannst. Geh. Vergiss Nathan Holland, er ist auch nur ein Mann wie alle Anderen und du weißt doch genau, Männer machen nur Ärger!"

Genau, das würde sie tun! Sie würde sich jetzt amüsieren. Und tanzen. Und Nathan einfach vergessen. Aber vorher brauchte sie einen Drink, um dieses dumme Gefühl in ihrer Magengegend los zu werden. Oder besser zwei oder drei.

~~~

Als Myles in den Ballsaal zurück kam brachte Graham Judith gerade zu einer Gruppe Frauen, die sich um die Countess gebildet hatte. Violet war unter ihnen und seine Ehefrau wurde fröhlich in die Runde aufgenommen. Graham kam zu ihm und lächelte ihn an. „Da Trevor vor einigen Minuten in den Saal zurück gehinkt kam und du auch allein bist, nehme ich an ihr habt sie gefunden?"

„Ja, besser gesagt - Nathan hat sie gefunden."
~~~

Suchend sah sich Graham um „Und wo sind die Beiden?“ Myles seufzte. „Als ich sie zurückgelassen habe waren sie gerade dabei wie zwei Teenager zu knutschen. Danke das du dich um Judith gekümmert hast, sie war sicher erbost das ich sie stehen gelassen habe.“ Graham lachte und klopfte dem jüngeren Mann auf die Schulter. „Na, wir Männer müssen doch zusammen halten. Unsere zwei Frauen sind erst ein Mal damit beschäftigt, den neuesten Klatsch auszutauschen – begleitest du mich auf eine Zigarre und Scotch ins Herrenzimmer?“

„Oh Gott, nur zu gern!“ war Myles erleichterter Ausruf, der Graham erneut zum Lachen brachte.

30 Minuten später standen die beiden Männer in angeregter Unterhaltung am Eingang des Herrenzimmers und beobachteten entspannt die Ballgesellschaft. Graham runzelte plötzlich die Stirn.

„Was ist los?“ fragte Myles, dem der plötzliche Stimmungsumschwung seines Stiefvaters aufgefallen war. Der ältere Mann nickte mit dem Kopf in Richtung einer der Bars im Hauptsaal. „Ist das Callie?“

„Ja, scheint sie zu sein. Sie sieht etwas derangiert aus.“

„Sag mir bitte, dass das nicht Whiskey ist, den sie sich gerade eingießen lässt.“ bat Graham mit leisem Flehen in der Stimme. „Ein Doppelter.“ bemerkte Myles, Graham stöhnte auf. „Dein Bruder muss irgendetwas ziemlich Dummes getan haben, wenn sie 4cl so runter stürzt.“ Der ältere Mann presste Zeigefinger und Daumen auf seine Nasenwurzel und seufzte, das würde ein langer Abend werden. „Graham?“ Myles Stimmer verhieß nichts Gutes. „Mhm?“ brummte der Angesprochene.

„Sie ist bei Nummer drei.“

„Oh verflucht sei dein Bruder! Was auch immer Nathan getan hat, sie ist richtig angepisst!“ Mit diesen

Worten ließ er Myles stehen und eilte durch den Saal zur Bar. Es war ihm bewusst, er würde sie jetzt nicht aufmuntern können, aber vielleicht könnte er sie ablenken.

Seufzend trat er neben sie und bestellte beim Barkeeper das Gleiche wie sie hatte. „Schatz, du kennst doch die Regel, niemals alleine aus Frust trinken."

„Ich bin ja wohl nur sehr wenig allein in einem Raum mit 200 Menschen!"

„Callie…" begann er vorsichtig, nur um rüde abgewürgt zu werden.

„NEIN."

„Willst du mir nicht wenigstens"

„NEIN."

„Und wo ist"

„Interessiert mich nicht."

„Calliope ."

„Nein, Dad. NEIN! Ich will nicht darüber reden. Nicht mit dir, nicht mit Violet, mit niemanden. Und zur Hölle mit Nathan! Wenn er sich dumm verhalten will, dann bitte schön, ich werde mich jetzt amüsieren, darum geht es doch hier nicht wahr? Und schließlich will dieses sündhaft teure Kleid auch seine Daseinsberechtigung haben. Also werde ich jetzt mit jedem Mann in diesem Saal tanzen, der sich dazu bereit erklärt. Und wenn ich noch 2, 3 von diesen hier hatte, erkläre ich mich vielleicht sogar bereit mit Trevor in einer der Alkoven herumzuknutschen."

Mit diesen Worten stürzte sie ihr Glas hinunter und knallte es auf den Tisch. Zielstrebig steuerte sie auf den nächsten allein herumstehenden Mann zu und bat ihn um einen Tanz. Es war ein recht gut aussehender, blonder Mann in den 30igern und normalerweise hätte Graham an der Wahl nichts auszusetzen gehabt. Normalerweise hätte

Callie auch nicht 4 Whiskeys innerhalb von 5 Minuten getrunken und wäre war zur sprichwörtlichen Reinkarnation einer Furie geworden. Und er hatte immer noch keine Ahnung was in der letzten halben Stunde passiert war, dass sie so verärgert hatte.

Nathan stand noch immer an derselben Stelle, Minuten waren vergangen seit Callie die Tür hinter sich zugeworfen hatte. Seine Gedanken rasten.

Was war nur in ihn gefahren? Das war nicht nur ein bisschen ungut, das war intolerabel! Er war ein Mann der Logik und des Verstandes, wie konnte es soweit kommen, dass ihm eine Situation durch Gefühle so aus der Hand glitt? Er hatte so die Beherrschung verloren, dass er sie verletzt hatte. Nie hätte er geglaubt, dass ihm so etwas passieren konnte. Er hatte schließlich genügend vergewaltigte Frauen gesehen, um die Spuren zu erkennen. Sie mochte das vielleicht anders sehen, aber er wusste genau, er hatte ihr seinen Willen aufgezwungen um seine Dominanz zu zeigen - etwas das er nur gewillt war im geistigen Bereich zu tun. Anderen ihre Unzulänglichkeiten im Gegensatz zu seiner Intelligenz aufzuzeigen war das Eine. Aber niemals hatte er jemand Unterlegenem wissentlich körperlichen Schaden zu gefügt. Bis heute. Und das war nicht gut. Überhaupt nicht gut. Wie auch immer Callie es geschafft hatte aus einem distanzierten, beherrschten Genie einen herrschsüchtigen, hormongesteuerten Vollidioten zu machen - es würde hiermit enden.

Der Entschluss war gefasst. Er würde gehen. Er würde diese kleine Episode beenden und in sein normales Leben zurück kehren. Zu James und den Fällen, zu den begriffsstutzigen Polizisten und den pathetischen

Flirtversuchen seiner Kollegin in der Pathologie. Und er würde Callie in seinen Erinnerungen verstauen - unter „Es war ein Mal". Aber vorher musste er noch eine Sache erledigen.

Straffen Schrittes machte er sich auf den Weg zum Haupthaus. Ein paar Spaziergänger machten dem jungen Mann mit entschlossener Miene und dunklem Starren eilig Platz. Er betrat den Saal durch die Balkontüren und blickte sich suchend um. Callie war recht schnell gefunden, sie tanzte mit einem blonden Mann.

Was will sie denn mit dem, der ist 37 und wohnt noch bei seiner Mutter! meldete sich sein Ego, er schob den Gedanken schnellst möglich beiseite. Mit langen Schritten durchquerte er den Raum und klopfte dem Mann auf die Schulter. Eigentlich ein Zeichen, dass dieser bei Seite treten sollte, aber anscheinend dachte Callies Tanzpartner nicht im Traum daran das Feld zu räumen. Beim zweiten energischen Klopfen hatte es den Anschein, als wollte der Mann sich umdrehen, aber irgendetwas störte seine Bewegung. Nathan sah dass die Knöchel von Callies Fingern auf seinem Arm ganz weiß wurden - sie hielt den armen Tropf fest! Genervt stöhnte er auf.

„Ich würde gern mit meiner Schwester reden, wenn es nichts ausmacht. Ich kann natürlich auch gern zu ihrer Mutter gehen und über ihre Vorliebe für Männer um die 20 Jahre reden." Es war ein Schuss ins Blaue, aber schien zu funktionieren. Der Mann war so schnell von der Tanzfläche verschwunden, dass Callie ihn nur geschockt hinterher starren konnte, als sie sich plötzlich einsam und verlassen auf der Tanzfläche wiederfand. Es tat ihm leid, sie einer derartigen Blamage ausgesetzt zu haben, zumal einige Leute den unrühmlichen Abgang ihres

Tanzpartners mitbekommen hatten. Diese Menschen hatten einfach nichts Besseres zu tun, als zu tuscheln und tratschen. Und er wusste, er hatte ihr heute schon genug Schaden zugefügt. Nathan nahm den Platz des Mannes ein und begann mit Callie zu tanzen. Jetzt erst regte sich ein Funken Widerstand in ihr, sie versteifte sich merklich und funkelte ihn an. Zumindest nahm er das an, denn er blickte über ihre Schulter gerade aus, nicht willens ihr ins Gesicht zu blicken.

„Was bitte glaubst du sollst das hier werden?" zischte sie leise, um kein weiteres Aufsehen zu erregen.

„Ich möchte mit dir reden, Callie, das habe ich schon gesagt."

„Und was ist wenn ich nicht mit dir reden will?"

„Dann wirst du zumindest zuhören. Wir werden momentan sehr kritisch beobachtet und du willst doch nicht durch eine Szene mitten auf der Tanzfläche Mutters und Judiths Hoffnungen auf eine Dauerkarte zu dieser illustren Veranstaltung zunichtemachen, oder?"

„Du bist ein mieser, manipulativer Drecksack!" ließ sie hinter einem aufgesetzten Lächeln verlauten.

„Ich weiß." Er hörte wie sie frustriert die Luft ausstieß und konnte sich nur zu gut vorstellen wie ihr Busen sich in diesem Augenblick hob und senkte und *FOKUSSIEREN NATHAN!*

„Dann rede endlich, damit wir es hinter uns haben." war die leise Aufforderung Callies.

„Ich habe einen Fehler gemacht. Ich mache sonst nie Fehler, Callie! Ich hätte dich nie so besitzen dürfen. Als wärst du nur ein Objekt, ein Zeitvertreib. Ich habe dich verletzt und das war nie meine Absicht. Das bin nicht ich. Aber es wird nie wieder passieren, das kann ich dir versprechen. Es tut mir leid." Er sah sie an und sah ihr leichtes Nicken. Er wusste genau sie dachte an die

Ereignisse eine halbe Stunde zuvor. Er meinte Alles was in den letzten 3 Tagen passiert war.

Als der Tanz beendet war, brachte er sie zu ihrem Vater, der sie die ganze Zeit mit Argusaugen beobachtet hatte. Sie wirkte nachdenklich. Noch ein Mal erlaubte er sich eine Schwäche und küsste ihre Wange. „Ich werde jetzt nach Hause fahren."

Sie nickte nur. Entschlossen machte er sich auf den Weg zur Garderobe.

Graham sah Nathan nach. Callie nestelte an einer Falte ihres Kleides herum, ein Verhalten das sie schon ewig nicht mehr gezeigt hatte. Er legte einen Arm um seine Tochter und versuchte fröhlich zu klingen. „Gut dass ihr miteinander gesprochen habt. Du wirst sehen, morgen beim Frühstück ist er wieder der Alte und nervt Myles mit seinen Kommentaren über seine Ehe."

„Dad?" kam es sehr zaghaft von seiner sonst so resoluten Tochter.

„Schatz?"

„Er meinte er fährt nach London."

~~~

Es hatte sie einiges an Mühe gekostet ihren Vater davon abzuhalten Nathan nachzueilen. Er meinte es nur gut, aber das Letzte was sie gewollt hatte, war ein Gespräch ihres Vaters mit Nathan über... naja... sie. Am Ende war es ein Satz, der ihn stoppte. „DAD! Ich laufe keinem Mann nach der mich nicht haben will, ich brauche ihn nicht!"

Das war gelogen. Sie wusste es. Ihr Vater wusste es. Wahrscheinlich wusste es jeder, der sie mit Nathan zusammen gesehen hatte. Aber er akzeptierte diese Lüge, denn er wusste auch dass sie den ersten Teil ernst meinte.
~~~

Sie war nicht der Typ Frau, die bettelte und weinte, um ihre Ziele zu erreichen. Dazu war sie zu stolz. Und wenn ein Mann so dumm war, sie nicht zu wollen, dann hatte er es nicht besser verdient. Aber Graham wusste ebenso, dass der Stolz, der sie aufrecht hielt, seinen Preis hatte - Callie würde wie immer allein mit ihren Gefühlen klar kommen wollen. Und manchmal war das einfach zu viel, selbst für sie. „Sollen wir nach Hause fahren, Callie?" fragte er sanft.

„Nein, Dad. Ist schon ok. Violet und Judith haben sich so gefreut und es wäre unhöflich so früh zu gehen."

„Aber wenn du lieber" setzte er an, doch sie unterbrach ihn schnell „Dad! Bitte! Nicht! Es ist ok. Bitte, lass es gut sein." Grüne Augen flehten stumm um Verständnis und Graham seufzte auf.

Warum nur hatte er immer das Gefühl, sie versuchte ihn zu beschützen? Seit ihre Mutter gestorben war, hatte Callie nach außen hin die allzeit gut gelaunte, fürsorgliche Tochter gegeben. Wahrscheinlich war er sogar daran schuld, dass sie keinen so richtig an sich heran ließ. Der plötzliche Tod von Aileen hatte ihm damals buchstäblich den Boden unter den Füssen weggerissen und Callie hatte mehrere Monate mit einem Vater verbracht, der kaum mit sich selbst zurechtkam. Er konnte heute nicht ein Mal sagen, ob sie wirklich Zeit gehabt hatte um ihre Mutter zu trauern, so beschäftigt war er mit seinem eigenen Schmerz gewesen. Seine Tochter war damals 16, kein Alter in dem man sich um seinen Vater kümmern sollte, der plötzlich keinen Sinn mehr im Leben sah. Aus seinem Jammertal aufgetaucht war er erst, als ihm sein Neffe gehörig die Leviten gelesen hatte. Der Hinweis, dass seine Tochter seit Tagen ihr Zimmer nicht verlassen hatte und keinen sehen wollte, hatte ihn nicht wirklich gekümmert, aber sein Neffe hatte ihn buchstäblich auf Callies Türschwelle abgesetzt und ihn gezwungen mit ihr zu sprechen. Es hatte sich heraus gestellt, dass seine Kleine Liebeskummer hatte - die Geschichte hatte er heute erst Nathan erzählt. Das allein hätte ihn wahrscheinlich nicht ein Mal wachgerüttelt. Aber sie hatte sich mehrfach bei ihm entschuldigt, dass sie ihn mit ihren kleinen Problemen belästigte, wo es ihm doch so viel schlechter ging. Und das während er ein schluchzendes Häufchen Elend im Arm hielt. Es hatte ihm mehr als deutlich gemacht, dass er seine Vaterpflichten auf sträflichste vernachlässigt hatte. Er hatte sie im Stich gelassen und das würde nie wieder vorkommen. Diesem Vorsatz war er treu geblieben, seine Calliope und er waren ein eingespieltes Team. Sie vertraute ihm und er wusste, sie war immer offen zu ihm - außer, ja außer wenn es um ihre Gefühle für einen Mann ging. Seit diesem einen Mal mit 16 hatte sie nie wieder zugelassen, dass er ihr beistand wenn sie Kummer hatte. In diesem Bereich war sie wie eine Katze - wenn sie verletzt wurde, zog sie sich zurück und leckte ihre Wunden, bis sie halbwegs gesund wieder zum Vorschein kam oder jämmerlich daran einging. Er konnte nur hoffen, dass auch dieses Mal Ersteres der Fall sein würde. Resigniert ging Graham zu seiner Verlobten zurück, seine Tochter würde er heute nicht mehr aus dem Blick lassen.

Sie hatten noch 2 Stunden auf dem Ball ausgehalten, bevor Judith und auch Violet bereit waren zu gehen. Graham hatte die Familie mittlerweile diskret darüber unterrichtet, dass Nathan weg war und Callie nicht darüber reden wollte. Sie fuhr in einem Wagen mit Myles und Judith zurück, nicht willens die mitleidigen Blicke Violets und ihres Vaters zu ertragen. Da war ihr Judiths leicht selbstgefällige Miene und Myles unterschwelliger „Ich hab es dir gleich gesagt" Blick schon lieber. Darüber konnte sie sich innerlich ärgern und Ärger war gut, Ärger hielt sie aufrecht. Zumindest so lange, bis sie in ihrem, nein, seinem Zimmer stand. Judith hatte ihr bei ihrem Kleid geholfen und war anschließend gegangen.

Callie wusste, es war dumm, aber sie zog das T-Shirt an, das er noch am Morgen getragen hatte und kuschelte sich in die Bettdecke. Das ganze Bettzeug roch nach ihm und ihr und mehr. Sie würde es morgen waschen und dann wäre es vorbei. Sie würde zurück nach Schottland fahren und sich um ihre Firma kümmern. Und wenn sie ihn das nächste Mal sah, würde er ihr Stiefbruder sein und nichts weiter. Und das würde reichen müssen. Aber vorher wollte sie noch eine Nacht verbringen, eingehüllt in den Geruch von Nathan und ihr, mit den Erinnerungen die unweigerlich damit verknüpft waren. Und das war der Moment in dem sie sich endlich erlaubte den Tränen freien Lauf zu lassen.

~~~

Nathan kam in den frühen Morgenstunden in London an. Es war richtig so, er war sich sicher. Besser für Alle, wenn er sich von seiner Familie fernhielt. Definitiv besser für Callie. Und auf alle Fälle besser für ihn.

James war zu Hause, seine Tasche im Flur ließ vermuten dass er am Abend vorher angekommen sein musste. Wollte er nicht erst am nächsten Tag zurück kehren? Das konnte nur heißen, dass er sich mit seiner Schwester zerstritten hatte. Und seiner Freundin Sabrina - sonst wäre er sicherlich bei ihr geblieben. Nathan stöhnte auf - Familienfeiern, schon immer viel zu emotional.
~~~

Diese ganzen nicht zu erfüllenden Erwartungshaltungen und Konventionen! Genau deshalb hatte er sich jahrelang von seiner eigenen Familie ferngehalten. Und das diesjährige Fiasko zeugte ja davon, wie Recht er gehabt hatte. James war nirgends zu sehen und nur Minuten später warf sich Nathan in seinen Morgenmantel gekleidet auf das Sofa - an Schlaf war momentan einfach nicht zu denken. Desinteressiert zappte er sich gerade durch die verschiedenen Kanäle, als er Geräusche in der Küche hörte. Kurz darauf kam James ins Wohnzimmer geschlurft, in jeder Hand ein Bier, ließ er sich neben Nathan auf das Sofa fallen. Wortlos reichte er eine der Flaschen an Nathan weiter. Der betrachtete seinen Freund etwas eingehender, irgendetwas stimmte nicht.

James - normalerweise für seine Frohnatur bekannt - saß missmutig über das Fernsehprogramm brummelnd neben ihm. Nathan kannte ihn gut genug um zu wissen dass seine Laune mit einer Frau zusammen hing. Er verstand es nicht - James war Mitte 30, niedergelassener Arzt mit eigener Praxis. Groß, dank Sport muskulös und schlank. Dunkelblonde, kurze Haare, eisblaue Augen und ein kantiges Kinn prädestinierten den Mann zum Frauenschwarm. Aber genau darin lag das Problem - an Bewerberinnen mangelte es James nie, nur war keine die Richtige. Und Nathan wusste, dass sich sein Freund nichts sehnlicher als eine Familie wünschte. Also genau das Gegenteil von dem, was Nathan wollte. Offensichtlich hatte es mit Sabrina auch nicht hingehauen. Obwohl ihm genug durch den eigenen Kopf ging, stellte Nathan die obligatorische Frage.

„Willst du darüber reden?" James schnaubte nur und schwieg. Nathan wusste, er musste nur warten und tatsächlich dauerte es nicht lang bis James anfing. „Weißt du, ich dachte dieses Mal wäre es wirklich die Eine. Sie war intelligent, selber Ärztin und auch im Bett hat es gut geklappt. Sie hat sogar dich und deine Launen ertragen." Nathan rollte die Augen, sooo schlimm war er ja nun auch nicht. Zumindest meistens nicht.

„Und?" hakte er nach. James seufzte und nahm einen großen Schluck aus der Flasche bevor er wieder auf den schlechten Streifen im Nachtprogramm starrte. „War vielleicht nicht die beste Idee meine aktenkundig bisexuelle Freundin mit meiner lesbischen Schwester allein zu lassen, um einen alten Kumpel zu besuchen."

Das kam selbst für Nathan unerwartet „Ach du Scheiße!" Sein Freund brummte nur „Kannst du laut sagen". Und damit war das Thema erledigt. Eine ganze Weile später sah James Nathan plötzlich an „Wo hast du eigentlich gesteckt?" Nathan zuckte mit den Schultern, schließlich hatte James ihn ja animiert auszugehen.

„Ich war auf dem Ball einer Duchesse und habe mir eine Lady aufgerissen." antwortete er wahrheitsgemäß. James rollte die Augen und sah zurück zum Film „Brauchst es mir auch nicht zu sagen." Das war vielleicht eine gute Idee, entschied Nathan.

Es war wenige Tage später, dass James in der Küche ihrer gemeinsamen Wohnung stand und ihm auffiel das Nathan sich irgendwie seltsam benahm. Insoweit man bei ihm von seltsam sprechen konnte. Aber irgendetwas beschäftigte ihn, James wusste nur nicht was. Da war zum Einen die Tatsache, dass Nathan plötzlich vehement Pfannkuchen zum Frühstück verlangt hatte.

In der gestrigen Nacht war James nach einer eher missglückten Aussprache mit Sabrina nach Hause gekommen und schon im Treppenhaus von Musik empfangen worden. Nur war es dieses Mal nicht die sonst von Nathan geliebten Opern oder eine Sonate von einem barocken Komponisten, von denen James noch nie im Leben gehört hatte. An den Türrahmen gelehnt sah er seinem Freund eine Weile zu, wie er „Fairytale of New York“ anhörte und dabei aus dem Fenster blickte. Es war James nicht ein Mal bewusst, dass Nathan dieses Lied kannte. Mehr noch, Nate stand total versunken vor dem Fenster und sah den fallenden Schneeflocken zu, so dass er James gar nicht bemerkte. So langsam machte James sich Sorgen.

An Sylvester, James hatte seine letzten Habseligkeiten am Morgen aus Sabrinas Wohnung abgeholt, hatten sie es sich mit chinesischem Essen auf dem Sofa bequem gemacht und er hatte den halbherzigen Vorschlag geäußert, den neuen Video-on-demand-Service testen zu wollen. Nie hätte er damit gerechnet, dass Nathan dem überhaupt zustimmen würde. Schließlich erklärte der doch immer wieder, dass die meisten Spielfilme dumm und vorhersehbar waren. Dieses Mal verkündete sein Freund enthusiastisch, den Film aussuchen zu wollen.

James schwante Übles und er ging in die Küche um das Essen wenigstens etwas festlich auf Tellern anzurichten und sich ein Bier aus dem Kühlschrank zu holen - irgendwie würde er den obligatorischen Serienmörderfilm schon überstehen.

„Die Dokumentation gestern war sehr leise, es könnte sein das du die Lautstärke einstellen musst!“ rief er aus der Küche, als Nathan den Fernseher einschaltete. Er war auf dem Weg ins Wohnzimmer als ihn auf ein Mal die prägnante Fanfarenmusik von Star Wars mit gefühlten 700 Dezibel entgegen schallte. Vor Schreck entglitt ihm die Flasche und zerschellte lautstark auf dem Boden.

„James! Sei nicht so melodramatisch und komm

endlich, es geht los.“ ließ Nathan ungeduldig verlauten. James überlegte krampfhaft, welche Psychiatrie über Sylvester geöffnet hatte.

Nathan versuchte ihn allen Ernstes dazu zu zwingen, sämtliche sechs Teile der Saga anzusehen und schmollte den restlichen Neujahrsmorgen, weil James während Teil 4 eingeschlafen war. Auf die Nachfrage, warum er sich auf ein Mal für ein so banales Filmerlebnis interessierte, kam nur ein wortkarges „Ich musste recherchieren. Familiendynamik und sowas.“

Der Nachmittag des Neujahrstages brachte neue Erkenntnisse für James. Nathan hatte endlich alle Filme der Reihe gesehen und sich dumpf vor sich hinbrütend auf dem Sofa langestreckt. Er murmelte irgendetwas von Zwillingen und machthungrigen Vätern und besitzergreifenden Müttern, die Karrieren verhinderten, aber James wollte lieber nicht nachfragen. Als es klingelte, öffnete er die Tür und nahm ein Päckchen von einem Kurier entgegen. Es war an Nathan adressiert, der aber abwinkte und ihm mitteilte, er könne es gern öffnen wenn er so neugierig sei. Zum Vorschein kam eine Flasche, die ziemlich edel aussah und allen Anscheins nach schottischen Whiskey der Marke „Longrow“ enthielt - in James's Kopf leuchtete ein Neon-Schild mit der Aufschrift „Sauteuer“ auf. Die beiliegende Karte war noch interessanter.

Du warst so schnell weg,
dass Dad und ich dir dein Weihnachtsgeschenk nicht geben konnten. Ich werde dir nicht verraten,
was die letzte Nuance ist.
Dass musst du selbst heraus finden.
Wir sehen uns bei der Hochzeit deiner Mutter.

Calliope

„Nathan?" fragte der Arzt aus der Küche. „mhm?" kam die uninteressierte Antwort aus dem Wohnzimmer.

„Wer ist Calliope und warum schickt sie dir Whiskey?"

Mit der Geschmeidigkeit einer Katze kam Nathan auf die Beine und entriss James Karte und Flasche. Seine Augen huschten über die Zeilen und er drehte sich abrupt um und stapfte in sein Zimmer. James sah ihm lächelnd nach. *Soso, Calliope ja?*

„Deine Mutter heiratet wieder?" rief er grinsend. Die Antwort war eine zugeschlagene Tür. James fand das Alles sehr aufschlussreich.

Zu James Verdruss schwieg Nathan zu dem Thema beharrlich. Die Flasche Whisky hatte einen Platz im Schlafzimmer seines Freundes gefunden, geöffnet hatte er sie nicht. Nathan schien aus seiner seltsam melancholischen Stimmung zu erwachen und benahm sich langsam wie immer - offensichtlich lenkten ihn seine Fälle auf in der Forensik genug ab. Der Januar brachte eine Praxis voller Erkältungspatienten und zudem versuchten sowohl Sabrina als auch seine Schwester Sam vergeblich, James um Vergebung zu bitten - über all der Ablenkung vergaß James die ominöse Calliope und ihr Geschenk ein wenig.

Ein Sturm zieht auf

Ende Januar befanden sich zwei Briefe in der Post. Die identisch aussehenden Umschläge waren in fein säuberlicher Handschrift adressiert - einer an James, einer an Nathan. Da der Pathologe derzeit fast 18 Stunden am Tag auf Arbeit verbrachte, war es James der die Post aus dem Kasten holte. Auf dem Weg in die Wohnung öffnete er vorsichtig den an ihn selbst adressierten Brief.

Zum Vorschein kam eine Einladung zur Hochzeit von Nathans Mutter. Sie erläuterte, dass sie schon viel von ihm gehört hatte und die Gelegenheit wahrnehmen wollte, den Mitbewohner und Kollegen ihres Sohnes endlich persönlich kennen zu lernen. Außerdem sei sie sicher, dass Nathan einen seiner Trotzanfälle bekommen würde. Myles hätte ihr versichert, James sei der Einzige, der ihn dazu bringen könnte dennoch zur Hochzeit zu erscheinen. Und das sei ihr sehr wichtig, wollte sie doch ihre beiden Söhne an diesem Tag bei sich haben. Die Hochzeit würde Ende März stattfinden und er solle ohne Sorgen sein, um die Anreise und die weiteren Formalitäten würde sich gekümmert werden. Der Brief schloss mit einem herzlichen Gruß.

James konnte nicht umhin als zu schmunzeln. So nett die Worte auch waren, es war eindeutig woher Myles und Nathan ihr Talent hatten, Menschen zu manipulieren. Und ja - das war ihm bewusst - es funktionierte zu gut.

Natürlich würde er zusagen, allein schon um Nathan im Kreis seiner Familie sehen zu können. Nun war auch mehr als klar was der andere Brief enthielt. James betrat das Wohnzimmer und deponierte den Brief für Nathan gut sichtbar auf der Anrichte zur Küche.

Als Nathan endlich am späten Abend erschien, nickte James ihm zu „Du hast Post von deiner Mutter." „Nicht interessiert, ich kann mir schon denken was sie mir schreibt." war die harsche Antwort bevor sich die Tür zum Kühlschrank öffnete. Nathan ignorierte den Brief in den nächsten Tagen geflissentlich.

Es stellte sich heraus das Violet Holland ihren jüngeren Sprössling ziemlich gut kannte. Eine zweite Einladung kam eine Woche später, eine dritte die Woche darauf. In der 4. Woche - mittlerweile Ende Februar- erschien Myles an einem frühen Freitagmorgen in ihrer Wohnung. Der ältere Holland hatte schon beim Eintreten einen angespannten Zug um den Mund, genervt tippte er mit seinem Schirm auf den Boden.

„Auf geht's, Nathan, zieh dich an, wir haben einen Termin beim Schneider."

„Ganz bestimmt nicht." Myles seufzte.

„Nathan, Mum hat darauf bestanden das wir adäquat gekleidet sind und du wirst jetzt mit mir zu diesem Schneider fahren, damit wir wenigstens das hinter uns haben."

„Wozu bitte soll ich adäquat gekleidet sein?" kam die etwas überraschte Frage. Myles resigniertes Seufzen ließ James auflachen. Der Blick des Älteren war bedrohlich finster, aber James ließ sich davon nicht mehr beeindrucken als sonst. Dafür hatte Myles Holland schon zu oft mit Sanktionen gedroht, die er doch nie einhielt. Er hielt zur Erklärung die drei Briefumschläge nach oben.

Alle drei natürlich ungeöffnet. Myles war mehr als verärgert. „Hättest du die Güte besessen deine Post zu lesen, wüsstest du das unsere Mutter und Graham in 4 Wochen heiraten. Du wüsstest auch den Ablauf der Veranstaltung, das Menü und welche Rolle dir zugedacht wurde. Und dir wäre bewusst, dass Mutter uns beide als ihre Trauzeugen ausgesucht hat und deshalb möchte dass wir zusammen beim Schneider eingekleidet werden. Du hättest sogar gewusst, dass der Termin dafür heute ist und du dich bereit halten solltest. Wenn du etwas aufmerksam gewesen wärst, wäre dir wahrscheinlich nicht entgangen, dass James seit 20 Minuten auf das Läuten der Klingel wartet. ER hat seine Post gelesen. Aber du warst wahrscheinlich zu sehr damit beschäftigt in Erinnerungen zu schwelgen.

Falls du dich fragst wie es ihr geht - was du natürlich nicht tust, denn sie ist dir egal wie alle anderen Menschen - die offizielle Version lautet: Gut.

Was kompletter Unsinn ist, denn sie hat sich seit Weihnachten auf ihrem schottischen Eiland verkrochen und ist seitdem nicht wieder aufgetaucht. Natürlich nur, weil sie eingeschneit sind und damit beschäftigt, die Produktion am Laufen zu halten. Aber wir wissen beide dass das Schwachsinn ist. Sie versteckt sich hinter ihrer Firma genauso wie du hinter deiner Arbeit.

Hätte ich es nicht selbst gesehen, würde ich nie glauben dass ihr zwei umeinander gekreist seid wie zwei Mücken um das Licht. Es ist mir egal wer von euch beiden was getan oder gesagt hat, ich werde nicht zulassen, dass Mutter deshalb unglücklich ist. Und wenn es bedeutet, dass ich dich über die Schulter geworfen zum Schneider schleppen muss oder sie persönlich aus ihrer Destille zerre, dann sei es so. Du hast 5 Minuten bevor ich dir zeigen werde, wie ernst ich es meine."

Nach diesem Vortrag rauschte Myles erhobenen Hauptes aus der Tür. James hatte den Atem angehalten. Erstaunt sah er zu Nathan, der immer noch auf dem Sofa lag und mittlerweile die Decke anstarrte.

„Nathan, was genau meinte er mit ‚ihr habt euch umkreist wie zwei Fliegen das Licht‘?“

„Nicht James! Frag mich das nie wieder, verstanden?“

„Was? Aber.. ich.. er sagte...“ Nathan stand auf und ging in sein Zimmer. Er erschien kurz darauf normal gekleidet. „Lass uns gehen James. Das Letzte was ich will, ist meinem Bruder die Befriedigung zu geben, mich über seine Schulter zu werfen. Am Ende bekommt er noch einen Hexenschuss und ich bin wieder Schuld daran.“

James sah ihn nach. Das würde so viel erklären - die Stimmungen, die für Nathan seltsamen neuen Interessen, der Whisky - Nathan war verliebt. Und nicht glücklich. Oh verdammt, und er hatte ihm wegen Sabrina etwas vorgejammert. Ein schöner Freund war er, nicht ein Mal zu bemerken dass Nathan selbst unter Liebeskummer litt. Kopfschüttelnd folgte James den Brüdern. Offensichtlich würde diese Callie auch bei der Hochzeit anwesend sein und er würde Nathan beistehen. Wie auch immer er dies anstellen sollte.

~~~

„Callie, Liebes, ist Alles in Ordnung?“ Der besorgte Unterton in Violets Stimme brachte sie zurück in die Wirklichkeit. Da stand sie nun 2 Tage vor der Hochzeit ihres Vaters und probierte das Kleid an, dass Violet für sie und Judith ausgesucht hatte und dabei war sie mit den Gedanken doch ganz wo anders.
~~~

„Tut mir leid, Violet, ich war in Gedanken. Ähm, es ist sehr schön. Aber ich fürchte wir werden es noch ein Mal ändern lassen müssen. Ich, erm, hab wohl ein, zwei Pfund verloren.“

„Liebes, ich bin vielleicht alt, aber nicht blind. Ein, zwei Dutzend trifft es eher.“

„Vielleicht.“ Einer der Vorteile der Entwicklungen der letzten Wochen - Essen übte derzeit keinen Reiz aus, eher umgekehrt. Nun, immerhin würde sie besser aussehen als je zu vor, vielleicht würde das ja einen Eindruck hinterlassen bei Na...

NEIN! Callie! Verdammt, jetzt lass es endlich!

Nicht zur Hochzeit ihres Vaters zu kommen, war für sie nie eine der möglichen Optionen gewesen. Dennoch war Myles Vortrag über Skype sehr aufschlussreich gewesen. Seit sie wusste, dass Nathan definitiv kommen würde und noch dazu in Begleitung seines Freundes, war ihr gelinde gesagt speiübel. Sie war nervös und wurde mit jeder Stunde nervöser und sie hasste es. Endlich war die Schneiderin mit dem Abstecken fertig und sie konnte in ihre normalen Sachen schlüpfen. Laut Myles würden die Anderen erst morgen eintreffen, sie hatte also noch Zeit sich abzulenken. Etwas zu trinken und dann das Buch, das sie auf der Anreise begonnen hatte, ja das klang nach einem guten Abend. Leicht lächelnd schlüpfte sie in die Bibliothek und machte es sich auf der Couch bequem. Der Kamin knisterte leise und unter eine Decke gekuschelt schlug sie den zweiten Band der „Arkadien“ Reihe auf.

„DAS ist dein Elternhaus? Mein Gott, Nathan, was musst du gelitten haben als Kind!“ James Stimme troff vor Sarkasmus als die beiden Männer aus dem Taxi ausstiegen. Es war schon fast dunkel, doch die Dämmerung ließ die Ausmaße des Hauses deutlich zu Tage treten.

Dämmerung - treffender hätte man die aktuelle Stimmung des dunkelhaarigen Mannes an James Seite nicht beschreiben können. Mit jeder Meile, die sie näher an ihr Ziel gebracht hatte, war er angespannter und grummeliger geworden. Momentan begnügte er sich damit, auf James Kommentar keine Antwort zu geben, sondern schnurstracks zur Tür zu marschieren. Sie wurde nach wenigen Sekunden geöffnet und eine Frau in den 50igern strahlte sie an. Allein die Augen ließen keine Zweifel daran, dass es sich um Violet Holland handeln musste.

„Nathan. Mit euch hatten wir noch gar nicht gerechnet! Aber schön das ihr schon da seid. Und sie müssen Dr. Waterson sein. Es freut mich sie endlich kennen zu lernen, Myles spricht nur gut von Ihnen und Callie war auch ganz neugierig.“ Ihr Sohn versteifte sich sichtlich bei der Nennung des Namens, aber Violet ging darüber hinweg.

„Oh, äm, danke für die Einladung Mrs. Holland. Ich fühle mich sehr geehrt.“

„Violet für sie James. Und Mrs. Holland wir ja bald auch nicht mehr korrekt sein.“ sie kicherte leicht, was sie in James Augen nur noch sympathischer wirken ließ.

„Ach Gott, sie müssen denken ich bin ein albernes Huhn, mich aufzuführen als sei ich noch nie verheiratet gewesen.“

„Zumindest nicht mit mir, also ist eine gewisse jungfräuliche Aufregung durchaus nachvollziehbar!“

ertönte eine tiefe Stimme aus dem Flur und ein Mann trat zu ihnen. Er war groß, ziemlich breit und hätte super einen Holzfäller in einem kanadischen Heimatfilm spielen können – oder den jüngeren Bruder von Sean Connery. Das musste dann der Bräutigam sein, James lächelte. „Hallo, ich bin Graham. Willkommen im Irrenhaus, aber ich vermute sie sind Einiges gewöhnt, wenn sie mit Nathan zusammen leben und arbeiten. Nicht war Kleiner?“ Die letzte Bemerkung war an seinen Stiefsohn gerichtet, der die ganze Zeit mit zusammengekniffenen Augen die Szenerie beobachtet hatte.

„Du hast sie also dazu gebracht deinen Namen anzunehmen?“

„Nun, ich denke Holland-Campbell ist ein guter Kompromiss, findest du nicht auch?“

„Nein.“ Mit diesem Wort rauschte Nathan in Richtung Treppe. James fühlte sich innerlich genötigt eine Entschuldigung im Namen seines Freundes auszusprechen, als Graham abwinkte. „Wir wissen wie er ist, James, keine Sorge.“ Er sah auf seine baldige Ehefrau. „Ich zeige James dann Mal, wo er schlafen soll, ja?“

Sie nickte ihm zu. „Kannst du das bitte auch Nathan mitteilen, ich fürchte er ist unterwegs in sein altes Zimmer und ich bin mir nicht sicher wo Callie momentan steckt.“

„Ich hab ein Auge auf die Kinder.“ Graham lächelte schon wieder und James konnte nicht anders, er mochte den Mann auf Anhieb. Der ältere Mann zeigte ihm das Gästezimmer und führte ihn anschließend zu einem weiteren Raum. Die Tür war offen und Nathan stand mitten im Raum.

„Alte Gewohnheiten sterben schwer, was Junge?“ war Grahams trockener Kommentar. An James gerichtet erklärte er „Das war früher Nathans Zimmer. Da er aber auf Besuche hier verzichtet, ist es jetzt das Zimmer meiner Tochter Callie. Was Nathan nicht wirklich gefällt."

Der jüngere Mann wirbelte herum. „Wo ist sie?"

Graham seufzte leicht. „Gerade du solltest wissen, dass sie sich nicht bemüßigt fühlt, mich über jeden ihrer Schritte zu unterrichten. Vielleicht in der Küche, ich weiß es nicht."

Nathan nickte leicht, bevor er mit Nachdruck seine Tasche auf dem Bett abstellte und seinen Mantel an den Schrank hängte. Wortlos passierte er die beiden anderen Männern und ging die Treppe hinab.

Graham lachte in sich hinein. „James, ich denke wir werden heute noch einen sehr unterhaltsamen Abend erleben. Trinken sie Whisky? Ich hätte da noch ein gutes Tröpfchen."

~~~

Sie war also hier. Er hatte Grahams Bestätigung nicht gebraucht, der ganze Raum hatte als Beweis genügt. Ihre Sachen hingen im Schrank und das Bett sah aus als hätte jemand darin geschlafen und der Geruch nach Lavendel und Callie hing eindeutig in der Luft. Sie war also hier und hatte es nicht ein Mal für nötig gehalten, ihn zu begrüßen? Myles sollte verdammt sein, mit seinen elenden spitzfindigen Andeutungen. Er hatte sich 4 lange Wochen Sorgen gemacht, eine Callie vorzufinden, die sich ihm an den Hals werfen und jammern würde. So wie sein Bruder sie beschrieben hatte, war sie nur noch ein Schatten ihrer selbst und doch hatte sie es nicht ein Mal nötig ihn zu begrüßen? Soviel zum Thema Freunde, es war lächerlich. Genau! Lächerlich! So wie das seltsam dumpfe Gefühl in seinem Magen.
~~~

Er würde jetzt in die Küche gehen, ihr zeigen dass er hier war und sie dann links liegen lassen und dieses furchtbare Wochenende irgendwie überstehen. Vielleicht hatte er ja doch noch Glück und sein Chef würde wegen eines immens wichtigen, nicht aufschiebbaren Falles anrufen, den nur er klären könnte. Die Hoffnung starb bekanntlich zuletzt.

Er hörte Musik aus der Küche und das typische Klimpern von Geschirr und Besteck, das gespült wurde. Er trat ein und erstarrte. Das war nicht Callie in der Küche. Krampfhaft überlegte er wie der Name des Mädchens seiner Mutter war. „Bertrande?" brachte er mühsam hervor. „Qui? Oh, Mr. Holland. Kann ich ihnen irgendwie helfen?"

„Ja, ich suche Mrs. Campell."

„Callie? Die finden sie in der Bibliothek, Sir. Ich wollte ihr gerade eine Tasse Tee bringen." Jetzt durften die Dienstmädchen sie also auch duzen?

Typisch Calliope, wirklich!

Er streckte die Hand aus. „Ich nehme ihn mit."

„Oh, danke Mr. Holland." Das dankbare Lächeln das er von dem Hausmädchen seiner Mutter bekam, lies den patzigen Kommentar der ihm auf der Zunge lag, elendig krepieren.

Calliope war tatsächlich in der Bibliothek. Allerdings hatte sein dramatischer Auftritt mit weit schwingender Tür und fliegenden Locken nicht den erwünschten Eindruck - sie schlief. Und Nathan erlaubte sich den kurzen Moment der Schwäche, sie zu studieren. Sie sah friedlich aus, das Buch ruhte auf ihrer Brust und sie hatte das Gesicht an die Rückenlehne der Couch geschmiegt. Vorsichtig nahm er das Buch mit seiner freien Hand. Kai

Meyer - deutscher Fantasie Autor, die Arkadienreihe hatte er schon überflogen. Unterhaltsam, mit einigen spannenden Plottwists, sie hätte Schlimmeres lesen können. Es schien ihr zu gefallen, immerhin war es schon Band 2 - oder sie brachte Dinge, die sie anfing, gern zu Ende. *Unsinn!*

Umsichtig legte er das Buch auf den nahestehenden Tisch, darauf bedacht die aktuelle Seite nicht zu verändern. Ein Blick zurück zu ihr ließ ihn stutzen. Ein Vorteil seines Berufes war, dass ihm Kleinigkeiten und Veränderungen wesentlich schneller ins Auge stachen als anderen Menschen. Sie war dünner geworden. Unter der Decke war es schwer genaueres zu erkennen, aber es waren mindestens 15 Pfund die sie in den letzten Monaten verloren hatte. Nicht unbedingt ein gesundes Maß, das war sogar ihm bewusst. Und sie sah müde aus, erschöpft. Hatte Myles etwa doch Recht gehabt? Und wenn dem so war, was sollte er dann tun? Und seit langer Zeit verspürte Nathan Holland ein Gefühl, dass er schon fast verdrängt hatte - Unsicherheit.

~~~

James lachte über Grahams Beschreibung, wie Nathan fast aus der Haut gefahren war, weil keiner seinen Schabracken-Tapir beim Scharadespiel erkannt hatte. Die Vorstellung allein war herrlich und ein breites Grinsen zierte sein Gesicht als er die geöffnete Tür zur Bibliothek durchschritt, Graham nur einen Schritt hinter ihm. Beide Männer blieben bei dem unerwarteten Anblick erstaunt stehen. Nathan stand vor einem der Sofas, eine Tasse Tee in der Hand und starrte auf eine schlafende Frau hinunter, die just in diesem Moment durch ihr lachendes Eintreten geweckt worden war.
~~~

Unwillig seufzte Calliope. Sie hatte geträumt, wie so oft in letzter Zeit. Sie war mit Nathan zusammen gewesen und sie hatten gelacht und er hatte sie in den Arm genommen und dann hatte sie ihm gesagt, dass sie ihn liebte und dann… war sie wach geworden. Sie schlug die Augen auf und sah geradewegs in blau-graue Augen.

„Nathan?“ brachte sie leise hervor.

„Mylady“ kam es unterkühlt zurück. Sie stöhnte auf, Drama war nichts was sie heute brauchen konnte.

„Tu uns Allen einen Gefallen und geh was trinken, dann bist du leichter zu ertragen! Aber vorher gib mir meinen Tee, ich bezweifle das du der Fenchel-Typ bist.“ fuhr sie ihn härter an, als sie beabsichtigte.

„Fenchel?“ er spie das Wort fast aus. Ungeduldig fauchte sie „Himmel, ich hab Probleme mit dem Magen, da trinkt man solchen Kram halt.“

Ein ziemlich gut aussehender, großer, blonder Mann trat neben Nathan und sah besorgt auf sie herab. „Wie genau äußern sich diese Probleme denn und wie lang haben sie die schon? Haben sie Schmerzen? Gibt es noch andere Beschwerden? Erbrechen oder Diarröh? Und waren sie schon ein Mal beim Arzt gewesen deshalb?“

Sie lachte leise auf. „Sie müssen der berühmte Doktor Waterson sein. Es freut mich sie kennen zu lernen. Sie können gern Callie sagen, wie alle anderen.“ Sie ignorierte Nathans Schnauben. „Und zu den Fragen - ich war beim Arzt, es ist alles in Ordnung. Ich bin nur etwas vorsichtig, da mich diese Sache schon eine Weile begleitet hat. Also machen sie sich bitte keine Umstände.“

„Hast du deshalb so viel abgenommen?“ platze Nathan heraus und drängte James zur Seite.

„Herrgott noch mal! Könnt ihr bitte Alle aufhören mich bemuttern zu wollen? Dann habe ich halt abgenommen, von untergewichtig bin ich noch einen Zentner entfernt, also bitte - lasst es einfach. Es geht mir gut!“ verteidigte sich Calliope, wurde aber sogleich von Nathan unterbrochen.

„Du siehst aber nicht so aus.“

Die Augen verleiert, einen sehr kreativen Fluch auf den Lippen, stand sie auf. Mit blitzenden Augen ging sie in Richtung der Bar und James musste Nathan Recht geben, sie sah müde aus. Allerdings hatte auch sie Recht, untergewichtig war sie nicht. Schlank, was die dunklen Jeans und der schwarze Rollkragen-Pullover noch betonte, aber nicht dürr. Und das man bei einer Magen-Darm-Erkrankung schnell Gewicht verlor war keine Seltenheit. Oft dauerte es nur ein wenig, bis der Patient wieder auf dem alten Level angekommen war.

Er beobachtete sie, wie sie drei Gläser einschenkte. Sie war recht hübsch mit den langen dunkelbraunen Haaren und den grünen Augen, nicht schön im klassischen Sinne, aber das war Nathan ja auch nicht. James ertappte sich bei dem Gedanken, dass die Beiden ganz gut als Paar aussehen würden. Aber das war lächerlich - Nathan Holland und eine Beziehung! Noch dazu mit seiner Stiefschwester! Andererseits würde es sicher nicht allzu viele Frauen mit dem Namen Callie geben, die auch letztes Weihnachten hier gewesen waren und so potentiell an Nathans Liebeskummer schuld sein konnten. James schüttelte den Kopf über sich selbst, so richtig verstand er das Ganze noch nicht.

Sie reichte ihrem Vater und ihm ein Glas, bevor sie das dritte holte und kurz verträumt daran roch. Dann drückte sie es Nathan in die Hand.

„Das ist einer der doppelten Brände vom letzten Jahr, sollte mittlerweile noch etwas runder sein.“ James setzte das Glas an seine Lippen als Nathans Stimme ertönte. „Was ist mit dir?“

Sie seufzte leise. „Kein Appetit.“ Und dann ging sie zurück zum Sofa, nahm ihr Buch und begann zu lesen. Nathan starrte sie missmutig an. James und Graham begaben sich zu einem der großen Fenster mit Blick zum angrenzenden Park und begannen zu plaudern. Manchmal besaß sein Stiefvater in spe ein erstaunliches Einfühlungsvermögen. Er und James waren weit genug entfernt, um eine gewisse Privatsphäre für Calliope und Nathan zu schaffen.

Nach einer Weile setzte sich jemand neben Calliope. Sie brauchte nicht aufzuschauen, um zu wissen wer das war. „Seite 83. Wenn du dann fertig bist, so zu tun, als würdest du lesen. Dort warst du, als du eingeschlafen bist.“ kam die ach so vertraute tiefe Stimme von rechts.

„Ich hasse dich.“ flüsterte sie.

„Ich hoffe sehr, dass das nicht der Wahrheit entspricht.“ erwiderte er leise.

Callie starrte in ihr Buch, natürlich war es nicht die Wahrheit. Eine ganze Weile später hob sie den Blick. Er sah sie mit einem kaum zu deutenden Ausdruck an. „Nein, tue ich nicht.“ gab sie zu. „Warum bist du hier Nathan?“ verlangte sie plötzlich zu wissen.

Seine Antwort „Weil meine Mutter heiratet?“ nötigte ihr nur ein ungläubiges Schnauben ab.

„Als ob dich das interessiert hätte.“ Nathan zuckte mit den Schultern. Natürlich interessierte es ihn, dass seine Mutter wieder heiraten würde. Sie war ziemlich lang allein gewesen, nachdem sein Vater gestorben war. Aber Callie hatte schon Recht, unter anderen Umständen wäre er wohl nicht zu der Hochzeit erschienen.

„James hat mich gezwungen.“ erklärte er „Er hat

darauf bestanden, weil es sich so gehört. Bei solchen Dingen ist er sehr traditionell und korrekt. Außerdem hatte ich nichts Besseres vor." befleißigte er sich in einem möglichst gelangweilten Ton zu sagen.

Calliope sah ihn nun an, die Lippen aufeinander gepresst „Oh, natürlich. Und ich dachte schon, du hast mich eventuell vermisst, wie dumm von mir. Ich war ja nur das Mittel zum Druckabbau. Hat sich deine Libido jetzt wieder in den Winterschlaf verabschiedet, ja?" bemerkte sie mit einem anzüglichen Blick in Richtung seines Schritts.

Nathan hatte für einen kurzen Moment das Bedürfnis, seine Hand schützend davor zu legen.

„Winterstarre wäre dir wohl lieber." ätzte er zurück.

Sie lächelte herablassend „Dann wärst du wenigstens für etwas zu gebrauchen und würdest mich nicht nur nerven."

„Ach, ich nerve dich also nur?"

„Natürlich tust du das. Schau dich doch an - wie du selbstgefällig in deinem Anzug neben mir sitzt und so tust, als wärst du die göttlichste Erscheinung diesseits des Atlantiks. Du hast deinen Spaß gehabt, ich war so dämlich mit dir ins Bett zu gehen. Schlimmer noch - ich habe es gewollt, also selbstgewähltes Elend. Danach bist du abgehauen, wie es alle Arschlöcher so tun - fein. Die Message ist angekommen - warum also sitzt du hier und laberst mich voll? Hast du gedacht ich komme in feierliche Stimmung und lasse dich zur Feier des Tages noch ein Mal ran, nur weil unsere Eltern heiraten? Das kannst du vergessen, den Fehler mache ich kein zweites Mal, du Möchtegern Casanova."

Das konnte Nathan nicht so auf sich sitzen lassen „Bist du übergeschnappt? Ich wollte nur nett zu dir sein!"

Callie klappte das Buch schwungvoll zu. Mit blitzenden Augen stemmte sie die Hände in die Hüften und fuhr ihn an „Ach ja? Nett wäre gewesen, sich für die 1.000 £ teure Flasche Whisky zu bedanken, die ich dir geschickt habe. Nett wäre auch gewesen, sich irgendwann ein Mal zu melden. Nett wäre es gewesen, wenn du mich nicht wie eine Vollidiotin auf diesem Ball stehen gelassen hättest. Aber weißt du was? Nett ist auch nur die höfliche Form von erbärmlich, also hör bloß auf nett zu mir zu sein, davon hatte ich genug, vielen Dank!“

Oh Calliope... Bis zu diesem Moment war es Nathan nicht klar gewesen, wie sehr er sie verletzt hatte. Myles hatte zwar davon geredet, dass sie sich in die Ödnis der schottischen Insel, die sie Heimat nannte, zurück gezogen hatte, aber Nathan hatte es als pure Übertreibung abgetan. Er war viel zu sehr damit beschäftigt in Selbstmitleid zu schwelgen. Er hatte wirklich keinen Gedanken daran verschwendet, wie es Callie gegangen sein könnte. Gott, sie hatte Recht - er war ein Arsch. Nur weil sie nach außen immer die taffe Frau gab, musste das ja nicht wirklich der Fall sein. Da saß sie nun neben ihm, die Arme verschränkt und definitiv wütend. Und doch so verletzlich wirkend. Einem Impuls folgend, beugte sich nach vorn und küsste ihre Wange.

Es war ein Hauch von einem Kuss auf ihrer Haut. Eben noch war sie so wütend auf ihn gewesen. Auf ihn und sich selbst. Vor allem weil sie zugelassen hatte, dass er sie so verletzte. Und dann tat er das. Diese kleine Geste ließ etwas in ihr erklingen, das gar nicht gut für ihr Seelenheil war.

„Danke für mein Weihnachtsgeschenk.“ sagte er ernst. Callie hatte Mühe nicht wie ein Schulmädchen zu erröten.

„Ich..." *liebe dich!* „Gern geschehen." stammelte sie.

„Callie, ich..." *habe dich vermisst.* „hatte nichts für dich oder Graham." begann er.

„Du wusstest doch nicht ein Mal, dass wir existieren. Und es spielt keine Rolle, du..." *bist das was ich haben will.* „brauchst mir nichts zu schenken." wiegelte sie ab, als er ihre Hand ergriff.

„Ich würde dir gern..." *sagen, dass ich es nicht geschafft habe, dich als Erinnerung zu verbuchen und zu vergessen.* „auch etwas geben." Ihr Herz machte einen Satz als sich seine warmen Finger um ihre legten.

Das..." *will ich nicht, solange es nicht dein Herz ist.* „brauchst du nicht." flüsterte sie und schloss ihre Hand um seine.

„Aber ich will..." *dich!* „es so!"

Er sah sie mit diesen unglaublich schönen Augen an und Callie fühlte dieses verräterische Kribbeln ganz tief in ihrem Bauch. Wie schaffte dieser Mann es nur, sie sofort wieder für sich zu gewinnen? Sie war felsenfest überzeugt gewesen, dieses Kapitel hinter sich gelassen zu haben und dann kam er an, gab ihr dieses lächerliche Küsschen und ein paar dahin gehauchte Worte und sofort klebte sie wie Honig an seinen Lippen! Und ja, diese Lippen, wie gern hätte sie sie wieder auf ihren gespürt.

„Dann..." *liebe mich als gäbe es kein Morgen!* „tu dir keinen Zwang an."

„Das werde ich nicht."

„Schön."

Sein Blick hielt ihren immer noch fest, er wirkte angespannt. Plötzlich, als würde sich ein Knoten lösen, wurden seine Züge weicher und er zog sie seufzend an seine Brust. Es überraschte Beide, dass Callie keinerlei Gegenwehr erkennen ließ.

„Ich kann es nicht Callie. Ich habe es wirklich versucht. Aber es klappt nicht. Ich dachte, es wäre geschehen. Aber jetzt sitzt du hier und ich merke, ich habe es nicht geschafft. Warum klappt es nicht, Callie? Warum kann ich dich nicht vergessen und ausschließen, wie all die anderen Dinge die mich ablenken? Warum mache ich mir Sorgen darum, wie es dir geht? Warum, Callie?"

Er hatte sein Gesicht in ihrem Haar vergraben und die Worte waren leise gemurmelt, doch sie trafen sie tief in ihrem Innersten. Er klang so verzweifelt und unsicher. Als wüsste er nicht, was er mit diesem Wissen anfangen sollte. Und gleichzeitig waren die Worte Balsam für ihre Seele.

„Ich weiß es nicht Nathan. Das Einzige, das ich weiß ist, mir geht es genauso. Ich kann dich nicht vergessen. Ich weiß ich sollte, aber es geht nicht. Ich möchte bei dir sein und dennoch weiß ich, du würdest mich in Rekordzeit die Wände hoch gehen lassen. Ich will mit dir Filme sehen und über Bücher diskutieren, auch wenn ich weiß dass mich deine Ansichten zur Weißglut bringen werden. Ich will meine Ruhe haben, wenn ich nach Hause komme und doch wünsche ich mir du wärst da, um mich in den Arm zu nehmen, wenn mein Tag mies war. Eigentlich will ich Alles und dann doch wieder nicht. Und ich habe keine Ahnung was das zwischen uns ist. Was ich weiß ist, dass ich nicht ohne dich in meinem Leben sein will. Und das es irgendeinen Weg geben muss, dass wir das hinbekommen, denn die letzten drei Monate waren die Hölle für mich." flüsterte sie und sie meinte jedes Wort genau so, wie sie es sagte.

„Ich würde dich zur Weißglut treiben? Du hast ja keine Ahnung wie schrecklich das Alles für mich wäre. Ich bin ein Ermittler, verdammt, ich muss logisch denken können und wenn du um mich herum bist funktioniert das irgendwie nicht wie sonst. Aber wenn du nicht da bist ist es noch schlimmer. Gott, Callie, ich habe mir Star Wars angesehen! Nur um nachvollziehen zu können, was dich daran so fasziniert! Star Wars, Callie! Alle 6 Folgen! Hintereinander! James ist dabei eingeschlafen!"

„Aber CloneWars hast du nicht gesehen oder?"

„Es gibt noch mehr davon?!" Das Entsetzen auf seinem Gesicht war deutlich. Sie konnte nicht anders. Sie lachte auf und nahm sein Gesicht in ihre Hände. Sie sah ihm tief in die Augen.

„Ich weiß, was jetzt kommt willst du nicht hören. Ich weiß es verunsichert dich. Und ich weiß du hast darauf eine andere Sicht der Dinge. Lass es einfach so stehen und nimm es hin, wie es ist, ok? Sieh es als Geschenk. Sezier es nicht vor meinen Augen, kannst du das? Für mich?"

Sie wartete. Nathan sah sie an, zwinkerte, einmal, zweimal, schließlich ein leichtes Nicken. Ihr Herz machte einen kleinen Hüpfer und sie fühlte wie sich in ihrem Bauch etwas zusammenzog. Langsam, ganz langsam näherten sich ihre Gesichter und Callie sah den Sturm der in ihm tobte, das Bedürfnis wegzulaufen und der Wille es nicht zu tun.

„Ich liebe dich." sagte sie leise. Ganz simpel und ehrlich und voller Gefühl.

Er starrte sie an, Sekunden lang. Und er wusste nicht, was er sagen sollte. Gut, was er sagen SOLLTE wusste er schon, aber es war irgendwie… zu viel auf ein Mal.

„Callie, ich…" Ihr Zeigefinger lag auf seinen Lippen

noch bevor er den Satz richtig beginnen konnte.

„Nein. Nicht. Ich weiß, dass du nicht so empfindest. Ich will nicht, dass du mir das aus Pflichtgefühl sagst. OK? Ich… es ist ok. Ich wollte nur, ich wollte es dir nur sagen. Und es ist auch in Ordnung wenn du es nie…" Sein Mund senkte sich auf ihre Lippen. Sie schlang die Arme um seinen Hals und seufzte zufrieden. Vielleicht würde er es ihr nie sagen. Vielleicht fühlte er nicht ein Mal das Selbe. Aber er fühlte ETWAS für sie. Und er war hier, bei ihr. Er machte sich Sorgen um sie. Er wollte sie haben. Er küsste sie leidenschaftlich. Und offensichtlich war es ihm völlig egal, dass sein bester Freund ihnen gerade zusah. Sie zitterte leicht in seinen Armen, was Nathan nicht entging.

„Du gehörst ins Bett, Callie." bemerkte er mit ernstem Ton. Sie wollte ihn nicht loslassen, nicht jetzt, wo sie ihn gerade erst wieder hatte.

„Komm mit mir, bitte?" Nathan zögerte keinen Augenblick, er hob sie hoch *Himmel, sie war wirklich leicht geworden! Das waren nicht 15 sondern eher 20 Pfund!* und trug sie aus dem Raum.

Karmitisches Dilemma

James stand mit offenem Mund am Fenster und starrte auf das nun leere Sofa. Graham lachte neben ihm und klopfte ihm auf die Schulter. „Scheint er wirklich nicht oft zu machen, wenn du so reagierst."

„Was? Nein! Also eigentlich nie! In den ganzen 9 Jahren die ich ihn kenne! Nie! Ich dachte er sei schwul. Oder gänzlich uninteressiert. Aber das! Ich meine, sie haben sich doch gerade eben noch angegiftet!"

„James, hast du schon mal den Ausdruck „Karmitisches Dilemma" gehört? Die zwei passen auf bestimmten Ebenen perfekt zusammen und auf Anderen überhaupt nicht. Wie heißt es so schön - sie können nicht miteinander und auch nicht ohne einander. Sie sind wie Hund und Katze - ach du weißt schon was ich meine, oder?"

James konnte es sich lebhaft vorstellen. Aber er war momentan noch völlig geplättet von der Vorstellung, die sich ihm eben geboten hatte. Wer hätte gedacht, dass Nathan seine Affinität zu einer Frau so offen zeigen würde? Oder dass Nathan überhaupt von einer Frau angezogen sein könnte?

Graham unterbrach seine Gedankengänge „Außerdem habe ich schon länger den Verdacht, dass meine Kleine nicht für eine konventionelle Beziehung geeignet ist. Dafür ist sie zu - sagen wir - eigen. Unabhängig. Starrköpfig. Zu lang allein. Sich ihres Wertes zu bewusst. Es ist schwer in Worte zu fassen. Aber sie würde sich keinem Mann unterordnen wollen. Und anders herum würde kein Mann die ganze Macht an sie abgeben. Vielleicht findet sie einen anderen Weg. Für sich. Und ich bin mir ziemlich sicher, wenn sie einen findet, dann mit Nathan. Denn er ist in der Hinsicht nicht anders als sie, oder?“

James dachte an Nathans Experimente, seine tagelangen Grübeleien, die sarkastischen Bemerkungen, den unkonventionellen Lebensrhythmus, die Ungeduld ab und zu im Umgang mit normalen Menschen, den Stellenwert den seine Arbeit für ihn hatte. Nein, Nathan war ganz sicher nicht für eine normale Beziehung mit Haus und Hund geschaffen. Aber auf der anderen Seite war er ein normaler Mensch, er empfand für ausgewählte Menschen Sympathie, Freundschaft und auch Liebe. Er hatte die gleichen Bedürfnisse wie jeder andere Mann - nach Nähe, Zuneigung und - wer hätte das gedacht - offensichtlich auch auf sexueller Ebene.

Keine „normale“ Frau würde mit dieser Art Beziehung zurechtkommen. Sie würden mehr wollen, als Nathan zu geben bereit war. Gewöhnlichkeit war eine seiner schlimmsten Ängste. Aber wenn Graham Recht hatte und seine Tochter ähnlich tickte - könnte die Chance bestehen, dass es einen Weg gab, den die beiden gehen könnten? Einen zugegebenermaßen sehr ungewöhnlichen. Aber wann war Nathan Holland schon gewöhnlich?

„Nein, er ist nicht anders. Eher noch extremer.“ fasste James seine Gedanken in Worte.

„Dachte ich mir. Letzten Endes müssen sie selbst heraus finden ob es funktioniert.” Graham lachte.

„Wir sollten meine zukünftige Frau erlösen und ihr sagen, dass sich das Dilemma mit den Schlafplätzen von allein gelöst hat - sie hat sich seit Tagen Gedanken gemacht, wie man Nathan dazu bringen könnte auf der Couch zu schlafen."

Als Nathan die Tür zu seinem Zimmer mit einem beherzten Fußtritt hinter sich schloss, kicherte Callie in seinen Armen. Er sah fragend auf sie hinab. „Naja, das hat jetzt schon etwas von Vom-Winde-verweht-Dramatik, meinst du nicht?"

„Ich habe keine Ahnung von was du sprichst."

„Natürlich nicht. Ein weiterer Filmklassiker den du unbedingt sehen solltest, Nate."

„Ich bin mir unschlüssig ob ich von dir jemals wieder Ratschläge bezüglich der Auswahl von Filmen annehmen werde. Nein, genau genommen weiß ich es - um meines Verstandes Willens werde ich es nicht tun."

„Du bist ein Idiot!" Er war mittlerweile am Bett angekommen und schenkte ihr ein Lächeln.

„Aber einer dem du nicht widerstehen kannst."

Ein kurzes Glitzern in ihren Augen, dann streckte sie sich dramatisch und gähnte lautstark. „Ich bin ja sooo müde. Am besten mache ich jetzt mein Schönheitsschläfchen."

„Wie Mylady wünschen." Er ließ sie umstandslos aufs Bett fallen, schenkte ihrem Protest keine Beachtung und ging zur Tür.

„NATHAN!"

„Ja, Mylady?" das triumphale Grinsen in seinem Gesicht hätte jeden Anderen zur Weißglut gebracht, aber Callie mochte es einfach zu sehr wenn er gute Laune hatte. Sie klopfte neben sich auf die Matratze.

„Erzähl mir von deinen letzten Fällen. Aber vorher" da war das Funkeln wieder „solltest du dringend etwas Bequemeres anziehen."

Er lachte kurz auf. „Also ich finde meinen Anzug durchaus bequem, danke der Nachfrage."

„Es ging ja auch nicht um dich Nate."

„Ach nein?"

„Nein. Ich will es gern bequem haben. Kuscheln ist nur halb so toll, wenn du danach den Abdruck einer Knopfleiste im Gesicht hast. Und ich will mich an dich kuscheln, während du mir was erzählst, denn ich habe dich vermisst. Grund genug für dich?"

Die Antwort war ein Nathan, der sein Jackett auszog, während er in Richtung Kleiderschrank ging. Callie seufzte zufrieden und sah ihrerseits zu, ihre Jeans so schnell wie möglich los zu werden. Sie würde sie nicht brauchen - so oder so. Unter die Decke gekuschelt wartete sie, bis Nathan hinter den Schranktüren auftauchte, das jungenhafte Grinsen wieder auf dem Gesicht. Sie bekam große Augen als sie sah, welches ihrer Shirts er sich dieses Mal ausgesucht hatte.

„Ist das dein Ernst?"

Er sah an sich hinab „Was? Es hat eine für Männer adäquate Farbe und immerhin ist dieses Mal kein Comic darauf, sondern die stilisierte Darstellung eines Atoms - immerhin etwas Anspruch an die Intelligenz. Wer oder was ist eigentlich Team Sheldon?"

Callie prustete los „Oh Gott, du bist unglaublich!"

Sie hatte Mühe sich wieder einzukriegen, als Nathan zurück zum Bett kam.

„Danke. Vermute ich. Und jetzt rutsch zur Seite, das ist meine Hälfte vom Bett seit ich 5 Jahre alt war."

Er fuchtelte mit den Händen, als wollte er einen Schwarm Tauben vertreiben, sie kicherte. „Lass mich raten - strategisch der beste Platz, die Sonne scheint dir nicht zu früh ins Gesicht, die Entfernung zum Bad ist am Kürzesten und du hast deine Fachbuch Sammlung im

Blick?" scherzte sie, nur um sogleich eines Besseren belehrt zu werden „Das und noch 7 weitere Vorteile, warum?" Callie fiel lachend ins Kissen zurück. „Oh Himmel, ich bin Amy Farrah Fowler!" Nathan sah aus, als bezweifle er ihren geistigen Zustand „Wer bitte?"

„Später, Schatz, später. Ich glaube das verkraftest du heute nicht auch noch."

Nach kurzem Hin und Her lag Nathan unter der Bettdecke, Callie an seine linke Seite geschmiegt. Ihre Hand lag auf seiner Brust und sie hatte besitzergreifend ein Bein über seine Oberschenkel drapiert. Es war unglaublich klischeehaft und fühlte sich fantastisch an. „Ich mag es, wenn du lachst, sogar wenn ich nicht verstehe was gerade lustig ist." erklärte er sanft.

„Ach ja?"

„Ja. Du strahlst dann so. Und du bekommst diese kleinen Fältchen um die Augen. Das finde ich spannend. Anscheinend lachst du viel, denn sie sind ausgeprägter als sie mit 30 sein sollten."

„Du bist wirklich der einzige Mann, der auf die Idee kommt ein Gespräch über meine Falten wäre adäquates Bettgeflüster!" Sie schob ihre Unterlippe zu einem Schmollmund nach vorn. Nathan lächelte und küsste ihre Nasenspitze „Vielleicht will ich dir ja auch nur mitteilen, dass ich dich schön finde wie du bist und mir solche Kleinigkeiten auffallen, weil sie ein Teil von dir sind?"

„DAS klingt schon ganz anders, Mr. Holland." Sie lächelte und kuschelte ihr Gesicht in seine Halsbeuge. „Ach Callie." Er konnte nur hoffen dass sie das Grinsen nicht sah. Nathan Holland und traute Zweisamkeit… Und er sollte verdammt sein, es gefiel ihm!

James fühlte sich unwohl. Sein Blick huschte zum wiederholten Male zur Tür. Nicht weil Violet und Graham unfreundlich waren, nein im Gegenteil. Nathans Mutter hatte sich als sehr nette, patente Frau herausgestellt und Callies Vater war mehr als unterhaltsam und freundlich. Aber die beiden würden morgen heiraten und er hatte sie vor 2 Stunden das erste Mal kennengelernt und nun saß er mit ihnen in der Küche während Nathan... ja was eigentlich?

Sein bester Freund war seit der kleinen Szene in der Bibliothek nicht wieder aufgetaucht, genauso wenig wie Grahams Tochter. Callie. *Moment! Callie?* Das war doch nicht etwa. Was hatte auf der Karte gestanden?

Anscheinend war ihm seine Verwirrung im Gesicht abzulesen, denn Graham erkundigte sich gerade eben besorgt, ob Alles mit ihm in Ordnung sei.

„Graham, heißt deine Tochter eventuell nicht wirklich Callie sondern Calliope?"

Der ältere Mann lachte leise „Ja, heißt sie, aber du solltest sie lieber nicht so nennen, sie sagt immer der gestelzte Name ist für die offiziellen Anlässe oder wenn es um etwas Wichtiges geht."

„Und hat sie irgendwas mit einer Destille in Schottland zu tun?"

Grahams Blick und seine Stimme drückten nun mehr als Freundlichkeit und Zuneigung aus - Stolz schwang eindeutig mit. „Falls du die Springbank Distillery meinst, dann muss ich dich enttäuschen. Aber Callie und ich habe eine eigene kleine Whisky Firma ganz in der Nähe auf Kintyre und wir machen uns ganz gut. Naja, um ehrlich zu sein, Callie macht das ganz gut. Seitdem ich mit dieser Lowländerin hier angebandelt habe, verbringe ich recht viel Zeit in England." Er lächelte seine Verlobte an. „Aber Callie hat den Laden gut im Griff und sie setzt jedes Jahr mehr Hektoliter ab. Ziemlich gewieft gewesen, diesen Filmstar mit ein paar Gratis Flaschen zu beglücken. Aber so ist sie halt. Warum fragst du?"

„Ach, Nathans Verhalten nach Weihnachten und besonders nach dem diese Flasche mit der Post kam, machen nun wesentlich mehr Sinn. Longrow ist also keine Marke von euch?"

„Nein, aber danke dass ich jetzt weiß was die kleine Lady mit der letzten Flasche angestellt hat. Unsere Marke heißt Aileen - nach Callies Mutter." Ein Geräusch im Flur ließ James Blick wieder in Richtung Tür wandern. Violet schmunzelte und hatte Mitleid mit ihrem Besuch.

„James, könntest du mir einen Gefallen tun? Das Abendessen wird bald fertig sein und ich hätte gern Alle am Tisch dazu. Würdest du Callie und Nathan holen gehen?" Noch bevor sie zu Ende gesprochen hatte war er schon aufgestanden. „Natürlich, Violet."

Auf dem Weg zur Tür traf ihn Grahams Kommentar etwas unvorbereitet. „Zu deinem Selbstschutz solltest du lieber klopfen. Wobei, eigentlich ist es zu leise, als dass du irgendetwas unterbrechen könntest." James konnte aus den Augenwinkeln heraus sehen, dass Violet ihr Küchenhandtuch an Grahams Kopf warf. „Also wirklich, Graham, du bist unmöglich!"

„Was denn? Dieser uralte Schuppen ist verdammt hellhörig und du kannst froh sein, dass du nach Weihnachten mit Judith unterwegs warst als es laut wurde. Der arme My konnte sich gar nicht auf sein Schachspiel konzentrieren. Was für mich natürlich nicht zum Nachteil war."

Das war genug, mit hochroten Ohren floh James aus der Küche, Grahams Lachen hinter sich lassend. Um Himmels Willen, allein der Gedanke Nathan beim Sex zu stören…

James brauchte ganze 5 Minuten um zur Tür des Gästezimmers zu gelangen. Er lauschte, ob er verdächtige Geräusche hören konnte. Bisher war er verschont geblieben, doch als er direkt vor der Tür stand hörte er Callie lachend ausrufen „Nein, nicht wirklich!"

Nathans Antwort war nicht zu verstehen, das tiefe Timbre rumpelte vor sich hin, immer wieder unterbrochen durch Fragen und Kommentare in einer wesentlich höheren Stimme. James beschloss, dass es sicher war und öffnete langsam die Tür.

Das Erste, das er erkannte, war die Tatsache, dass Nathan und Callie im Bett lagen. Zu seiner großen Erleichterung bekleidet, auch wenn er sich nicht erinnern konnte dieses T-Shirt jemals in Nathans Besitz gesehen zu haben. Und schließlich musste er es wissen, ging sein Freund doch wie selbstverständlich davon aus, dass James sich um Dinge wie Wäsche waschen kümmerte. Sie lag halb auf ihm und der einzige Grund, warum beide James nicht sahen, war ein Buch das Nathan aufgeblättert in den Händen hielt. Beide starrten angestrengt hinein. Callies Zeigefinger tippte plötzlich auf eine Stelle darin.

„Da! Ich hab es dir doch gesagt! Gaius Iulius Caesar war unter dem Kommando von Marcus Licinius Crassus am Niederschlag des Spartacus-Aufstands beteiligt!"

Nathan nickte leicht. „Du hast Recht… Dennoch kein Grund das ins Triviale zu ziehen!"

„Nate, wirklich, du siehst das nur aus dem falschen Blickwinkel! Was ist besser - einige Wenige, die sich aus reinem Interesse hoch wissenschaftliche Texte durchlesen und das Wissen inne haben oder eine breite Masse an nicht so intelligenten Leuten, die durch ein triviales Medium wie eine Fernsehserie nebenbei zumindest ein bisschen Bildung bekommen? Natürlich ist es nicht historisch einhundert Prozent korrekt, aber dennoch haben so einige tausend Leute mehr das Wissen um den Sklavenaufstand und das Ende von Spartacus und seinen Gefolgsleuten. Außerdem ist das eine großartige Fernsehserie und ich weiß genau, du hast sie noch nie gesehen. Und nur weil da jede Menge nackter Männer mit Schwertern rumlaufen, brauchst du dich auch nicht bedroht fühlen, du bist da durchaus zufriedenstellend ausgestattet."

„Ach jetzt sei still, Weib!"

Nathan hatte Unrecht gehabt! Gut, das kam vor - aber er hatte es zugegeben! Zusätzlich hatte sie ihn auch noch belehrt und geneckt und Alles, was der klügste Mann, den James je getroffen hatte tat, war sie mit einem Kuss zum Schweigen zu bringen. Und damit immer noch nicht genug, hatte sie auch noch gekichert in diesen Kuss. Nathan hatte das Buch fallen gelassen und seine Hände nun in ihrem Haar vergraben, während er offensichtlich daran arbeitete ihren Mandeln eine gründliche Untersuchung anheim wachsen zu lassen. *Falls sie noch Mandeln hatte.* Was aber völlig irrelevant war, verflucht sei sein innerer Drang als Doktor. Denn relevant war das sein Freund ziemlich entspannt aussah und… glücklich.

Und verdammt, die Beiden waren wirklich ein ziemlich niedliches Pärchen. Nicht das James das jemals laut aussprechen würde. Gott bewahre, Nathan würde ihm wahrscheinlich sämtliche Haare bei einem seiner nächsten Experimente „aus Versehen" abflammen. Oder so. Nichts was er unbedingt erleben wollte. Ein Mal hatte gereicht, danke auch.

Callie und Nathan hatten ihn immer noch nicht bemerkt und mit geübtem Blick erkannte James, dass er besser jetzt intervenieren oder gleich fliehen sollte. Er räusperte sich vernehmlich. Calliope sah ihn an, aber Nathan, der gerade damit beschäftigt war an ihrem Hals zu knabbern, würdigte ihn keines Blickes. *Sturer Idiot!*

Sie hatte immerhin den Anstand entschuldigend drein zu blicken und den Versuch zu unternehmen, Nathan von sich zu schieben - was gründlich misslang. Wenn James nicht gänzlich falsch lag, war Nathan gerade dabei, ihr einen Knutschfleck zu machen.

„Hallo James, was gibt es... AUTSCH! Sag mal spinnst du, Nate! Du kannst mich doch nicht einfach beißen! Verdammt, ich muss morgen ein Kleid tragen, das wird jeder sehen!“ Nathans Grinsen war so dreckig, dass James schon fast Mitleid mit der Frau bekam. FAST...

„Das war die Intention.“ erklärte ihr Nathan.

„Was? Das jeder sehen kann das du den Sexualtrieb eines Teenagers hast?“

„Nein. Das jeder sehen kann, dass DU vergeben bist.“ war Nathans grundehrliche Antwort. Und natürlich forderte Calliope ihn heraus „Ach, bin ich das?“

„Aber natürlich.“

„Aha. Dann ist das hier nur Reviermarkierung? So wie ein Hund an den Laternenpfahl pinkelt?“ James stöhnte innerlich. Aus Erfahrung wusste er dass es auf solche Fragen keine richtigen Antworten gab. Aber Nathan sprang mit großem Anlauf auch in dieses Fettnäpfchen „Ja.“

„Oh, du bist ja soo romantisch!“

Das reichte. James brach in Lachen aus. „Leute, ich habe keine Ahnung wie ihr zwei es miteinander aushalten wollt, aber eure ELTERN möchten gern, dass ihre zwei Turteltäubchen zum Abendessen kommt.“

O*ho*. Das Nathan ihn ab und zu ansah, als hätte er den Verstand verloren war er ja gewohnt, aber das Callie ihn jetzt anfunkelte war ein klein wenig ungut.

„Ich ähm geh dann schon mal vor." Bloß schnell weg. Himmel, wenn die Beiden wirklich ein Pärchen würden könnte das fürchterlich für ihn enden, James war sich da ziemlich sicher.

Callie funkelte die sich schließende Tür an. „Wie alt war James noch mal?" Nathan lachte nur und schickte sich an aus dem Bett zu steigen. Ihre Hand auf seinem Unterarm stoppte ihn.

„Warte." Ihr Tonfall ließ nichts Gutes vermuten und Nathan sah sie mit gerunzelter Stirn an. „Was ist los?"

„Ich... „ sie druckste herum.

Er sah sie an - sie wich seinem Blick aus und nestelte an einer Ecke der Bettdecke herum. Leichte Röte hatte sich ihren Nacken herauf gestohlen und nicht nur an der Seite, an der er eben noch zu Gange gewesen war. Sie schluckte hart und atmete mehrfach tief ein bevor sie auch nur ansatzweise einen Versuch zu sprechen wagte. Nathan schmunzelte. Callie, die forsche, patente, spitzzüngige Callie war nervös. Er hatte eine leise Ahnung, um was es gehen würde. Das Gespräch war ohnehin unvermeidlich, James Bemerkung über das miteinander hatte es nur beschleunigt. „Nathan, bevor wir unserer Familie unter die Augen treten und morgen noch mehr Leuten, möchte ich gern geklärt haben was das hier ist. Das zwischen uns. Friends with benefits hat ja eindeutig versagt."Dem konnte er ohne Vorbehalte zustimmen. „Ja, das hat es wohl."

„Und du... du hast gesagt...du hast gesagt ich bin vergeben. Und das das jeder sehen soll. Bist du dir darüber im Klaren?"

„Ja." Mit dieser Antwort hatte sie wohl nicht gerechnet, denn es verschlug ihr kurz die Sprache. „OH. OK. Also bist du jetzt mein Freund und ich deine Freundin oder wie soll ich das nennen?"

„Partner wäre mir lieber."

„mhm, das klingt schon ein bisschen wie eine drittklassige Krimi-Serie - Campbel&Holland, die Partner..." Er musste schmunzeln. Fast schon zärtlich nahm er ihr Gesicht in seine Hände und sah sie an.

„Callie. Wir sind beide nicht einfach. Und ich glaube wir wissen auch beide, dass diese Sache nicht so ablaufen wird, wie es normale Beziehungen tun. Es wird Wochen geben, da bin ich so in meiner Arbeit involviert, dass ich keine Zeit haben werde überhaupt an dich zu denken. Na gut, vielleicht zu denken schon, aber ich werde mich nicht melden. Es wird Tage geben, an denen ich gelangweilt bin und dich als Ablenkung haben will und wehe uns, wenn du dann keine Zeit hast. Es kann passieren, dass ich zu den unmöglichsten Zeiten vor deiner Tür stehe, weil ich dich vermisst habe. Deine Freunde werden mich hassen, weil ich zu den unpassendsten Momenten meinen Mund nicht halten kann. Und wir beide zusammen in einer Wohnung kann ich mir auf längere Zeit auch nicht vorstellen. Aber ich weiß, dass ich dich in meinem Leben haben will. Ich will dich sehen können, ich will mit dir reden und ja, das es rein körperlich bei uns passt ist nicht zu verachten. Der Gedanke an einen anderen Mann an deiner Seite macht mich krank und ich will dass du nur mir gehörst. Als gleichberechtigte Partnerin, so wie James manchmal mein Partner bei meiner Arbeit ist. Meinst du das könnte so funktionieren?"

„Es klingt als könnte es großartig werden oder absolut desaströs enden."

„Ist das ein ja?"

„Natürlich ist es das, du Genie. Ich liebe dich und bin nicht anders als die restlichen törichten Frauen, die sich verzweifelt an jeden Strohhalm klammern. Außerdem wird es spannend, wie du reagierst, wenn ICH zu unmöglichen Tages- und Nachtzeiten vor deiner Tür stehe, weil ich dich vermisst habe." Sie grinste.

„oh Gott, du wirst das machen, nur um herauszufinden wie ich reagiere, oder?"

„Ja" sie kicherte bevor sie schon wieder anfing mit dem imaginären Fussel auf der Bettdecke zu spielen – Warum nur war sie so nervös?

„Allerdings wirst du die nächsten Monate da nichts zu befürchten haben."

„Ach nein?"

„Nein. Nathan ich..." schon wieder Aufregung und Nervosität und... Zweifel?

„Ich wusste nicht wie du reagierst, wenn wir uns wiedersehen. Falls wir uns überhaupt wiedersehen. Und was du dann zu mir sagen wirst. Ob du überhaupt noch mit mir reden wirst, oder ob ich nur so eine Episode war. Und meine Firma, Dad's Firma, hat mich abgelenkt in den letzten Monaten und ich war ein bisschen verzweifelt und froh eine Aufgabe zu haben und habe mich da etwas rein gestürzt und ich habe etwas organisiert und..."

Er nahm ihre unruhigen Hände in seine. „Cal. Sag's mir einfach und hör auf zu brabbeln."

Sie holte tief Luft. „Ich fliege übermorgen für ein halbes Jahr nach Amerika. Ich habe durch meine Kontakte ein Praktikum bei einer größeren Whiskeyfirma bekommen. Und wenn ich im Oktober zurück komme, werde ich direkt nach Schottland fahren müssen. Im Herbst ist immer viel los mit der Abfüllung und dem neuen Brand und da wir nur so wenige Angestellte haben, wird jeder gebraucht und Dad ist ja hier bei deiner Mom und"

„Cal, es ist ok." unterbrach er sie sanft

„Es ist nur... Hätte ich gewusst... ich dachte doch...

und jetzt muss ich weg und das wo wir..." sie sah ihn unglücklich an. Nathan streichelte ihre Wange zärtlich „Du hast wirklich gedacht ich würde dich hinter mir lassen, oder?" fragte er sie leise, die Antwort schon ahnend.

„Das hast du schließlich oft genug betont. Und laut eigener Aussage auch versucht."

Womit sie schon wieder Recht hatte. „mhm, Schuldig im Sinne der Anklage. Und jetzt komm her und küss mich, die alten Herrschaften können ruhig noch etwas warten."

~~~

Das Abendessen verlief unerwartet harmonisch. James fand es schwer zu verstehen, warum Nathan sich jahrelang von seiner Familie fern gehalten hatte. Aber andererseits hatte Graham ihm erzählt, das Violet zu Beginn ihrer Bekanntschaft noch ziemlich anders gewesen war. Auf James Frage hin, woher er Violet denn kennen würde, hatte Graham lachend zum Besten gegeben, wie sie sich kennen gelernt hatten. Nach dem Essen war man in die Bibliothek umgezogen, wo James sich zu einer Partie Schach hatte überreden lassen. Während des Spiels huschte sein Blick immer wieder zu seinem Freund. Nathan hatte es sich mit einem Buch auf dem Sofa bequem gemacht, den Kopf in Callies Schoß, die ebenfalls las und geistesabwesend die Haare des Mannes kraulte. Meine Güte, wenn er sich jetzt sehen könnte! Für so eine Szene mit Sabrina hätte James sich tagelang Spott und Häme eingefahren.

Ein Grinsen stahl sich in das Gesicht des Doktors und er überlegte schon, wie er es am besten einfädeln
~~~

könnte, ein Foto mit seinem Handy zu schießen - wer wusste schon wann man ein Druckmittel gebrauchen konnte?

Sein Gedankengang wurde unterbrochen, als die Haustür klickte und eine nur allzu bekannte Stimme nach dem Verbleib der Familie fragte. Callies Kopf zuckte nach oben und sie strahlte. Ihr Ausruf „My!“ wischte jeden Zweifel beiseite. James sah ihr irritiert nach, als sie vom Sofa aufsprang und dabei Nathans Kopf eher unsanft auf das Polster plumpsen ließ. Der grinste nur.

Graham hatte die kleine Szene auch beobachtet. „Manchmal seid ihr zwei kleine Teufel! Sie weiß genau wie sehr Judith das hasst, wenn sie Myles um den Hals fällt und du weißt genau, dass es deinem Bruder Ärger einhandeln wird und das gefällt dir auch noch.“

Typisch Nathan wurde darauf eine Aussage verweigert, aber James war sich sicher, dass Graham mit seiner Aussage Recht hatte. Im Flur ertönte ein weiteres „My!“, gefolgt von einem „uff“ und einem pikierten, weiblichen „Also wirklich!“. Die Stimmen wurden im Näherkommen lauter und das Gespräch war äußerst aufschlussreich.

„Callie, musst du ihn immer so anspringen? Du bist doch keine 10 Jahre mehr!“

„Hallo Judith, ich freue mich auch dich zu sehen. Du siehst gut aus.“

„Danke. Du siehst eher aus wie eine Vogelscheuche, hast du etwa abgenommen?“

„Ich finde sie sieht phantastisch aus, Judith.“ Das war Myles erster Satz.

„Wer hätte das gedacht...“ war die bissige Antwort darauf.

„Erm, sag mal Callie, was ist denn das an deinem

Hals? Hast du einen neuen Freund? Dann warst du also schlau genug, dir meinen kleinen Bruder aus dem Kopf zu schlagen. Sehr gut, nicht das es morgen noch unangenehm wird, wenn er hier mit Dr. Waterson eintrifft."

Diesen Moment nutzte Nathan um sich auf dem Sofa zu Recht zu drapieren und mit voller Lautstärke „Callie! Jetzt lass endlich die verheirateten, alten Männer in Ruhe und kümmere dich um deinen Partner. Wenn ich es mir recht überlege, hätte ich Lust mit dir eine Runde Pfannkuchen zu backen. Was sagst du dazu?" zu rufen.

Es wurde blitzartig totenstill im Flur, nur die Frauenstimme beschwerte sich. „Wirklich Myles, könntest du BITTE weiter gehen? Es ist nur dein schrecklicher Bruder und ich möchte endlich deine Mutter und Graham begrüßen!"

Besagter Graham fiel gerade vor unterdrücktem Lachen fast aus seinem Sessel, während Violet sich seufzend die Nasenwurzel rieb. Callie kam grinsend in den Raum und lief zum Sofa, nur um Nathan gespielt ihr Buch über den Kopf zu ziehen. „Du bist unglaublich!"

„Unglaublich attraktiv meinst du wohl." behauptete der, während er ihr das Buch entwand und seinen Arm um ihre Hüfte schlang.

„Mhm, vielleicht." Sie saß auf seinem Schoß als ein hochroter Myles mit seiner Ehefrau am Arm den Raum betrat. James musste lachen - SO hatte er das Mitglied der britischen Regierung noch nie gesehen. Was auch immer der Insiderwitz zu bedeuten hatte, Myles war peinlich berührt. James beobachtete, wie er zusammen mit seiner Frau - offensichtlich Judith - erst seine Mutter und dann Graham begrüßte. Danach wurde er weniger freundlich vorgestellt. „Das ist James, Judith, Nathans Mitbewohner und Kollege. James, das ist meine Frau Judith."

Als James aufstehen wollte, um Myles Frau ordentlich zu begrüßen, nickte sie ihm nur knapp zu „Freut mich" um sich dann umzudrehen und auf der gegenüber liegenden Couch Platz zu nehmen. James wusste ja, dass die Brüder nicht das Beste Verhältnis zueinander hatten, aber irgendein Rädchen in dieser Familiendynamik verstand er noch nicht.

Nathan hatte Callie mittlerweile einen Arm besitzergreifend um die Taille gelegt. Die andere Hand lag auf ihrem Oberschenkel und hätte James es nicht besser gewusst, hätte er vermutet, Nathan wöllte Myles eifersüchtig machen.

„Nathan." funkelte der seinen kleinen Bruder an.

„My." James sah den älteren Holland zusammenzucken.

„Solltet ihr nicht erst morgen ankommen?"

„Aber dann hätten wir ja den ganzen Spaß verpasst, dich zu überraschen."

„Wie lange geht das schon wieder?" fragte Myles angewidert, während sein Finger zwischen Nathan und Calliope hin und her schwankte - er meinte offensichtlich die Beziehung der Beiden. Nathan schützte vor nachzudenken „mhm, 6 Stunden, 17 Minuten - so circa."

„Darf ich euch daran erinnern in welchem Fiasko das letztes Mal endete?"

„Darf ich dich daran erinnern, dass wir beide erwachsene Menschen sind die eigene Entscheidungen treffen, die dir nicht gefallen müssen? Ich glaube du hast in deinem eigenen Privatleben genug aufzuräumen, Myles!" Callies Ton war angesäuert.

„Immerhin werfe ich mich nicht…"

Das war der Moment in dem Violet genug hatte. „Judith, wir zwei gehen jetzt nach oben, du musst dein Kleid noch ein Mal anprobieren und sicher willst du auch erst ein Mal auspacken.

Myles, Nathan - ihr zwei geht nach draußen. Ich weiß ohnehin dass ihr heimlich raucht, also nutzt diese Unsitte ein Mal sinnvoll und klärt diese Unstimmigkeiten. Graham, du gehst bitte und stellst sicher, dass du für morgen alle Sachen bereit liegen hast. Ich kann an meinem Hochzeitstag nicht noch einen hektischen, schottischen Dickschädel gebrauchen.

Calliope, du bleibst bei James und ich weiß du wirst eine absolut einwandfreie Gastgeberin sein, nicht wahr kleine Lady?"

Ohne eine Antwort abzuwarten drängte sie Judith in Richtung Tür und zu James großem Erstaunen war er nur Sekunden später mit Callie allein im Raum. Er lächelte sie etwas schief an. „Erm, ja, tut mir leid das du jetzt dazu verdonnert wurdest mich zu bespaßen."

Sie lächelte und kam vom Sofa zur Sitzgruppe. Mit angezogenen Knien nahm sie in Grahams Sessel Platz und sah ihn fragend an „Wer ist am Zug?"

Nach einer Weile konnte James seine Neugier nicht mehr zurück halten. „Kann ich dich etwas fragen?"

Sie sah auf „Klar."

„Warum nennen dich Alle hier kleine Lady oder Mylady?"

„Weil ich eine bin. Lady Calliope Aileen Campbell - Cousine des 13. Duke of Argyll, stets zu Diensten." Sie täuschte eine Verbeugung mit ihrer Hand an.

„Das klingt nicht so als wärst du das gern."

„Du hast auch Titel James - du bist Dr. Waterson, richtig?"

„Ja, und?"

„Hast du den Titel schon gehabt, als du auf die Welt gekommen bist? Nein, du hast ihn dir erarbeitet und wenn ich es richtig verstanden habe, dann sogar hart. Und du hast den Respekt, den die Leute dir zukommen lassen verdient und dafür mit Schweiß und Tränen bezahlt. Ich habe diesen Titel seit ich denken kann, ich habe nichts dafür getan und werde mein ganzes Leben lang gezwungen sein, mich „seiner würdig“ zu erweisen. Und für was? Niemand fragt nach meinem Universitätsabschluss, nach der Arbeit die ich mache oder ob der Erfolg, den wir haben, hart erarbeitet ist. Keiner erwartet von einer „Lady“, dass sie in der Hochsaison 10 Stunden am Fließband steht und Etiketten klebt oder im Winter bei Minusgraden Schnee schaufelt, um die Dächer der Lagerhallen zu entlasten. Dafür hat eine Lady Personal zu haben. Und es ödet mich an, James, den Vorstellungen und Wünschen anderer Menschen entsprechen zu müssen. Klar ist es von Vorteil Geld zu haben und natürlich macht es ab und an auch Spaß eine Lady zu sein und zu gesellschaftlichen Events eingeladen zu werden. Und ja, ich habe einen Vorteil für unsere Firma daraus gezogen, weil ich unsere Bekanntschaften ausgenutzt habe. Aber wenn ich es mir aussuchen könnte, wäre ich lieber nur Callie Campbell, die Frau mit der Whiskyfirma. Und Lady nennen mich Alle nur um mich zu ärgern oder in Nathans Fall wenn er sauer auf mich ist.“

„Oh, okay.” James war für den Moment kurz sprachlos - eine echte Lady? Irgendwie konnte er das nicht so richtig mit der Frau verbinden, die vor ihm saß. Und was sie ihm ebenso selbstverständlich erzählt hatte. Das kam ihm irgendwie auch sehr bekannt vor - gütiger Himmel, Nathan und Calliope passten wirklich zueinander.

Callie grinste ihn an. „Na immerhin nimmst du das besser auf als Nathan, der wollte mich am liebsten vierteilen." Sie seufzte leise. „Ich glaube das war auch ein Grund, warum er dann das Weite gesucht hat. Er kann es nicht leiden, wenn man ihm etwas vorenthält, oder?"

„Es treibt ihn die Wände hoch um genau zu sein." James lachte, verstummte aber als ihm ihr Gesichtsausdruck gewahr wurde. „Alles in Ordnung?"

„Ja. Denke ich. Es ist etwas kompliziert zurzeit. Gestern war noch alles klar - Nathan wollte mich nicht und ich konnte mich auf mein Praktikum in den USA freuen und heute… möchte ich am liebsten nicht fahren." Sie rieb sich über die Stirn.

„Du liebst ihn." Keine Frage, eine Aussage.

Callie verzog gequält das Gesicht. „Gott steh mir bei, ja das tue ich."

„Gut. Er verdient jemand, der ihn zu schätzen weiß."

Unter Callies erstauntem Blick tätigte James seinen nächsten Zug. „Schach."

Abschied auf Zeit

Von der eigenen Mutter auf die Terrasse verbannt, war Myles' s Gesprächseröffnung nicht gerade von Herzlichkeit geprägt. „Wenn du sie wieder verletzt bringe ich dich höchst persönlich um." zischte er seinen kleinen Bruder an. Der hob nur provokant die Augenbraue „Spricht da jetzt der große Stiefbruder oder der Möchtegern-Liebhaber zu mir?"

Myles fuhr erbost herum „Ernsthaft, Nathan. Schau sie dir an - weiter 15 Kilo abzunehmen überlebt sie nicht."

„mhm" Ein Feuerzeug leuchtete auf, gefolgt von zwei glimmenden Punkten auf der Hollandschen Veranda. Ein kurzer Moment des Waffenstillstands zwischen den beiden Brüdern, die neben einander an der Hauswand lehnten. Nathan konnte Myles Besorgnis verstehen, aber es würde garantiert nicht so weit kommen, dass er das laut aussprach. Dafür mischte sich sein älterer Bruder zu gern in Dinge ein, die ihn nichts angingen.

„Was macht das Eheleben?" fragte Nathan nach einer Weile. Myles schnaubte ungläubig „Als ob du das nicht schon längst wüsstest."

Natürlich wusste Nathan es. Myles hatte Judith nur geheiratet, weil es seiner Karriere förderlich war. Und ihrer, das sei der Ehrlichkeit halber dazu gesagt. Aber verliebt waren die Beiden nie gewesen. Nathan war sich nicht ein Mal sicher, ob die Beiden die Ehe je vollzogen hatten. Fragend sah er seinen Bruder an

„Wie lange willst du diese Farce dann noch aufrecht erhalten?“ Myles Blick war starr gen Himmel gerichtet und der ältere Holland antwortete für eine ganze Weile nicht. Nathan rechnete schon nicht mehr mit einer Antwort als Myles leise sagte

„Maximal ein Jahr. Meine Beförderung ist nur noch reine Formsache und ich will Judith die Chance auf einen Mann und Kinder lassen, solange sie noch Mitte 30 ist. Das ist ihr gegenüber nur fair.“

„Dir ist bewusst, dass sie nicht freiwillig gehen wird, oder?“ Nathans Frage traf offensichtlich ins Schwarze, denn Myles atmete mit einem tiefen Seufzen aus.

„Für diesen Fall habe ich ein Druckmittel in der Hand. Vertrag ist Vertrag und sie weiß genau welchen Zweck diese Ehe hatte. Ein glückliches Leben als Familie auf immer und ewig war nie das Ziel.“

„Und dann?“ Die Frage schien Myles zu überraschen, denn er sah nun mit großen Augen auf seinen kleinen Bruder „Was und dann?“

„Was machst du wenn du wieder frei bist und die schickliche Trauerzeit einer Scheidung hinter dir hast?“

„Dann wird sich meine Geduld bezahlt machen.“ Nathan war sich nicht ganz sicher, ob Myles damit seinen Job oder Callie meinte. Dem süffisanten Grinsen nach, könnte durchaus Beides der Fall sein.

„Callie gehört mir.“

„Hoffentlich erinnerst du dich auch in 1 Woche noch daran, Nathan. Oder in einem Monat.“ Myles selbstzufriedenes Grinsen ging Nathan extrem auf die Nerven. „Du hast es vielleicht verdrängt, aber sie hat doch ziemlich eindeutig klar gemacht, dass sie mit dir nie etwas anfangen würde.“ erinnerte er seinen Bruder. Der zuckte nur die Achseln „Wer weiß schon was wird, wenn du ihr ein zweites Mal das Herz brichst?“

Das war genug für Nathan „Weißt du was Myles? Kümmer dich um deinen eigenen Kram! Das zwischen Callie und mir geht dich überhaupt nichts an.“ Erbost schleuderte er den Filter der Zigarette auf den Boden und schloss die Tür zur Küche hinter sich mit wesentlich mehr Schwung als nötig. Myles lächelte leicht, manchmal war sein Bruder viel zu einfach zu beeinflussen.

In der Bibliothek ruckten zwei Köpfe beim verdächtigen Krachen der Verandatür nach oben. „Ich fürchte das Gespräch unter Brüdern verlief nicht so gut.“ Callie zog die Nase kraus.

„Da könntest du Recht...“ James wurde durch einen hereinstürmenden Nathan unterbrochen, der zielstrebig auf Callie zusteuerte und ihre Hand packte. „Du und ich, oben, allein, jetzt sofort!“

„Was? Aber, ich war doch noch nicht fertig und James...“

„Gute Nacht James.“ warf Nathan eben diesem zu.

„Nathan! Was zum Teufel...“

James sah lächelnd zu, wie sein bester Freund eine protestierende Callie aus dem Zimmer zerrte. Nun gut, so wirklich vehement dagegen halten tat sie nun auch nicht. Zu gern hätte er gewusst was Myles angestellt hatte um Nathan so in Rage zu bringen.

Das selbstzufriedene Gesicht des Politikers, der kurz darauf den Raum betrat, hielt ihn davon ab zu fragen. Manche Sachen wollte man in dieser Familie lieber doch nicht wissen.

In ihrem Schlafzimmer angekommen begann Callie einen weiteren Versuch zu protestieren. „Nathan! Was sollte das denn, du kannst doch nicht einfach...“ Der Rest des Satzes sollte niemals ihre Lippen verlassen, denn diese wurden soeben von Nathan stürmisch in Besitz genommen. Seine linke Hand vergrub sich in ihrem Haar und mit der rechten wurde ihr Unterleib gegen seinen gedrückt und *Oh Gott*, er wollte sie und es war viel zu lange her und allein die Erinnerung, was er mit seinen Händen und seinem Mund anstellen konnte machte sie ganz nervös und *OH, ja, sie wollte ihn jetzt! Sofort!*

Nathan brummte kurz auf, als sein Ansturm mit der gleichen Glut erwidert wurde, doch er ließ kein Zeichen von Unmut erkennen. Zittrige Finger machten sich an Hemdknöpfen zu schaffen, eine Hand fuhr unter einen Pullover. Kleidung fiel zu Boden, Hände wühlten in Locken und unterdrücktes Stöhnen zeugte davon, dass jegliche Beherrschung beide längst verlassen hatte.

Ihre Zungen fochten immer noch einen feurigen Kampf und sie wollte mehr - mehr Hautkontakt, mehr Reibung, mehr von ihm, einfach mehr, *mehr, mehr!*

Der Moment, in dem sie sich lösen mussten, um ihren Pullover los zu werden, ließ sie beide aufstöhnen. Sie erhaschte einen Blick in sein Gesicht - Pupillen erweitert, ein Ausdruck in den Augen den man nur als besitzergreifend deuten konnte und ein Wort, dass Alles zum Ausdruck brachte „MEINS!" Der Tonfall in dem er dies hervorstieß, bevor er seine Zähne in ihrem Hals vergrub, schickte ihren Verstand wie ein Vögelchen auf Reisen.

Oh Gott, ja, seins, nur seins, das wollte sie sein.

Wie von selbst öffneten sich Gürtel, rutschen Hosen hinab und fiel Unterwäsche zu Boden. Das Gefühl seiner pulsierenden Härte in ihrer Hand, sein gutturales Aufstöhnen und die zeitgleiche Bewegung rückwärts auf das Bett zu, ließen sie in Mark und Bein erzittern und sendeten eine Welle der Erregung direkt zwischen ihre

Beine. Sie war bereit für ihn, oh so bereit und feucht, das brauchte sie nicht zu überprüfen. Sie wollte ihn in sich, jetzt sofort, hart und heiß und zügellos und *oh ja endlich*, endlich lagen sie auf dem Bett. Bereitwillig öffnete sie sich ihm, gleich, gleich würde er in sie gleiten und sie würde sich endlich wieder vollkommen fühlen und er... zögerte.

Schwer atmend kniete er zwischen ihren Beinen, sein Penis nur Zentimeter von dem Ort, an dem sie ihn so sehr brauchte, entfernt. Er sah sie mit einem wilden Ausdruck an.

„Sag mir, dass du niemals mit Myles schlafen wirst!“ Sie wimmerte vor unerfüllter Lust, kaum fähig einen klaren Gedanken zu fassen. „Sag es mir Cal! Versprich es mir!“ Wie könnte sie ihm das jemals abschlagen? „Niemals! Nur du, ich will nur dich! Ich bin dein, nur dein! Bitte Nathan, bitte...“ flehte sie ihn an.

Offensichtlich war das das Richtige gewesen, denn mit einem Aufstöhnen glitt er bis zum Heft in sie. Ab diesem Zeitpunkt bestand ihre Welt nur noch aus ihm - wie er sich anfühlte unter ihren Fingern, wie er roch und wie er schmeckte und wie er sie so unglaublich perfekt ausfüllte und immer näher an die Erfüllung ihrer Begierde brachte. Es dauerte nicht lange und beide fanden Erlösung, alles um sich herum vergessend, laut und kein bisschen diskret und das war, *oh,* so gut.

Eine ganze Weile später rollte er von ihr herunter und zog sie an seine Brust. Keiner von beiden sprach und Callie schlief mit dem Gedanken ein, dass es wahrhaft schlimmere Dinge gab, als der kleine Löffel für Nathan Holland zu sein.

Keine 50 Stunden später klappte Callie mit einem Seufzen ihren Laptop auf. Wenn sie schon für 10 Stunden auf 15.000 Km Höhe festsaß, konnte sie auch etwas Nützliches tun. Mit einem Lächeln öffnete sie den Ordner mit der Beschriftung „Mom&Dad's Hochzeit".

Die Idee, mehrere Mitglieder des im Ort ansässigen Fotoclubs für den Tag zu engagieren, ging zurück auf Violet. Am Ende waren mehrere tausend Aufnahmen entstanden und Callie hatte sich noch in der Nacht eine Kopie davon geben lassen. Langsam klickte sie sich durch die ersten Bilder.

Das Hollandsche Haus am Morgen.

Violet in ihrem Schlafzimmer, Lockenwickler auf dem Kopf, Callie und Judith daneben, gemütlich frühstückend, lachend, mit einem Glas Sekt anstoßend.

Graham der versuchte seine Krawatte zu binden und wie immer kläglich daran scheiterte. Myles der ihm zur Hilfe eilte.

Und dann Nathan, mit James im Gespräch vertieft, ernst wie so oft.

Nathan...

Callie seufzte. Hätte sie doch nur gewusst wie die letzten drei Tage verlaufen würden! Ihr Flug war mit Absicht so gelegt, dass sie am Tag nach der Hochzeit zeitig zurück nach London musste. Alles mit der Absicht so wenig wie nötig Zeit mit Nathan zu verbringen, wohl wissend, dass sie das Wiedersehen verletzen würde. Und nun, nun war ihnen so wenig Zeit geblieben, viel zu wenig für ihren Geschmack. Manchmal war das Glück wirklich eine Hure! Sie blätterte weiter durch die Aufnahmen.

Die Ankunft der Gäste in der Kirche.

Graham, nervös im Nebenraum der Kirche.

James der sich angeregt mit einer Cousine Nathans unterhielt, sein Mitbewohner spöttisch lächelnd im Hintergrund.

Myles am Handy, wie üblich.

Violet in ihrem Kleid, im Auto zusammen mit Judith und Callie.

Die Ankunft an der Kirche.

Myles der Judith aus dem Wagen half, um anschließend seiner Mutter die Hand zu reichen.

Nathan, der ihr den Arm hin hielt und dabei lächelte.

Oh Gott, wie er sie anlächelte!

Die Blumenkinder, der Weg zum Altar, die beiden Paare zuerst.

Unwillkürlich musste sie an einen Abend im Dezember denken, an dem sie auch an Nathans Arm in einen Saal geschritten war. Nun, dieses Mal waren die schockierenden Neuigkeiten zum Glück ausgeblieben.

Graham am Altar, sein Gesicht als Violet erschien.

Die Zeremonie selbst.

Der Hochzeitkuss.

Glückliche Gesichter der Gäste.

Sie selbst, im Profil, versunken in blau grauen Augen.

Huh, sie hatte gar nicht bemerkt, dass sie fotografiert worden waren. Sie war in diesem Moment so glücklich für ihren Vater gewesen und hatte sich zu Nathan umgedreht und dann…

war sie irgendwie verloren gewesen in seinem Blick, der so viele Nuancen enthielt, dass sie bis jetzt nicht wusste was in ihm vorgegangen war.

Genau diesen Moment hatte der oder die Fotografin festgehalten und Callie konnte nicht anders, sie speicherte das Bild in einem Ordner, der nur für sie bestimmt war. Im Laufe der nächsten Stunden kamen noch dutzende Aufnahmen dazu

Sie und Nathan nebeneinander an der Tafel.

Beim Eröffnungstanz mit ihren Eltern.

Sie beim Halten einer kurzen Rede während er sie dabei ansah.

Der Augenblick, in dem sie sich ein Stück vom Hochzeitskuchen teilten.

Später am Abend, sein Arm um ihre Taille.

Der Moment als sie beide etwas verwuschelt aussehend aus dem Garten auftauchten.

Und schließlich eine Aufnahme, als er sich unbeobachtet gefühlt hatte und sie geküsst hatte.

Sie seufzte leise und öffnete Bild Nummer 7038. Schon beim ersten Sehen hatte sie gewusst, dass dies ihr Lieblingsbild werden würde.

Es zeigte sie beide, einander im Gespräch zugewandt, ihre Hand in seiner, während sie mit der anderen eine Locke aus seiner Stirn strich. Man sah nur ihre Profile und doch drückte es Alles aus, was sie sich von einer Beziehung mit Nathan wünschte - Zuneigung, Vertrauen und Ebenbürtigkeit.

Ihr Magen machte einige komische Verrenkungen und so gern sie den Piloten dafür verantwortlich gemacht hätte, sie wusste dem war nicht so. Sie war diesem unmöglichen Mann mit Haut und Haaren verfallen und sie hatten nur 3 Tage miteinander gehabt.

3 verdammte Tage! Wovon sie den ersten gebraucht hatten, um sich überhaupt klar zu werden, dass sie Beide das Gleiche wollten. Den zweiten hatten sie fast ausschließlich im Bett verbracht und der dritte war der Hochzeitstag ihrer Eltern gewesen. Nathan hatte sie am heutigen Morgen zum Flughafen begleitet. Es war, ja, bittersüß gewesen. Sie wollte nicht gehen und schlimmer noch, sie wusste es würde Alles anders sein, wenn sie zurück kam. In wenigen Stunden würden sie 6736 km trennen und das war noch nicht ein Mal das Schlimmste.

~~~

James gähnte herzhaft. Die Nacht war verdammt kurz gewesen und das hatte er Nathans Cousine Tonja zu verdanken. Nicht das er sich beschweren würde, nicht im Geringsten. Vielleicht sollte er öfters auf Hochzeiten vorbei schauen - gab es da nicht sogar einen Film der sich mit diesem Thema befasst hatte? Nathans Räuspern neben ihm brachte ihn in die Wirklichkeit des
~~~

Flughafengebäudes von Heathrow zurück. „Wir können gehen." erklärte sein Freund und rauschte mit wehendem Mantel an ihm vorbei.

„Ich uh... ok." James schüttelte sich kurz und beeilte sich dann Schritt zu halten. Er folgte Nathan aus dem Gebäude zum nächsten Taxi. Während der Fahrt beobachtete er, wie Nathan mit starrem Blick aus dem Fenster sah. Anscheinend nahm ihn das doch mehr als erwartet mit. „Nathan? Ist alles in Ordnung?"

„Natürlich, was soll denn nicht in Ordnung sein James?" Der erstaunte Blick seines Gegenübers hätte ihn eigentlich nicht verwundern sollen, offensichtlich hatte Nathan beschlossen so zu tun, als würde ihm der Abschied nichts ausmachen.

„Naja, ich dachte nur, jetzt da sie weg ist könntest du vielleicht... naja... traurig sein."

„Ich bitte dich, James, es sind 6 Monate. Es ist ja nicht so, als wäre sie tot. Und dank der heutigen Technik ist Kontakt zu halten nicht wirklich eine große Herausforderung - oder wie Callie so schön sagte ‘Uns bleibt immer noch Skype.’ "

„Ja schon, aber, das ist doch nicht das Gleiche als wenn man sich sehen würde und ähm andere Dinge tun könnte." Na klasse, jetzt wurde er auch noch rot! Nathans Blick zeigte milde Herablassung. „Ich bitte dich, James, ich habe jahrelang ohne ‘andere Dinge’ gelebt, da wird es wohl ein halbes Jahr auch funktionieren."

Und zu James großem Erstaunen tat es das tatsächlich - für eine Weile.

Es war April - Tag 6 nach der Hochzeit von Nathans Eltern, als James missmutig nach Hause kam.

Der Tag war schlecht verlaufen, in seiner Praxis häuften sich die Erkältungsfälle und eine seiner Sprechstundenhilfen war auch noch ausgefallen. Warum zum Teufel konnten sich die Leute nicht der Witterung entsprechend kleiden? Nein, man musste ja im T-Shirt herum laufen sobald sich die Sonne kurz blicken ließ, nur um dann im nächsten Regenschauer keinen Schirm zu haben - und das in London! James war genervt. Zu allem Überfluss hatte der Einkauf auch noch ewig gedauert, weil die ältere Dame vor ihm alles in Kleingeld bezahlen musste. Wenn Nathan nun auch noch einen seiner anstrengenden Abende hatte, war er geliefert. Mit dem Schlimmsten rechnend schloss er die Wohnungstür auf.

Gekicher tönte aus dem Wohnzimmer. *GEKICHER?!?*

James linste um die Ecke und sah - Nathan vor seinem Laptop. Aber wer zum Teufel hatte denn gekichert? Da war es schon wieder und James Verwirrung wurde aufgelöst als Callies Stimme aus dem Lautsprecher ertönte

› Jetzt benehmt euch endlich, ihr Hühner! ‹

AHHH - Skype also.

Während er die Einkäufe in der Küche ausräumte verfolgte James das Gespräch.

› Sie wollten dich unbedingt sehen...‹ Callies Augenrollen konnte man quasi hören.

Nathan lachte leise „Und? Sind sie jetzt zufrieden?“

› Ich kann ja mal fragen. Mädels? Seid ihr jetzt zufrieden? ‹ antwortete der Laptop/Callie.

› JAHAA! Ich hab ihn nicht gesehen, Monica stand im Bild! Kann er Mal näher kommen? Susen hat gesagt er hätte schöne Augen. ‹ Die Stimmen mehrerer junger Frauen waren zu hören, eine lauter, die anderen leiser. Ach ja, Nathan hatte ihm erzählt, dass Calliope in einem Haus mit anderen Praktikantinnen wohnte.

› OH GOTT, also wirklich, er ist doch kein Zuchtbulle den ihr angaffen könnt! ‹ Eindeutig Callie, James musste grinsen.

› Gelächter im Hintergrund. ‹

Nathan hatte ein spitzbübiges Grinsen als er fragte „Ich habe also schöne Augen, ja?“

› NATHAN! Jetzt ermutige sie doch nicht noch! ‹

› Gekicher. ‹

› SO! Das reicht, ich gehe in mein Zimmer. Irgendwo muss man ja Mal ungestört telefonieren können. ‹

› Machs gut Süßer! Bis bald! ‹

› ARGH! ‹

Durch den Lautsprecher waren Schritte zu hören bevor eine Tür ins Schloss fiel. › Also wirklich, ich bin zu alt um mit so vielen Mädchen unter einem Dach zu wohnen. ‹ beschwerte sich Callie.

„Ich fand es erheiternd.“

› Du bist ja auch unmöglich! ‹

„Wohl wahr.“

Callies Lachen klang entspannt.

„Also bist du gut angekommen?“ fragte Nathan.

› Ja, Alles gut. Sie sind eigentlich auch alle nett - nur halt etwas jung. Aber es ist schön nicht ganz allein wohnen zu müssen. Shelbyville ist jetzt nicht wirklich spannend. Und bei euch, alles gut? Keine spannenden Fälle zu lösen die deine kostbare Zeit in Anspruch nehmen? ‹

„James's schlechte Laune wegen der Erkältungszeit ist momentan das Aufregendste hier...“

Lächelnd verließ James die Küche um sich umzuziehen, Nathans Beschwerden über sich selbst musste er nicht hören. In den folgenden Wochen hatte er noch öfter das Vergnügen in Gespräche zu platzen. Mittlerweile kannte selbst er die Mitbewohnerinnen Callies beim Namen- Susen, Monica, Deirdre und Fabia, welche ihn sehr süß fand. James wäre geschmeichelt gewesen, hätte sie ihn nicht als Justin Bieber mit Muskeln bezeichnet.

Die Mädchen hatten die Angewohnheit, auch ohne Vorankündigung ins Zimmer zu platzen, was Callie regelmäßig zur Weißglut brachte und Nathan zu Heiterkeitsausbrüchen und frechen Bemerkungen über ihre Mutterrolle im Haus verleitete. Das führte zu weiteren Wortgefechten, die beide genossen. Manchmal hatte James das dringende Bedürfnis die beiden Dickschädel mit dem Kopf zusammen zu schlagen.

Der April brachte kaum Fälle, die Nathan intellektuell forderten und James Mitbewohner wurde immer unleidlicher. Eines Morgens kam es zu einem Streit um die richtige Dosierung von Milch im Morgentee - den James genauso wie in den letzten 3 Jahren auch gekochte hatte. Nur heute empfand ihn Nathan als zu mild.

„Und überhaupt, wer soll von der Plörre denn richtig munter werden, da ist ja jeder Pfefferminztee stärker!“ ätzte sein Mitbewohner.

James hatte langsam die Nase voll „Weißt du, mach ihn dir doch selbst, wenn es dir nicht passt. Seit deine Freundin nicht mehr im Land ist, bist du eine richtige Nervensäge.“

„Sie ist nicht meine Freundin! Und das hat gar nichts mit deinen miesen Küchenfähigkeiten zu tun!“

„Ach ja? Die haben dich die letzten Jahre auch nicht

gestört. Und sie ist deine Freundin und du bist nur so zickig, weil du sie vermisst."

Nathan warf die Arme theatralisch nach oben „Du hast doch überhaupt keine Ahnung, Mann!"

„Schon klar. Keiner außer dir weiß Bescheid, nur du hast die Weisheit mit Löffeln gefressen!" James war schon an der Tür angekommen, als er hinzufügte „Kleiner medizinischer Tipp unter Freunden - Ab und zu masturbieren hilft ungemein Stress und Druck abzubauen." Damit verließ er die Wohnung. Hätte er geahnt, in welche Situation er am Abend stolpern würde, hätte er lieber seinen Mund gehalten.

James hatte an diesem Abend ein Date mit Nathans Cousine Tonja und den Streit vom Morgen schon vergessen. Tonja war recht nett und James lang genug Single um das Risiko einzugehen, eine Frau mit Nathan zu konfrontieren – sie war außerdem weitläufige Familie von Nathan, sie sollte es überstehen. Nichts ahnend hatte er die Frau mit nach Hause genommen. Nun, offensichtlich hatte Nathan seinen Rat angenommen. Noch offensichtlicher war, dass er dazu Callies Hilfe in Anspruch genommen hatte. Und davon ausgegangen war, dass James und Tonja noch eine Weile unterwegs waren. Auf alle Fälle saß Nathan im Wohnzimmer und war sehr beschäftigt, als James und Tonja zur Tür herein kamen. Tonja kreischte, Callie bekam einen Lachanfall, Nathan behauptete dreist, dass er nur die Anordnung seines Arztes namens Dr. Waterson befolgte und James war mehr als peinlich berührt. Wenn das so weiter ging, würde er im nächsten halben Jahr keine Frau nach Hause mitnehmen können, ohne die Gefahr einer Wiederholung zu haben.

Die folgende Woche brachte endlich Entspannung und einige „gute" Mordfälle für Nathan, der gern auch mal neben seiner eigentlichen Arbeit die Indizien durch ging. Dazu die überraschende Erkenntnis, dass er einige Fälle mit Callie besprach.

„Hast du dir die Zahlen angesehen?"

› Ja, aber es sieht soweit alles normal aus. Bis auf die Zahlen des Werbeetats. Die sind für ein Unternehmen mit dem Umsatz und der Marktdurchdringung viel zu hoch.

Gut, man könnte annehmen, es wurde einmalig viel investiert um einen großen Bekanntheitsgrad zu erreichen, aber erstens ist das bei mehreren Jahren in Folge unwahrscheinlich und zweitens hätte es dann irgendeinen Effekt auf die Umsatzzahlen haben müssen. Die sind aber stabil geblieben und nur im normalen Rahmen gewachsen. Und wenn man im Netz sucht, finden sich keinerlei Hinweise auf eine große mediale Präsenz oder etwas anderes, dass die hohen Werbekosten rechtfertigen könnten. Ich denke, da ist etwas nicht ganz koscher. Genau genommen riecht es verdächtig nach Geldwäsche. ‹

„MBA in Marketing und Wirtschaft, ja?"

› Na zu irgendetwas muss er doch gut sein - und wenn es nur zum Aufklären eines Mordfalles hilft. ‹

„Das ‚nur' habe ich jetzt aber überhört, Fräulein."

› Oh, werden wir empfindlich, Liebling? ‹

„Mach weiter so und ich bestrafe dich mit 2 Tagen Telefonentzug!"

› Nice try, aber ich bin ohnehin 2 Tage nicht erreichbar. ‹

„Was? warum nicht?"

› Weil ich mit den Mädels übers Wochenende nach Memphis fahre. Jedes Wochenende allein zu Hause rumsitzen ist auch blöd, wenn ich schon in der Gegend bin. Also werde ich mir Graceland und den Rest ansehen, während die jungen Hüpfer shoppen gehen und mit ihren Freunden schmusen. ‹ Callie klang ein wenig traurig.

„Cal..." Nathan seufzte leise.

› Ich vermisse dich. ‹

„Ich dich auch. Aber ich finde es gut das du wieder etwas zugelegt hast."

› Gott, Nathan, du bist so unromantisch! ‹

Mitte Mai wurde James bewusst, dass Nathan Calliope wirklich zu vermissen schien. Selbst wenn er einen Fall hatte, fand sein Mitbewohner einen Grund, um Callie anzurufen oder ihr zumindest kurz zu schreiben. Die Tage, an denen sie nicht gleich antwortete, waren äußerst anstrengend und James wurde es langsam leid. So beiläufig wie möglich versuchte er eines Morgens beim Zeitunglesen sein Glück. „Nathan, bist du mit dem amerikanischen Bürgerkrieg vertraut?"

„Himmel James! Versuchst du dich wieder an einem der Kreuzworträtsel? Lass es lieber sein!" kam es patzig zurück. *Ruhig, James, bring ihn nicht um!*

„Weißt du, ob es einen Gedenktag dazu gibt?" fragte James so beherrscht wie möglich.

„Am letzen Montag im Mai ist der Memorial Day, zu Ehren der im Krieg für das Vaterland Gefallenen. Er ging ursprünglich auf den Bürgerkrieg zurück, wurde aber nach dem Ersten Weltkrieg auf alle im Krieg gefallenen ausgeweitet. Noch irgendwelche wichtigen Informationen, mit denen ich dich heute Morgen erhellen kann?"

„Der letzte Montag im Mai ist nächste Woche." bemerkte James so beiläufig wie möglich. Nathan sah nicht ein Mal von seiner Morgenlektüre auf „Ja, und?"

„Callie hat also ein verlängertes Wochenende. Und du noch jede Menge Resturlaub."

-STILLE-

Gefolgt von einem hektisch zurückgeschobenen Stuhl, einem Nathan der mehr oder weniger ins Wohnzimmer stürzte und seinen Laptop aufklappte. 20 Minuten hastiges Tastengeklapper später ließ ein mit sich selbst zufrieden aussehender Nathan ganz beiläufig fallen „Ich verreise nächste Woche für ein paar Tage."

„mhm." brummte James nur und versteckte sein Lächeln hinter dem Sportteil des Daily Mirrors.

Ein Finger drückte die Mitte der Zeitung nach unten und Nathans grau-blaue Augen sahen ihn an „Danke, James."

„Dafür sind Freunde doch da."

Wiedersehen mit Überraschung

Wie auch nur irgendjemand diese Tortur ohne bleibende Schäden überleben konnte, war Nathan ein Rätsel. 14 Stunden Langeweile, eingepfercht zwischen nervigen Touristen und diesen furchtbaren Stewardessen.

Vor dem Tod aus geistiger Eintönigkeit hatte ihn sein Sitznachbar gerettet. Er sah ein bisschen aus wie James, blond, schlank, aber wesentlich kleiner als Nathan. Was vermutlich auch daran lag, dass er erst 10 Jahre alt war. Jedenfalls trug er ein Star Wars T-Shirt und langweilte sich genauso wie Nathan. Er hatte den Platz am Gang und musste sich jedes Mal klein machen, wenn Nathan zur Toilette musste oder sich die Füße vertreten wollte. Der Junge stöhnte nach Nathans drittem Aufstehen genervt auf, als der langbeinige Mann sich schon wieder an ihm vorbeizwängen wollte. Nathan ließ eine Bemerkung darüber fallen, dass nicht jeder so klein wie Kenny Baker sein könnte. Was ihm einen kritischen Blick und eine 30 minütige Diskussion über R2-D2 bescherte. Kenny Baker war schließlich der Mann gewesen, der im R2-D2 Kostüm gesteckt hatte.

Die anschließende Frage ob er Schach spielen könnte, denn ‹ keiner will sonst mit mir spielen weil ich immer gewinne › beantwortete Nathan etwas zögerlich mit ja, die

Frau neben dem Kleinen beäugte ihn kritisch. Er spielte 2 Stunden Schach mit seinem neuen Freund Timothy und die Blicke der Mutter des Jungen wurden im Laufe der Zeit weniger irritiert. Sie nahmen schon fast amüsierte Züge an, als die Frage, ob jemand Schokolade möchte, von zwei Personen mit enthusiastischem › JA ‹ beantwortet wurde.

Timothy hatte sich am Flughafen von ihm verabschiedet, was Nathan im Nachhinein schon fast peinlich war. Der kleine Kerl hatte seine Arme um ihn geschlungen und Nathan war so perplex gewesen, dass er ihm nur durch die Haare gewuschelt hatte und sich verabschiedete.

Kinder waren...anders. Nicht zum ersten Mal fiel ihm auf, dass er mit der Ehrlichkeit von Kindern besser klar kam, als mit den armselig verschleierten Manipulationsversuchen so mancher Erwachsener. James würde wohl sagen, er sei selber ab und zu noch ein sehr großes Kind.

Ah, apropos James. Im Taxi sitzend zückte Nathan sein Handy um James eine SMS zu senden.

Auf dem Weg vom Flughafen. Langstreckenflüge sind entsetzlich frustrierend. – Nathan

Gut. Ist es noch immer eine Überraschung? – James

Ja. – Nathan

Dann viel Spaß und tu nichts, dass ich nicht auch tun würde. – James

Also bitte James. Wir wissen Beide, dass Tonja keine 10 Minuten nach meiner Abreise vor unserer Tür stand. – Nathan

Idiot. ;) - James

Lächelnd steckte Nathan das Telefon in seinen Rucksack. Seinen geliebten Mantel hatte er in London gelassen, das Wetter in Tennessee war mit fast 30 Grad einfach zu warm dafür. London war da weit angenehmer im Sommer. Callie hatte ihm erzählt, ihr Haus hatte einen Pool im Garten. Nun, wenn ihre ganzen Mitbewohnerinnen über das Wochenende verreisten, könnte das ganz angenehm werden. Die Stimme des Fahrers riss ihn aus seinen Gedanken, er war am Ziel angekommen.

Das Haus war gelinde ausgedrückt imposant. Südstaatenstil, definitiv mehrere hundert Jahre alt. Nicht dass er sich wunderte, alle Bewohnerinnen dieses kleinen Anwesens waren Töchter von reichen Familien - und Callie war ja schließlich keine Ausnahme. Er ging die Auffahrt nach oben, als die Eingangstür aufschwang.

„Oh mein GOTT! Du bist doch nicht wirklich Callies Freund oder?! Sie hat gar nichts gesagt, dass du kommst!"

Nathan grinste breit und zuckte mit den Schultern „Sie weiß es nicht, äh, Monica."

„Deirdre." korrigierte sie ihn, aber überging seinen Fauxpas und zerrte ihn mehr oder weniger ins Haus. „Oh man, sie wird umfallen, das sag ich dir! Du solltest sie sehen, unglaublich! Und sowieso längst Zeit, dass du dich blicken lässt, sowas verpasst man doch nicht, du solltest dich schämen!" plapperte die junge Frau munter auf Nathan ein. Der war etwas geplättet von ihrem recht einnehmenden Wesen „Äh, bitte was?"

„Jaja, jetzt tu nur so als ob du kein Wässerchen trüben könntest! Monica!! Schau mal wer hier ist um Callie zu überraschen!" rief sie plötzlich in eines der Zimmer, dessen Tür zum Flur offen stand.

„Oh! Ist das etwa?" kiekste eine weitere junge Frau und kam aus dem Zimmer geeilt.

„the one and only! Wo steckt die Matrone denn?“ lachte Deirde.

„MATRONE?!“ brachte Nathan etwas erstickt heraus. *Was zum Teufel ging hier vor?* Monica grinste ihn an. „Ja, das ist ihr Spitzname, weil sie uns hier alle bemuttert. Naja, normal in dem Alter wahrscheinlich. Aber sag das bloß nicht zu ihr, sie hasst es! Sie ist in ihrem Zimmer vermute ich. Zumindest hat sie vorhin einen Wäschekorb in diese Richtung geschleppt. Ich glaub sie kann es kaum erwarten, wenn wir endlich alle weg sind.“

„Na, jetzt ja wohl erst Recht nicht!“ Deirdre kicherte schon wieder und Nathan fragte sich ernsthaft welche engelsgleiche Geduld Callie haben musste, um das seit 2 Monaten auszuhalten. Er räusperte sich vernehmlich. „Wo bitte geht's denn zu ihrem Zimmer? Wenn es den Damen nicht zu viele Unannehmlichkeiten bereitet.“ versuchte er sein Glück mit englischem Gentleman-Charme. Zwei Augenpaare starrten ihn an.

„Er hat wirklich eine sexy Stimme.“

„Nichts im Vergleich zu diesen Augen!“

Oh Gott, womit hatte er das verdient?!

Immerhin wurde er jetzt in einen der seitlichen Flure buxiert und bis zu einer großen Tür geführt. Deirdre klopfte leise und öffnete dann die Tür soweit, dass ihr Kopf hindurch passte. „Callie?“

„Ich bin im Schlafzimmer!“ ertönte eine nur zu bekannte Stimme. Nathans Magen machte eine ziemlich seltsame Bewegung. Fast wie Hopsen. Unglaublich albern.

Deirdre nahm die Antwort offenbar als Zeichen in den Raum zu treten und bedeutete Nathan ihr zu folgen. Monica stoppte ihn in Mitten eines Raumes, der offensichtlich Callies Wohnzimmer war. Er hatte ihn schon per Video gesehen. Große Fenster ließen hellen

Sonnenschein in den Raum fallen, der aus irgendeinem Grund wirklich wie Callies Besitz aussah. Ein großes Sofa im Raum ließ den Gedanken aufkommen, wie es wohl aussehen würde, wenn Callie sich dort im Sonnenschein nackt unter ihm...

„... du hast Besuch." riss ihn aus diesem sehr, sehr angenehmen Tagtraum.

„Oh Gott, wenn es wieder dieser Sean von Arbeit ist, weißt du genau dass ich ihn nicht sehen will, De! Ich dachte, ich habe endlich mal ein ruhiges Wochenende ohne euch Quälgeister."

„Ach, du willst doch nur stundenlang mit deinem Freund skypen und ihn anschmachten."

„Das liegt durchaus im Bereich des Möglichen." Callie klang amüsiert.

„Na, das wird wohl nichts werden." war Monicas Kommentar.

„Ach ja, und warum nicht?" Das Klappern von Türen und Schubladen zeugte davon, dass sie gerade irgendetwas ein oder ausräumte.

„Na" Deirdres Stimmer hatte etwas Triumphierendes inne „Weil er in deinem Wohnzimmer steht und du ihn direkt anschmachten kannst." Eine Tür knallte plötzlich, als wäre sie jemandem aus der Hand geglitten.

„Wobei ich bezweifle, dass du mit Anschmachten viel Zeit verbringen wirst." witzelte Monica.

Nathan nahm an, dass nun der Moment gekommen war, um Callie von diesen zwei Plagegeistern zu erlösen. Er trat durch die geöffnete Tür. Da war sie, seine Callie, so seltsam das auch immer noch für ihn klang. Sie stand vor einem Schrank, ihm den Rücken zugewandt und starrte ihn entsetzt durch den Spiegel eben jenes Möbelstückes an. Sie hatte wirklich wieder etwas zugenommen, aber das störte ihn nicht, schließlich war er ihr in eben jener Form verfallen. Was ihn störte war die absolut verkrampfte Haltung, die sie inne hatte.

„Callie“ brachte er mit einer Stimme zu Tage, die selbst für ihn sehr tief klang. Ihre Augen weiteten sich wie im Schock und sie umklammerte das Handtuch in ihren Händen so fest, dass ihre Knöchel weiß wurden. Er hatte eigentlich etwas anderes erwartet als Entsetzen über seine Anwesenheit. „Cal?“ fragte er noch einmal sanft, sie sah aus wie ein Reh im Scheinwerferlicht.

Hinter ihm kicherte es „hihi, schau nur, sie ist total von den Sock“

„RAUS! Alle beide! Und schließt die Tür hinter euch!“ fuhr sie ihre Mitbewohnerinnen an.

„Was? Aber“

„Verlasst mein Zimmer.“ Callies Stimme verriet nur mühsam beherrschte Ungeduld, das fiel sogar den beiden Mädchen auf. Fluchtartig verließen sie den Raum. Nathan war irritiert. So hatte er Callie noch nie erlebt, so beherrscht und kalt. Was zum Teufel war hier los?

„Cal? Kannst du mir bitte verraten was los ist?“ Er machte einen Schritt in ihre Richtung, wurde aber durch ihr ziemlich harsches „BLEIB DA STEHEN!“ ausgebremst. Durch den Spiegel konnte er ihre Mimik sehen und was er erblickte, gefiel ihm gar nicht - sie wirkte niedergeschlagen, sogar resigniert und... ängstlich.

Seine Callie hatte nie Angst! Und erst Recht nicht vor ihm. Irgendetwas stimmte hier ganz und gar nicht und er hatte das dumme Gefühl, es würde in Kürze sehr unangenehm werden. Mit angehaltenem Atem beobachtete er, wie sie kurz die Augen schloss und tief Luft holte, bevor sie die Augen wieder öffnete und zu sprechen anhob. Sie sah ihn nicht an und nestelte am Rand des Handtuches herum und er wusste genau, dass das nichts Gutes verhieß.

„Ich..." hob sie an und musste schlucken „Es tut mir leid." *Oh Gott.*

„Ich hätte es dir längst sagen müssen. Aber ich wusste nicht wie und über Skype macht man so etwas nicht und..." Sie klang so gequält! Was hatte sie nur getan?

„Es war nicht geplant, also nicht wirklich und ist einfach so passiert..."

OHH, oh OK, waren das nicht genau die Worte, die in James schnulzigen Filmen die Einleitung zum Geständnis einer Affäre waren? Hatte sie ihn betrogen?

„Ich weiß, du wirst mir das nie verzeihen..."

Sie hatte ihn betrogen! Die Erkenntnis schmerzte mehr als Alles andere, das er bisher erdulden musste. 2 Monate und sie hatte es nicht geschafft ihm treu zu bleiben?!

„Hast... hast du einen anderen Mann in deinem Leben, Calliope?" brachte er mühsam hervor. Ihre ganze Statur sackte zusammen. Volltreffer. Nur machte Recht haben, dieses Mal keinen Spaß. „Wenn du es so ausdrücken willst... ja." flüsterte sie kaum hörbar.

„Na dann wünsche ich dir viel Spaß mit deinem Liebhaber für die nächsten paar Wochen, wer weiß wie lang das halten wird, bei deiner Umtriebigkeit!" schleuderte er ihr entgegen. Es tat so weh und sie sollte auch leiden! Sie zuckte zusammen, als hätte er sie geschlagen, doch ihre zarten Gefühle interessierten ihn gerade überhaupt nicht. „Nathan, du hast da etwas falsch verstanden..." setzte sie an.

„Na, das glaube ich eher nicht. Du hast einen neuen Mann in deinem Leben, also werde ich wohl nicht mehr gebraucht und da du mich so schnell ersetzen konntest, wird das mit ihm wohl auch kein Problem sein. Leb wohl Callie." brachte er hervor und wandte sich ab um zu gehen. *Gott, das schmerzte!*

Genau deshalb war Nathan Holland nicht für Beziehungen geschaffen! Warum nur hatte er das vergessen und sich auf diese Farce von Beziehung eingelassen?

„WARTE!“ rief sie ihm nach. Er verfluchte sich selbst, dass sie immer noch genug Macht über ihn inne hatte, um ihn zum Halten zu bewegen.

„Ja, es gibt einen neuen Mann in meinem Leben. Aber dieser Mann“ sie drehte sich zu ihm um und ließ das Handtuch fallen. Ihre Hand wanderte zu dem kleinen Bäuchlein, das sich unter ihrem Shirt abzeichnete „ist dein Sohn.“

Da stand sie nun und wartete auf seine Reaktion, irgendeine Reaktion um genau zu sein.

Verdammt, genau das hatte sie nicht gewollt! Aber andererseits - es war unvermeidbar gewesen und das er nicht jubeln würde war auch von Anfang an klar gewesen. Aber nicht zu wissen, wie genau diese Konfrontation enden würde...

Nun, eigentlich wusste sie doch ganz genau wie es enden würde. Sie war realistisch genug um sich mit dem Thema alleinerziehende Mutter beschäftigt zu haben. Nichts was sie nicht schaffen würde. Und dennoch wäre es ihr natürlich anders lieber. Wenn er doch nur endlich aufhören würde sie anzustarren und etwas sagen würde! Irgendetwas. *Bitte Nathan, sag etwas.*

Sein Blick war mehr als hart als er von ihr forderte „Sag mir dass es ein Unfall war!“ Nun, scheiße, wenn das kein super Einstieg in die Sache war! Wenn er schon so anfing konnte das ganze ja nur angenehm werden...

„Es war kein Unfall.“ flüsterte sie. Das war es wirklich nicht und sie würde Jedem an die Gurgel gehen, der es wagte ihren Sohn so zu betiteln.

Blau-graue Augen funkelten sie wütend an. „Dann war es also Vorsatz? Obwohl du genau wusstest, dass Kinder für mich nicht in Frage kommen! Du hast mich belogen und mir gesagt du würdest verhüten, nur um mir ein Balg unterzuschieben!“

„Moment Mal! Um ein Kind zu machen braucht es immer noch zwei! Und ich habe nur gesagt dass er kein Unfall war! Ein Unfall passiert TROTZ Verhütung. Und ich habe dir nie gesagt, ich würde verhüten! Wenn du dann trotzdem mit mir schläfst ist das auch dein Risiko!“

„Du hast mir nie! Ich habe dich gefragt warum du ohne Kondom mit mir schläfst!“

„Ja und ich habe dir gesagt das es nicht nötig ist, weil wir beide getestet sind. Nicht mehr und nicht weniger!“

„Also war es ja doch Absicht von dir!“

„Nein, es war mehr ein ‚ach Scheiß drauf, wird schon schief gehen‘ Verhalten. DU hattest doch so blendend analysiert, dass ich unbedingt Kinder will! Wenn du dir da so sicher warst, kann ich nicht verstehen, dass du dich jetzt so aufregst!“

„Ich rege mich auf weil ICH KEINE Kinder will! Und das weißt du auch!“

„Ja, das hast du mir sehr klar gemacht - NACH 3 Tagen voller phantastischem Sex. Auf diesem bescheuerten Ball, auf dem du dich erst wie ein Idiot verhalten hast, um dann einen auf strahlenden Ritter auf dem weißen Pferd zu machen, nur um dich dann wie ein vollkommenes Arschloch zu verhalten und mich nach deinem ‚Ich will keine Kinder‘ Vortrag fast schon brutal zu nehmen! Ungeschützt! Ach und vergessen wir nicht die kleine Darbietung von Reue hinterher, bevor du mir verkünstelt durch die Blume mitgeteilt hast, dass du mich nicht mehr sehen willst, gefolgt von deinem grandiosen Abgang Richtung London - DAS war ein Tag!“

„Du hättest es mir an diesem Abend sagen müssen!"

„Da wusste ich das doch noch nicht, du Vollidiot! Du bist einfach abgehauen und hast mich bei unseren Eltern wie ein Häufchen Elend sitzen gelassen - und ja das war ich, Nathan! Ein Häufchen Elend, weil ich dumme Kuh schon da in dich verliebt war! Und dann warst du plötzlich weg. Also habe ich das Einzige getan, das logisch erschien, ich bin nach Schottland gefahren. Nicht ohne dir noch dein Weihnachtsgeschenk zu schicken - damit du meine Adresse hast. Weil ich immer noch gehofft habe, du meldest dich bei mir! Was du nicht hast.

Und dann saß ich im Januar in Schottland fest und war eingeschneit und du kannst mir glauben, war DAS eine Überraschung als das Kotzen anfing! Da saß ich nun, schwanger und das von einem Mann der mich nicht haben wollte - SO stellt man sich das doch vor!"

„Cal..."

„NEIN! Du wolltest wissen warum und wieso und weshalb und jetzt wirst du mir zuhören! Ich weiß es war nicht richtig, aber wenn du nur eine Sekunde Mal darüber nachdenkst, wirst du vielleicht merken dass ich nicht anders konnte! Seit 3 Jahren erzählen Myles und Violet ständig von dir und deinen Heldentaten und deinem Leben und deiner Brillanz. Und du hattest nie auch nur den Anschein erweckt, mit deiner Familie etwas zu tun haben zu wollen - Herrgott, du wusstest nicht ein Mal, dass deine Mutter einen Lebensgefährten hatte! Plötzlich kamst du ohne Vorankündigung in mein Leben gestürmt und du... du hast mich einfach umgehauen. Und ich habe nicht nachgedacht und mich einfach gehen lassen. Es war so, keine Ahnung, spontan und unüberlegt und irgendwie wurde es dann immer komplizierter und dann warst du weg. Als ich dann wusste, dass ich dein Baby bekomme... Ich war absolut erschüttert, aber irgendwie auch froh.

Denn es würde garantiert etwas von dir haben - dein Aussehen oder deine Intelligenz, vollkommen egal, es würde perfekt sein und es würde MEIN sein, wenn du das schon nicht sein wolltest. Ich habe ehrlich gesagt nicht damit gerechnet, dich auf der Hochzeit anzutreffen. Doch dann warst du so... anders. Und ich hätte es dir sagen müssen, das stimmt, aber ich war... so glücklich. So glücklich das du mich doch haben wolltest und das du Gefühle für mich hattest und ich wusste, wenn ich dir sage dass ich schwanger bin, dann wirst du wieder wegrennen. Oder eine Entscheidung von mir verlangen, die ich nicht gewillt bin jemals zu treffen. Und deshalb war ich... war ich egoistisch. Ich wollte ein kleines bisschen Glück mit dir haben, bevor du nie wieder ein Wort mit mir sprichst und ich meinem Kind irgendwann erklären muss, warum sein Onkel auch sein Vater ist und es nicht leiden kann. Ich wusste, irgendwann kommt der Tag an dem ich es dir sagen muss, aber ich... war feige. Und das war falsch. Aber es ist wie es ist, Nathan. Du und ich werden immer etwas gemeinsam haben, ob es dir gefällt oder nicht."

„Nun, es gefällt mir nicht." teilte er ihr mit kalter Stimme mit, bevor er herumwirbelte und die Tür geräuschvoll hinter sich zuschlug.

Mit zitternden Lippen starrte sie auf die Stelle, an der er eben noch gestanden hatte. Verzweiflung kroch langsam empor und griff mit schwarzen Fingern nach ihr, als plötzlich ein Tritt in ihre Rippen darauf aufmerksam machte, dass sie nicht allein war. Sanft legte sie die Hand auf ihren Bauch. „Du hast recht, ich habe immer noch dich. Und Daddy wird schon noch sehen was er verpasst."

Das konnte nicht ihr ernst sein! Ein Kind, verdammt noch mal! Nach Allem was er zu diesem Thema gesagt hatte! Sie wusste er wollte das nicht und, und... und...

Das Klingeln seines Telefons riss ihn aus seinen wütenden Gedanken - JAMES - blinkte auf dem Display

„WAS?" schrie er in das Gerät. Offensichtlich war das nicht die Reaktion, die sein Mitbewohner erwartet hatte, denn Stille folgte seiner gebellten Begrüßung.

„Was James? Was ist so wichtig, dass du mich stören musst?"

„Nathan?" James klang besorgt „Ist Alles in Ordnung?"

„Ich... Nein." Verdammt, das hatte er jetzt eigentlich gar nicht sagen wollen. Aber James mit seiner dämlich fürsorglichen Art und dem besorgten Blick, den er bildlich vor sich sah. „Was ist denn los? Ist Callie nicht da? Ich hab dir doch gesagt, du hättest dich ankündigen..."

„Sie ist schwanger."

Gesprächige Stille, ein Luftholen „m...mit einem Baby?"

Genervt rieb sich Nathan über die Augen und seufzte. Unglaublich wer heutzutage alles Arzt werden durfte... „Ja, James. Mit einem Baby. Alles andere dürfte rein physiologisch unmöglich sein. Ich dachte das Fortpflanzungsverhalten beim Menschen sei dir etwas geläufig, so oft wie du das probierst zu vollziehen! Ich wundere..." ätzte er, wurde aber unterbrochen. „ja, Ja, JA, ist ja schon gut Nathan! Kein Grund jetzt gleich ausfallend zu werden! Sie ist also schwanger. Heißt dass sie hat einen anderen Mann? Ist es von ihm?"

„Nein, sie sagt es ist meins. Und so wie sie aussieht, dürfte das zeitlich auch stimmen."

„Aber die Hochzeit eurer Eltern ist gerade erst 2 Monate her, man dürfte doch eigentlich gar nichts sehen bisher?!"

„Nicht die Hochzeit, James, Weihnachten." brachte Nathan mühsam hervor. Er konnte förmlich hören, wie es in James Kopf arbeitete „Das heißt ja sie ist im 5. Monat?! Deshalb hatte sie so viel abgenommen! Und dann hätte sie es dir sagen können als... Ohh. Sie wusste es, bevor sie flog. Und sie hat es dir nicht gesagt." stellte der Arzt ruhig fest. „Ja und nein" Ein resigniertes Seufzen stahl sich von Nathans Lippen.

„Warum?" fragte James plötzlich.

„Entschuldige?"

„Warum hat sie es dir nicht gesagt? So wie ich dich kenne, hat es etwas mit deinem Verhalten zu tun, ich bin nämlich davon überzeugt, dass sie dich liebt. Also, warum hat sie dir so eine wichtige Information verschwiegen?" Nathan blieb stehen und seufzte auf. James kannte ihn einfach zu gut. „Ich habe wohl ein oder zwei Mal recht deutlich gemacht, das ich unter gar keinen Umständen Ehefrau oder Kind haben will." gab er wiederwillig zu.

„Das heißt, sie hatte Angst du verlangst von ihr, es los zu werden?"

„WAS? Nein! Sie sagte, sie wusste es erst als sie eingeschneit war und dann wollte sie es behalten, weil sie sich schon lange ein Kind wünscht und es sie an mich erinnern würde."

„Hättest du es getan?" James klang angespannt.

Nathan war sich sicher dass er sich verhört haben musste. „Bitte?" James holte tief Luft und wiederholte seine Frage dann „Hättest du von ihr verlangt es abzutreiben, Nathan?"

„NEIN! Bist du verrückt?" Allein der Gedanke ließ Übelkeit in Nathan aufsteigen. Männer, die Frauen zu so etwas zwangen, waren das Letzte. Wie konnte James überhaupt denken, dass er dazu fähig wäre? Er war sein Freund, verdammt, er sollte wissen dass Nathan das niemals von Calliope verlangt hätte!

„Es ist mein Sohn über den wir hier sprechen! Ernsthaft James, wie kannst du nur andeuten, ich könnte auch nur eine Millisekunde daran denken, ihn auszulöschen?! Bist du komplett besch..." ereiferte er sich, wurde aber durch James sanfte Stimme unterbrochen „Dann versteh ich dein Problem nicht." Das brachte Nathan vollends aus dem Takt „du...was?"

Ein Seufzen. James wagte es Allen Ernstes zu seufzen als sei ER der Begriffsstutzige von ihnen beiden!

„Nathan. Jetzt gerade benimmst dich dumm. Ja, es war falsch von ihr, es dir zu verschweigen. Und ja, das überfährt dich jetzt Alles. Aber um ein Kind zu zeugen werden Zwei benötigt. Du liebst sie - und wage es jetzt nicht mir zu wiedersprechen! Außerdem redest du nicht von ihm oder es - du adressierst das Kind schon als deinen Sohn. Jetzt hör also auf so eine Drama Queen zu sein und stell dich den Fakten. Vielleicht wolltest du keine Kinder, aber du HAST eins gezeugt und die großartige Chance mit einer ziemlich unkonventionellen Frau dein Kind aufzuziehen. Callie ist toll und ich bin mir sicher, sie wird auf deine Vorstellungen eingehen. Wenn es je eine Frau gab, die auch nur im Entferntesten mit deinem Lebensstil und deinen Macken umgehen kann, dann ist es Calliope Campbell. Rede mit ihr – das hast du nicht, stimmt's? Ich wette du bist nach der brisanten Offenbarung sofort abgerauscht. Du hast eine Chance bekommen, Nate, eine um die ich dich ein bisschen beneide. Gib dem Ganzen einen Versuch, wenn es nicht funktioniert könnt ihr immerhin sagen, ihr habt es versucht."

Nathan wusste, dass James von einer Familie träumte. Und ein wenig Recht hatte er auch. Zumindest mit dem Part, dass er dem Ganzen eine Chance geben sollte. Oder wenigstens mit Calliope reden musste. „Du hältst dich wirklich für sehr schlau, was James? Deine eigenen Wünsche auf mich reflektieren…“

„Ich weiß.“ Dieser Kerl wagte es tatsächlich amüsiert zu klingen! „Aber immerhin brüllst du mich nicht mehr an. Wo bist du gerade?“ Nathan sah sich um. Er stand vor einer Ladenzeile, die auch gut als Kulisse für jeden billigen Wild West Film herhalten könnte. „Frag bloß nicht, dieses Kaff ist so hinterwäldlerisch und der Taxifahrer war schon weg und mein Koffer ist noch im Haus.“

„Und was wirst du jetzt machen?“

„Ich weiß es nicht. So ungern ich es zugebe, aber du hast Recht. Ich muss mich damit auseinander setzen. Und mit Callie.“

„Gut.“ James klang zufrieden „Nathan?“

„Ja?“

„Soll ich schon mal ein paar Windeln zum Üben besorgen oder lernst du das von Youtube?“

„Halt die Klappe.“ James Lachen hallte noch, als er das Gespräch beendete.

Innerlich grummelnd machte Nathan sich auf den Weg zurück zu Callies derzeitiger Bleibe. James war einfach unglaublich. Aber so sehr es ihn auch wurmte, dass sein Freund sich auf seine Kosten amüsierte, wiederwillig musste Nathan zu geben, dass James mit seiner nüchternen Betrachtung Recht hatte. Er hatte nie Kinder gewollt und die Art, wie Callie die ganze Angelegenheit gehandhabt hatte, passte ihn überhaupt nicht. Aber er war wahrscheinlich daran genau so Schuld wie sie und das Kind war nun ein Mal unzweifelhaft DA. Gedanklich abwesend klingelte er erneut und stand vor der großen Eingangstür, die unter Gelächter geöffnet wurde. Gelächter das augenblicklich erstarb, als die junge Frau hinter der Tür erkannte, wer davor stand.

„DU!“ fauchte sie ihn an. Wie war ihr Name gleich noch, Diana? Dina? Deirdre, das war es! „Ja, Deirdre, ich, ‚the one and only‘ von vorhin, wenn du bitte zur Seite treten wü“

„Sieh bloß zu dass du Land gewinnst, du Vollidiot!“ bekam er ins Gesicht geschleudert, was ihn völlig unvorbereitet traf „Wa..? Bitte?“

„Du hast mich schon verstanden. Nach der Szene von vorhin glaubst du doch nicht ernsthaft, dass ich dich hier rein stolzieren lasse, als seist du der König von Saba, der seinen Untertanen einen Besuch abstattet!“

„Also erstens ist es die Königin von Saba und es ist historisch umstritten ob“

„Verpiss dich!“ Mit diesen Worten fiel die Tür schwungvoll direkt vor ihm ins Schloss.

Fantastisch! Wie Callie das mit diesen Gören aushielt...

Stirnrunzelnd betrachtete er die geschlossene Tür für einen Moment, bevor er sich achselzuckend abwand. Dies war nicht das erste Haus das er nicht durch die Eingangstür betreten würde. Langsam begann Nathan, das Haus zu umrunden, irgendwo würde sich ihm schon eine Möglichkeit bieten. Die Bauweise des Hauses im für den Süden typischen „Greek Revival“ Stil tat ihr Bestes, ihm den Zutritt zu erleichtern. An der Rückseite des Hauses angekommen, sah er ein offenes Fenster im ersten Stock. Ohne Probleme erklomm er den umlaufenden Balkon und trat in das Zimmer einer der Mitbewohnerinnen Calliopes. Zu seinem Glück war keiner im Raum und so beeilte er sich, schnellstmöglich in den Flur zu kommen. Das Letzte was er jetzt brauchen konnte, wäre ein kreischendes Mädchen, das ihn als Triebtäter bezichtigte.

Callies Wohnung im Erdgeschoss war schnell gefunden und leise trat er ein. Das Wohnzimmer war so leer wie vorher, das Schlafzimmer allerdings auch. Sie war offensichtlich gegangen. Stumm betrat er den Raum, dem er vorher kaum Aufmerksamkeit gewidmet hatte.

Das große Doppelbett sah einladend aus und - war das etwa sein Koffer neben dem Schrank? Seine Aufmerksamkeit wurde durch einen Gegenstand auf dem Nachttisch abgelenkt. Vorsichtig nahm er den silbernen Rahmen in seine Hand. Es war eine Aufnahme von ihm und Callie, offensichtlich während der Hochzeit ihrer Eltern gemacht. Allerdings hatte er dieses Bild noch nie gesehen und er hatte ALLE Bilder der Hochzeit gesehen. Die Erinnerung an den anstrengenden Abend mit seiner Familie, stundenlang das Geplapper von Judith ertragen zu müssen, während James die ganze Zeit neben ihm sitzend süße Nichtigkeiten in das Ohr seiner Cousine gesäuselt hatte - oh diese Erinnerung war noch sehr lebhaft. Aber diese Aufnahme war nicht dabei gewesen. Wie sie ihn ansah...

und die ganze Zeit hatte sie gewusst dass sie sein Kind unter dem Herzen trug.

Geplätscher riss ihn aus seinen Gedanken und er stellte das Bild an seinen Platz zurück. Das Bad! Natürlich. Es war sehr heiß und sie hatte vorher etwas gesagt, dass sie ihren freien Tag genießen wollte. Vorsichtig öffnete er die Tür die vom Schlafzimmer in das kleine angeschlossene Bad führte. „Cal?"

Ein erschrockenes Luftschnappen und das Poltern

eines Gegenstandes aus Plastik auf Steinzeug später bekam er eine Antwort. „Nathan! Erschreck mich doch nicht so!" Sie kam aus der Ecke, in der sie vor seinem Blick verborgen gewesen war und stand nun vor ihm, Handtuch um den Kopf geschlungen und da war es wieder - das Star Wars T-Shirt. Und eine Unterhose, die verdächtig nach dem Exemplar aussah, dass er seit mehreren Monaten vermisste...

„Ich dachte du wolltest weg?" Sie klang so unsicher und ängstlich.

„Ich habe es mir noch ein Mal durch den Kopf gehen lassen."

„Und zu welchen brillanten Erkenntnissen ist dein übergroßes Gehirn gekommen?"

Autsch, das saß. Nathan verzog das Gesicht. Callie rümpfte die Nase und sah ihn zerknirscht an. „Entschuldige, das war unnötig gewesen."

„Ich... nein, ist schon gut. Cal. Ich weiß ich habe einige Dinge mhm nicht richtig angegangen und manches von dem, dass ich gesagt habe war uhh ... ziemlich egoistisch und unsensibel. Es ist nur... du weißt ich wollte nie ein Kind. Oder eine Frau. Die Konsequenzen dieser ganzen... Entwicklung! Ich müsste mein ganzes Leben umstellen, die Art wie ich arbeite, mein Leben mit James, einfach Alles! Es fühlt sich an als wäre ich in einem Raum, dessen Wände immer näher und näher kommen und ich kann so rein gar nichts tun um es aufzuhalten. Es ist eine Entscheidung, die ich nicht bewusst getroffen habe. Dieses Gefühl, diese... Ohnmacht. Das kenne ich nicht. Ich weiß nicht, wie ich damit umgehen soll."

Er sah wie sie die Zähne in ihrer Unterlippe vergrub und krampfhaft versuchte einen neutralen Ausdruck zu behalten. Nicht dass die zu Fäusten geballten Hände und angespannten Schultern sie verraten hätten. „Es ist ok. Ich habe diese Entscheidung getroffen. Ich...WIR werden dich nicht belästigen." Unwillkürlich hatte sich ihre Hand auf ihren Bauch geschoben, so als müsse sie ihren Sohn vor ihm beschützen. Das tat unerwartet weh. Nathan trat einen Schritt auf sie zu „Cal. Ich habe nicht gesagt das ich es nicht versuchen werde."

Ihre Augen blitzten hoffnungsvoll auf „Das willst du?"

„Ich kann dir nichts versprechen, aber ja, ich will es zumindest versuchen. Wenn du mich immer noch willst."

Eine aufschluchzende Calliope, die sich in seine Arme warf, war Antwort genug. Auch wenn es anders war als vorher, mit dem nicht zu verleugnenden Babybauch zwischen ihnen. Aber es war seine Callie und er würde es zumindest versuchen. „Ich habe dich vermisst, Cal." flüsterte er in ihre Haare. Sie hielten sich eine ganze Weile in den Armen, beide nicht willens von einander zu lassen. Irgendwann fing Callie an zu lachen, ein leises Geräusch dass ihm durch und durch ging und ihre Schultern zucken ließ.

„Was ist denn jetzt so lustig?" verlangte Nathan zu wissen.

„Nathan, ich liebe dich, wirklich, aber kann ich mir bitte noch die Haare föhnen? So schön ist mein Bad ja nun auch nicht. Es gäbe da einige Plätze in meiner Wohnung, an denen ich lieber mit dir kuscheln würde." Nicht zum ersten Mal fragte er sich, ob der Gewöhnungseffekt für ihr Grinsen je eintreten würde.

„Ich-- ähm ja, natürlich." Er trat zurück ins Wohnzimmer als ihre Stimme ertönte.

„Kannst du vielleicht aus der Küche etwas zu trinken holen? Ich fürchte, dass wird wieder ein furchtbar heißer Tag und wir wollen nicht riskieren, dass du mich ohnmächtig durch die Gegend schleppen musst. Oder ich dich." er konnte das Zwinkern hören, buchstäblich HÖREN! „Den Gang nach vorn und dann links, meine Fächer sind gekennzeichnet."

Eingedenk der Begrüßung, die er nur kurz vorher bekommen hatte, vielleicht keine gute Idee. „Erm, ich weiß nicht, deine Mitbewohnerinnen waren nicht so erpicht darauf, mich hier zu sehen. Genau genommen bin ich auch nicht durch die Haustür hier herein gekommen und ich lege keinen gesteigerten Wert darauf, dass sie mir einen ihrer Footballer Freunde auf den Hals hetzen..." begann er.

„Du bist was? Nathan? Bist du etwa eingebrochen?" Callie linste um die Ecke, Belustigung ließ ihre Augen leuchten. Verlegen fuhr er sich mit der Hand durch seine Haare im Nacken. „Naja, also, der durchschnittliche Verstand könnte es so auslegen, allerdings war das Fenster offen und..."

Sie hatte Erbarmen mit ihm und unterbrach seine Erklärung. „Sie sind alle weg. Vor gut 10 Minuten ging die Haustür. Und da verlängertes Wochenende ist, kommen sie auch nicht wieder. Nicht so schnell jedenfalls. Jetzt geh." Der surrende Fön im Bad war deutliches Zeichen genug, dass Callie die Unterhaltung für beendet ansah. Nathan machte sich seufzend auf den Weg in die Küche. Dort fand er wie beschrieben ihren Kühlschrank und stand nun grübelnd davor.

Hatte sie irgendwelche besonderen Vorlieben? Waren Schwangere da nicht besonders? Er hatte sich von diesen Dingen immer fern gehalten, wollte aber jetzt keinen Fehler machen.

Kurzerhand sackte er nicht nur Wasser sondern auch alle anderen Getränke im Kühlschrank ein und trug sie zu Callies Wohnzimmer zurück.

Gesang empfing ihn, offensichtlich machte sie sich keine Gedanken darüber, ob er sie hören konnte oder nicht. Es klang ok. Nicht schlecht. Aber was war das denn für ein Text?

For one so small
You seem so strong
My arms will hold you
Keep you safe and warm
This bond between us
Can't be broken
I will be here don't you cry

'Cause you'll be in my heart
Yes, you'll be in my heart
From this day on
Now and forever more
You'll be in my heart
No matter what they say
You'll be here in my heart
Always

„Cal?" fragte er vorsichtig als der Fön verstummte.

„Ja?" sie kam aus dem Bad, mittlerweile in einem Kleid das nichts, aber rein gar nichts tat, um die Kugel zu verbergen, die sie vor sich hertrug. Und waren etwa ihre Brüste größer geworden? Nathan schüttelte sich kurz. *Konzentrier dich, Mann*! „Was hast du gerade gesungen?"

„You'll be in my heart aus Tarzan, warum?"

„Tarzan?"

„Ja, der Disney Trickfilm. Mit Terk und dem neurotischen Elefanten Tantor und Jane und ihrem süßen Papa. Herrlich. Außerdem ist Musik gut für Babies, habe ich gelesen."

„Ja, klassische Musik, doch kein Disneygeplärre! Das weiß sogar ich. Da kannst du ihn ja gleich mit diesem komischen Fanfaren Gedudel aus Star Wars quälen!"

Callie lachte nur und zuckte mit den Schultern „Ach, an Star Wars ist Anakin schon gewöhnt."

„ANAKIN?" Das konnte doch nicht ihr Ernst sein?! Doch da! Sie nickte und sah ihn mit großen Augen an.

„Ja, Anakin ObiWan Campbell. Schließlich haben unsere Familien einen gewissen Ruf was besondere Kindernamen angeht und da fand ich das ganz passend." erklärte sie mit ernster Miene.

„Bist du verrückt? Unter gar keinen Umständen wirst du meinen Sohn den Namen ObiWan geben! Also wirklich Calliope, das kannst du nicht tun! Dieser Name ist eine Beleidigung und absolut nicht tragbar. Stell dir nur vor, er wird irgendwann im Parlament sitzen und Abgeordneter Anakin ergreift das Wort! Das ist einfach nur lächerlich und abstrus und..."

Er brach ab als ihm bewusst wurde das Callie vor Lachen kaum Luft bekam und sich japsend an der Lehne eines Sessels festhalten musste. Sie wischte sich eine Träne aus dem Augenwinkel. „Also wirklich, Nathan William Holland!" brachte sie hervor „Glaubst du allen Ernstes, ich würde meinem Sohn so etwas antun? Gott, dein Gesicht! Du müsstest dich sehen können." Sie brach erneut in Lachen aus. Das reichte. Mit einem Knurren war er bei ihr und zog sie an sich. „So, du machst dich also lustig über mich, ja? Ich glaube wir sollten uns über den Ernst der Lage etwas näher unterhalten." Das Lachen stoppte und eine andere Art von Glitzern trat in Callies Augen „Ach ja, sollten wir?" hauchte sie.

„Definitiv." Nathan nickte.

„Bist du jetzt auch noch Experte was den Ernst der Lage angeht?" fragte sie herausfordernd.

„Nein, aber ich wüsste etwas Besseres für dich zu tun, als mich auszulachen."

„Dir deine Unzulänglichkeiten aufzählen?"

„Halt den Mund Cal."

„Ab…" Nun, dann musste er eben selbst dafür sorgen, dass sie ruhig war. Der effektivste Weg dazu war, sie einfach zu küssen. Und das tat Nathan auch, in aller Seelenruhe.

Heimkehr

Nach einer mehr als erquicklichen halben Stunde bestand Callie darauf, dass es für Beide das Beste wäre, sie würden etwas essen gehen. Nicht das Nathan das auch so sah, *oh nein*, aber das Argument das sein Sohn Vitamine und Nährstoffe brauchte um sich gut zu entwickeln, ließ ihn sehr schnell einlenken. Nicht auszudenken, wenn solche Kleinigkeiten den Intellekt eines zukünftigen Superhirns beeinträchtigen würden! Irgendwie wurde Nathan dennoch das Gefühl nicht los, dass Callie mehr als selbstzufrieden mit sich war, als sie mit ihm an der Hand durch die beschauliche Nachbarschaft lief.

An einem recht ländlich aussehenden Restaurant blieb sie stehen. „Ich kann dich nicht fahren lassen, ohne einen der besten Burger der Welt gegessen zu haben."

„Mhm. Wer hat denn gesagt das ich wieder fahre?"

DAS bescherte ihm einen erstaunten Blick, der kurz darauf von einem verlegenen Drucksen ersetzt wurde.

„Du hast gesagt, Beziehung sind nichts für dich." murmelte sie und Nathan beobachtete fasziniert wie eine wirklich entzückende Röte über ihre Wangen kroch.

„Nun, Mami, wer A sagt, muss auch B sagen, oder? In diesem Fall B wie Baby. Aber darüber können wir uns noch später unterhalten, jetzt füttern wir erst ein Mal klein Nathan."

Das brachte ihm ein herzhaftes Lachen ein „Das kannst du aber sowas von vergessen, dass er Nathan heißen wird! Dann schon eher Myles!"

„Das würdest du nicht wagen!“

„Fordere mich lieber nicht heraus!“

„mhm, ich sehe schon, ich muss wohl doch meinen Charme spielen lassen, um dich zu bezirzen.“

„Das kann definitiv nicht schaden, Nate.“

Nathan grinste vor sich hin, irgendwie hatten ihn diese Spielchen gefehlt. Das Mittagessen war wirklich erstaunlich gut und er genoss es sogar, Callie von ihrem Praktikum reden zu hören und was diese Gören von Mitbewohnerinnen so alles anstellten. Es war ihm gar nicht bewusst gewesen, wie sehr er ihre natürliche Art, Dinge zu sehen vermisst hatte, wie sie beim Sprechen gestikulierte oder ihn neckend ansah. Was allerdings neu war, war die Anziehungskraft die ihr Bauch auf ihn ausübte. Immer wieder sah er, wie sich ihre Hand auf ihre nicht unbeträchtliche Rundung legte, mal hier, mal dort sanft rieb oder einfach nur still da lag. Es hatte etwas Besitzergreifendes, Beschützendes an sich und rührte ihn, weshalb auch immer.

Sie würde eine gute Mutter werden, da war er sich sicher. Wenn das Kind erst ein Mal geboren war würde es schon für Trubel in der Familie Holland sorgen. Da fiel ihm etwas ein.

„Cal? Wer außer mir weiß es eigentlich?“ Er musste es nicht spezifizieren, es war klar worauf er hinaus wollte. Sie errötete schon wieder bevor sie ihm die Antwort gab. „Bis jetzt keiner.“

Das ließ seine Augenbraue beachtlich nach oben zucken „Nicht ein Mal Mom und Graham? Cal, sie werden außer sich sein!“ Sie fühlte sich ganz offensichtlich nicht wohl bei dem Thema. Nervös zappelte sie hin und her. „Ich weiß. Aber wenn ich es dir nicht sagen konnte... Ich... vielleicht sollte ich sie anrufen und es ihnen sagen.“

Er nickte. „Oder wir fliegen nach Hause und zeigen es ihnen.“

„Wir?“ fragte eine etwas kleinlaute Callie.

„Ja. Wir. Aber ich möchte Myles die gute Nachricht mitteilen.“ Nathans spitzbübiges Funkeln ließ Callie so laut auflachen, dass einige der anderen Gäste sie empört ansahen. Es interessierte beide nicht. „Du willst doch nur dass dein armer Bruder einen Anfall bekommt.“

„Würde ihm ganz Recht geschehen, wenn er sich immer in Alles einmischt.“

„Na bloß gut, dass du nicht nachtragend bist.“ spöttelte Calliope

„Ich bin nicht nachtragend, ich vergesse nur nichts.“ erklärte Nathan ernsthaft.

Callie bemühte sich redlich ernst zu bleiben. „Wie ein Elefant?“ fragte sie. Nathan nickte eifrig „Ja, genau. Die merken sich auch alles.“

„Du willst mir also erklären, du vergleichst dich mit einem Elefanten? Naja, würde ja passen, die Bullen sind auch Einzelgänger und beglücken die Damen nur zur Zeugung, bevor sie sich wieder aus dem Staub machen.“ war ihr trockener Kommentar. Nathan starrte sie an.

„Wie viele andere Kühe hast du denn noch in deiner Herde?“ setzte Callie noch einen obendrauf. „Nur eine und wenn die nicht aufpasst, setze ich sie am nächsten Wasserloch aus.“ grummelte er, Callie lachte „Falls du meinen Pool meinst, kann ich damit leben.“

Nach dem Essen liefen sie zurück zum Haus und Callie konnte Nathan von der Idee einer Poolrunde überzeugen. Er war schon auf dem Weg zur Gartentür, als sie ihn am Handgelenk packte.

„Moooment, Mr. Holland. Eincremen nicht vergessen!“

„Caaaal!“ maulte er.

„ahhh-ahh! Du bist genau so hell wie ich, am Ende bekommst du einen Sonnenbrand und ich muss mir dein Gejammer anhören und ich muss dich pflegen! Und jetzt fang ja nicht an zu schmollen, sondern crem mir lieber den Rücken ein.“

Er beäugte die ihm zugeworfene Flasche kritisch.“Öl?“

„Ja, irgendwie ist hier nichts Besseres zu kriegen und wir bleiben ja nicht lange draußen.“

Schulterzuckend machte sich Nathan an die Arbeit. Nicht dass es ihn störte eine halbnackte Callie einzuölen. So gar nicht. Und sie schien es auch nicht zu stören, dass er weit mehr als ihren Rücken einrieb. Zögernd verharrten seine Hände an ihren Hüften, er würde zu gern wissen, wie sich diese Kugel unter seinen Händen anfühlte, doch er war sich nicht sicher ob es für sie in Ordnung war wenn er ihren Bauch berührte.

Callie nahm ihm die Entscheidung ab, indem sie sich umdrehte und seine Hände auf ihren Bauch legte. Behutsam begann er, seine Hände zu bewegen. Es fühlte sich unerwartet fest an, das hatte er nicht gedacht. Seine Finger zogen langsam Kreise auf ihrer Haut und Callie hatte den Kopf genüsslich in den Nacken gelegt, als Nathan auf ein Mal einen leichten Schubser gegen seine Hand spürte. Seinen Fragenden Blick beantwortete sie nur mit einem Lächeln. Das war der Moment, in dem es plötzlich mehr als real wurde - er sollte Vater werden.

Dieser kleine Tritt, dieses Stubbsen, das war sein Sohn, der in Callie heran wuchs. In seiner unglaublichen, eigensinnigen, unmöglichen, wundervollen Mutter. Nathan war vieles, aber kein Dummkopf. Dieses warme Gefühl, dass er plötzlich verspürte war mehr als nur Sympathie oder Zuneigung. Dieses Kind, sein Sohn, würde ihn lieben, einfach weil er sein Vater war. Er würde ihn vorbehaltlos so annehmen wie er war und ihn niemals als Freak oder Außenseiter sehen. Es sei denn, er ließ es dazu kommen. Nathan wurde bewusst, dass dieses Kind, so ungewollt es auch zuerst gewesen war, ein Geschenk sein könnte. Eine Bereicherung für sein Leben, ein Grund auch Unannehmlichkeiten zu ertragen. Und Callie würde es ihm schenken. Callie, die ihn auch liebte, trotz oder vielleicht sogar auf Grund seiner Extravaganzen und Eigenheiten. Die Angst gehabt hatte, ihn zu verlieren. Und die ihn jetzt so liebevoll ansah, dass es ihm fast den Atem verschlug. Seine Frau.

Wortlos zog er sie in seine Arme, sein Mund auf ihrem, eine Hand in ihren Haaren vergraben, die andere schon damit beschäftigt ihr Bikinioberteil zu lösen. Sie war sein und das würde sie für immer bleiben und er würde sie lieben, bis sie Alles außer seinem Namen vergaß. Ihre Hand nestelte schon am Bund seiner Shorts und gemeinsam taumelten sie in Richtung ihres Bettes, immer noch ineinander versunken. Er stockte kurz, als sie am Ziel angelangt waren, ihr Bauch machte ihm Sorgen und wie sollte er...

Callie übernahm die Führung und sorgte dafür, dass Nathan auf dem Rücken im Bett lag. Sie schwang ein Bein über ihn und *Ohh OHH*, ihm wurde klar, was sie vorhatte und *OH Gott*, er war so hart und bereit und...

Dann glitt er in sie und es war so perfekt, dass er sich beherrschen musste, nicht gleich die Kontrolle zu verlieren. Callies Hände fanden seine, verflochten ihre Finger miteinander und sie begann sich zu bewegen. Sie war so schön, wie sie über ihm throhnte, ihnen Beiden Lust verschaffte und wie dabei ihre schweißfeuchte Haut im Sonnenlicht funkelte. Den Kopf in den Nacken gelegt, der Mund leicht geöffnet, war sie das Abbild völliger

Hingabe und Sinnlichkeit. Der Moment, als sie seinen Namen stöhnte, brachte ihn um den Verstand und ausgehungert wie er war, erreichte er seinen Höhepunkt schnell und heftig. Die Arme neben seinem Kopf aufgestützt, Stirn an Stirn gelegt, saß sie immer noch schwer atmend auf seinem Schoß, als er die Augen öffnete. Grün bohrte sich in stahlgrau und sie hauchte „Ich liebe dich."

„Und ich liebe dich." Und Nathan wusste, dass das der Wahrheit entsprach. Er liebte sie wirklich.

Einige Zeit später, Callie hatte sich mittlerweile an Nathans Seite geschmiegt und war eingedöst, kam Nathan zu einem Entschluss. Er liebte sie. Und es machte ihm erstaunlich wenig aus, dass sie sein Kind erwartete. Im Gegenteil, ihr Bauch übte eine unglaubliche Faszination auf ihn aus. Er hatte nicht ohne Grund die letzte halbe Stunde damit verbracht, ihre Haut zu streicheln, immer in der Hoffnung noch ein Mal dieses kleine Flattern unter seinen Fingern zu fühlen. Leider schien die anstrengende Aktivität seiner Mutter auch seinen Sohn ermüdet zu haben, denn Nathan wurde enttäuscht. Dennoch, er würde dieses wohlige Gefühl nicht wieder hergeben. Und er hatte nur eine logische Konsequenz für ihre Situation gefunden. Mit der freien Hand angelte er seine Hose vom Fussboden und zog sein Handy aus der Tasche. Mit einem kleinen Lächeln auf Callies schlafendes Gesicht begann er, eine E-Mail zu schreiben.

Zwei überraschend harmonische Tage später wurden Calliopes Mitbewohnerinnen zurück erwartet. Nathan und Callie hatten gemeinsam gekocht, als sie ihn plötzlich fragend ansah. Er musste schmunzeln, so langsam konnte er ihre Gesichtsausdrücke lesen. „Was ist los, Liebling?"

Callie kroch die Röte leicht in die Wangen, sie hatte sich noch nicht daran gewöhnt, dass er diesen Kosenamen für sie verwendete. Sie räusperte sich „Musst du morgen nicht wieder arbeiten?“ Nathan lachte leise „Ich hatte mit der Frage eigentlich schon eher gerechnet.“ Zärtlich strich er ihr eine Strähne hinter das Ohr. „Ich habe noch jede Menge Urlaubstage aus den letzten Jahren und mein Chef war mehr als froh, dass ich endlich meinen Pflichten nachkomme. Ich kann also noch eine Weile hier bleiben – falls du das möchtest.“

Sie strahlte ihn an „Natürlich möchte ich das. Oh Nathan!“ Er ließ zu, dass sie ihm um den Hals fiel, löste sich aber nach kurzer Zeit. Ihre Hände in Seinen, lächelte er Callie an, bevor er plötzlich auf sein Knie nieder ging und mit einer Hand etwas aus seiner Hosentasche angelte.

Sie riss die Augen auf „Oh Gott, Nathan! Du kannst doch nicht ernsthaft…“ stieß sie hervor.

Er lachte, das war so typisch Calliope. „Kannst du mich bitte erst ein Mal ausreden lassen?“ forderte er amüsiert. Sie biss sich auf die Lippe und nickte angestrengt. Nathan setzte erneut an

„Lady Calliope Aileen Campbell” das Stöhnen bei der Nennung ihres vollen Titels überging er „du bist die starrköpfigste, unmöglichste, niemals ernste Frau, die ich kenne. Du bringst mich zum Lachen und zum Verzweifeln und du hast das Kunststück fertig gebracht, mir ein Kuckuckskind unter zu jubeln.“ Trotz ihrem empörten Aufschrei fuhr er fort „Aber ich liebe dich und du machst mich glücklich. Genau wie der Gedanke daran, dass ich in nicht allzu ferner Zeit ein Vater sein werde. Mit dir fühle ich mich vollkommen und du bist einer der wenigen Menschen, der mich so akzeptiert und liebt, wie ich bin. Und das werde ich nicht wieder hergeben.

Deshalb bin ich zu dem Entschluss gekommen, dass es nur einen logischen Weg gibt, um mit dieser Situation umzugehen. Und deshalb – Callie – willst du dich für den Rest deines Lebens über mich lustig machen und mich um den Verstand bringen indem du Mrs. Nathan Holland wirst?"

„OH MEIN GOTT!!!!" war die gekreischte Antwort – nur leider nicht von Calliope, sondern von den heimkehrenden Mädchen. Nathans eben noch feierlicher Ausdruck nahm gequälte Züge an. Und Callie tat das, was sie immer tat – sie lachte. Aus vollem Hals, bis sie sich die Seiten halten musste. Dann beugte sie sich nach vorn und erlöste den wartenden Mann zu ihren Füßen.

„Ich täte nichts lieber als das." flüsterte sie, bevor sie ihn liebevoll küsste.

~~~

Zwei Wochen später saß Nathan in einem Flieger auf dem Weg nach Hause. Die letzten 30 Minuten hatte er aus dem Fenster gesehen und einfach vor sich hingestarrt. Warum? Weil sich seine Verlobte – bei diesem Wort brach er immer noch in ein ziemlich dümmliches Grinsen aus – an seine Seite geschmiegt hatte und dort sang- und klanglos eingeschlafen war. Und er sie auf keinen Fall wecken wollte. Die nächsten Tage würden anstrengend werden – allerdings wusste das Calliope noch nicht. Er hatte heimlich ihren Eltern und James Bescheid gegeben, dass er Callie nach Hause bringen würde und sie sofort heiraten müssten. Den wahren Grund hatte er Violet und Graham verschwiegen, aber er war sich ziemlich sicher, die Beiden ahnten schon was los war. Im Laufe der letzten beiden Wochen hatten sie ihn immer wieder über
~~~

den Stand der Operation „Calliope Holland“ in Kenntnis gesetzt – es lief gut. Sie würden in gut 2 Stunden in Heathrow landen, von wo aus James sie abholen und nach London fahren würde. Erst ein Mal zu Nathan und James nach Hause. Und morgen würde er Callie dann damit überraschen, dass ihr Wunsch schneller in Erfüllung ging, als sie je gedacht hätte. Er lächelte vor sich hin – wenn Nathan Holland etwas anfing, dann brachte er es auch zu Ende.

Im Nachhinein wunderte sich selbst Nathan wie reibungslos alles geklappt hatte. James hatte sie Beide in Empfang genommen und ihnen gratuliert. Natürlich nicht ohne den Doktor zu spielen und Calliope für ihre Verschwiegenheit zu rügen und sich zu erkundigen, wie es ihr und dem Baby nach dem langen Flug ging. Dann waren sie nach Bloomsbury gefahren und Callie hatte beim Erreichen der Ridgmount Street nur geschmunzelt und bemerkt, dass es ja kein Wunder sei, dass sie in ihrem Alter noch in einer WG wohnen mussten. Was sie damit gemeint hatte war klar – James und Nathan wohnten nahe dem Russel Square und damit in Reichweite von Sehenswürdigkeiten wie dem British Museum oder auch der berühmten Tottenham Court Road. Und mit knapp 3.000£ Miete im Monat war die Wohnung zwar Londoner Standard angepasst, aber allein nicht erschwinglich. Dafür konnten beide Männer auf Autos verzichten – Alle wichtigen Orte waren zu Fuß oder mit der Tube und dem Bus zu erreichen. Nathan war sich sicher Callie würde es hier gut gefallen. Nachdem sie die blitzsaubere Wohnung inspiziert hatte – der Verdienst war ganz auf James Seite – aßen die drei zu Abend und verbrachten eine Weile vor dem Fernseher, bevor Callie verkündete, dass sie lieber ins Bett gehen würde. Nathan versprach bald nach zu kommen und wartete bis sich die Tür zu seinem Zimmer hinter ihr schloss. Kaum war das Klicken verklungen, sprangen beide Männer auf und betraten James Raum. Dort fand sich Nathan seinem maßgeschneiderten Anzug gegenüber – und einem Kleid, allerdings noch verhüllt. Er verneinte die Frage, ob er es sehen wollte – hier verließ er sich ganz auf seine Mutter und Graham. Die Ringe hatte er selbst im Internet ausgesucht und sie entsprachen seinen Vorstellungen. James brachte ihn auf den neuesten Stand bezüglich Einladungen und Terminen. Der einzige Wackelkandidat war ausgerechnet Myles, der auf einer Dienstreise im Oman war. Das ließ sich nicht ändern und Nathan begab sich zufrieden in sein Zimmer.

Als Calliope am nächsten Morgen den verschlafenen Kopf hob, war von Nathan weit und breit nichts zu sehen. Gähnend schlich sie ins angrenzende Bad und stellte sich erst ein Mal unter die Dusche. Zu ihrem Glück war sie halbwegs bekleidet, als Violet und Graham in den Raum platzten. Beide grinsten wie Honigkuchenpferde, als sie ihre Vermutung bestätigt sahen, dass demnächst ein kleiner Holland die Familie erweitern würde. Graham umarmte seine Tochter fest „Du bist ein kleiner Dummkopf!“ murmelte er lächelnd

„Ich weiß.“ seufzte Callie, doch sie wusste, er war ihr nicht böse. Violet hatte glasige Augen und umarmte Callie nach ihm „Ich weiß gar nicht, was du genau jetzt bist.“ lachte sie „Stieftochter oder Schwiegertochter oder die Mutter meines ersten Enkels“

Callie lachte auch „Ich fürchte alles in Personalunion. Was macht ihr so früh eigentlich hier?“ Diese Frage brachte beide Besucher zum Strahlen und Violet nahm Callie an die Hand

„Komm mit.“ wisperte sie und führte die verwunderte

Calliope in den Wohnraum. Dort hing an einem der Fensterrahmen ein Traum von einem Brautkleid. Es war bodenlang, cremefarben, ärmellos und im Empire-Stil gehalten. Feinste Dupion-Seide in cremweiß-gold schimmerte im Sonnenlicht und unterhalb des herzförmigen Ausschnitts war ein Bindeband in Purpur angebracht, das bis zum Boden reichte und einen Babybauch vortrefflich betonen würde.

Callie schnappte nach Luft „Heute?“ fragte sie leise.

Ihr Vater nahm sie in den Arm „Heute. Nathan hat Alles arrangiert. Und ich denke, wir haben deinen Geschmack getroffen, was?“

Damit brachte er sie zum Weinen und sich selbst zum Lachen „Schwangerschaftshormone! Deine Mutter war genau so! Callie, Schatz, es ist ok. Deine Mom wäre ebenso stolz auf dich, wie ich es bin. Und jetzt hör auf zu weinen, ok? Vi und ich werden jetzt mit dir schön frühstücken und dann kommt auch schon der Friseur hier her. Denkst du, du kannst mit Schluchzen aufhören Fräulein Campbell?“ Calliope schniefte noch ein Mal herzzerreißend, bevor sie unter Strahlen antwortete „Frau Nathan Holland, bitte sehr.“

Callie konnte sich nicht vorstellen wie, aber ihre Familie hatte es hinbekommen die Hochzeit in den Bloomsbury Ballrooms direkt am Bloomsbury Park stattfinden zu lassen. Die wenigen hundert Meter hätte sie auch zu Fuß zurück legen können, aber ihr Vater hatte auf einen standesgemäßen fahrbaren Untersatz bestanden. Als er sie an seinem Arm in den Saal führte, hatte sie nur Augen für Nathan und bekam Judiths empörtes Quietschen überhaupt nicht mit. Die Zeremonie war feierlich, aber angemessen lang und schon bald wurde sie zu Frau Nathan Holland erklärt, was ihr frisch gebackener Ehemann sofort mit einem feurigen Kuss besiegelte. Praktischerweise fand die Feier im Nebenraum statt und Calliope bekam die Gelegenheit, einige von James und Nathans ausgesuchten Freunden kennen zu lernen. Besonders nett hatte sie den Polizisten gefunden, den James noch aus seiner Schulzeit kannte – Grégoire Renard klang zwar furchtbar französisch, sprach aber mit dem Cockney Akzent der eingeborenen Londoner und bestand darauf, einfach nur Greg genannt zu werden. Er lächelte viel und versprühte genügend Charme um eine ganze Wagenladung Brautjungfern zu betören – sofern Callie welche gehabt hätte.

Nach einem Gang zur Toilette traf sie auf Myles. Calliope freute sich, ihren Stiefbruder und nun Schwager zu sehen und umarmte ihn glücklich. Er gratulierte ihr und in diesem Moment machte sich der kleine Holland in ihrem Bauch bemerkbar. Das Strahlen auf Myles Gesicht, als sie ihn vorsichtig die Hand auf ihren Bauch legen ließ, war einmalig. Und leider von kurzer Dauer, denn Judith entdeckte sie und schrie Zeter und Mordio. Nachdem sie Myles bezichtigte hatte, dass er der Vater des Kindes sei, entfernte ihr Ehemann sie aus dem Festsaal.

Nach seiner Rückkehr zierte ein roter Handabdruck seine linke Wange und er verbrachte den Rest des Abends mit einem wirklich empathischen Greg an der Bar. Callie sah ihm traurig nach. „Er tut mir so leid.“ flüsterte sie ihrem Ehemann zu, der hinter sie getreten war und die Arme um sie gelegt hatte. Nathan nickte leicht „Mir auch. Aber es ist besser so. Sie haben nie wirklich zusammen gepasst und Liebe war auch nicht im Spiel. Und er hätte sie ohnehin bald verlassen. Ich glaube das Schlimmste für ihn ist der peinliche Auftritt hier in aller Öffentlichkeit. Und der Gedanke, dass er uns die Hochzeit vermiest haben könnte.“

Er drückte einen sanften Kuss auf ihren Hals „Das hat er doch nicht, oder?“ Callie verneinte „Niemand könnte das heute, Nathan. Ich liebe dich. Und dieses Fest war einfach nur perfekt. Besonders weil du am Altar auf mich gewartet hast.“ Nathan grummelte „Hast du etwa gedacht, nach all dem Aufwand überlege ich es mir noch anders und laufe weg?“ Calliope schmunzelte „Bei dir weiß man ja nie. Vielleicht hat dich der Gedanke, bald ein gefesselter Mann zu sein, verängstigt.“

Nathan lachte leise, ein Geräusch das ihr die Gänsehaut den Rücken hinab jagen ließ „Solange du es bist, Callie, die mich mit irgendwas fesselt, erhebe ich keine Einwände.“ raunte er in ihr Ohr. Ihr Mund formte ein stummes ‹OH› bevor sie sich zu ihm umdrehte

„Meinst du es fällt auf, wenn wir uns jetzt entschuldigen?“ fragte sie schelmisch.

„Ich glaube nicht. Schließlich ist es unsere Hochzeitsnacht.“ war seine Antwort und keine 5 Minuten später verließen sie unter den Augen ihrer gutmütig lächelnden Gäste den Ballsaal in Richtung Hochzeitssuite.

Epilog

Es war ein strahlender Sonnenscheintag im August, die Temperaturen mit 16 Grad Celsius für Campbelltown, Schottland, sogar recht hoch. Nicht weit entfernt blökten die Schafe auf der Weide und Callie beobachtete träge wie ein paar Papageientaucher unterhalb ihrer Position von der Klippe ins Meer sprangen. Sie liebte das Meer und die Stille in Schottland und dem Kind in ihrem Bauch schien es genauso zu gehen, denn ausnahmsweise fühlte es sich nicht so an, als spielte in ihr eine ganze Rugbymannschaft um den Weltcup.

Als sie einen Wagen die Auffahrt herauf kommen hörte, wusste sie dass es um die Stille geschehen war. Innerlich zählte sie rückwärts 5... 4... 3... 2...

„Mami!“ *Oh, er wurde schneller.*

Sie sah zu dem kleinen Irrwisch, der mit fliegenden, braunen Locken auf sie zugerannt kam und wenige Schritte vor ihr, nach Luft japsend, stoppte.

„Ja mein Schatz?“ fragte sie lächelnd. Der kleine Junge deutete mit seiner kleinen, gerade nicht sehr sauberen Hand hinter sie. „Da war ein Auto auf der Straße. Meinst du das ist Papa?“ Große grüne Augen sahen sie erwartungsvoll an. Callie schmunzelte.

„Da bin ich mir ziemlich sicher. Na geh schon.“ Darauf hatte ihr Sohn gewartet. Lächelnd sah sie ihrem fast 4-jährigen hinterher, der so schnell ihn die kleinen Beine trugen, die Wiese in Richtung Haus hinab rannte. Die braunen Wuschellocken flatterten im Wind und vergessen waren seine Beobachtungen der Tiere - wenn auch sicherlich nicht für lange. Ihr Sohn schlug ganz nach seinem Vater und manchmal wollte sie gar nicht wissen, welche wissenschaftlichen Versuchsreihen er gerade angelegt hatte.

Sie folgte ihm langsam zum Haus, hochschwanger war sie nicht gerade ein Sinnbild von Leichtfüßigkeit. Um die Ecke des Gebäudes biegend, erwärmte ihr der Anblick das Herz. Nathan hatte seinen Sohn auf dem Arm und lauschte ganz gebannt den Erkenntnissen seines Dreijährigen.

„Und ich glaube den Papageientauchern schmecken Heringe besser als Sandaale." erklärte William, von allen nur Billy genannt, gerade. Nathan hörte ihm aufmerksam zu und nickte leicht. „Aha und warum glaubst du das?" fragte er ohne gespielten Ernst.

„Weil ich gezählt habe, Papa, und sie haben mehr Heringe als Aale zu den Babys gebracht, obwohl es mehr Aale gibt. Das hat mir Mr. Gibbs vom Dorf gesagt und der muss es wissen, der ist Fischer."

„Da scheinst du Recht zu haben, William, zumindest ist das ein guter Hinweis. Vielleicht sollten wir später noch ein Mal zusammen hingehen und die Fische zählen?"

William strahlte „Oh jaaaaa!"

„Aber zuerst - könntest du mir den Gefallen tun und Onkel James beim Ausladen helfen? Er weiß doch noch nicht, welches Zimmer du ihm ausgesucht hast."

Der kleine Junge nickte eifrig und stürmte davon, wohl wissend, dass Onkel James immer eine kleine Belohnung und eine große Umarmung für ihn hatte. Nathan sah seinem Sohn lächelnd nach, bevor er sich umdrehte und zu Callie kam.

„Na, Mr. Holland." grüßte sie ihn liebevoll. „Bist du

gekommen um deine Frau heimzuholen?"

„Meine beiden Frauen, Mrs. Holland. Nicht das meine Tochter noch Schottin wird."

„Gott bewahre uns vor diesem Schicksal!" antwortete sie verschmitzt.

„Ich glaube, ich verlasse mich da lieber auf mein eigenes Geschick als auf Gott." schmunzelte er und zog sie in eine Umarmung und einen zärtlichen Kuss.

„Steht unsere Wohnung noch oder hat eines deiner Experimente alles unbewohnbar gemacht?" war ihre Frage, als sie sich von einander lösten.

„Als ob ich mich an DEINER Wohnung vergreifen würde." Es ärgerte ihn immer noch, dass Calliope nach ihrer Hochzeit heimlich eine Wohnung in der Nähe von seiner und James Junggesellenbleibe gekauft hatte. Auch wenn es sein Hochzeitsgeschenk gewesen war und nun den Familiensitz der Familie Holland darstellte.

„Das wurmt dich immer noch, mhm?" neckte sie ihn.

„Du weißt, ich hasse es überrumpelt zu werden."

„mhm, vielleicht. Aber manchmal muss man dich zu deinem Glück zwingen." erwiderte Callie und kuschelte sich in die Arme ihres Mannes. „Lass uns nach Drinnen gehen, bevor Billy noch James seine Sammlung mit Käferlarven zeigt. Ich bin mir nicht sicher ob der gute Doktor dafür schon bereit ist." Nathan lachte „Oh glaube mir, James hat sicher schon Schlimmeres gesehen, als die Experimente eines 3jährigen."

„Allerdings waren die auch nicht dein Sohn..."

Das brachte Nathan zum Strahlen „Wohl war."

5151841R00137

Printed in Germany
by Amazon Distribution
GmbH, Leipzig